In der NACHT

IMPRESSUM

Herausgeber

Andrea Reiter

Schießgartenstraße 7
55116 Mainz
Tel.: 0175-1979591

STUZ Studentenzeitung e.V.,
gemeinnütziger Verein zur Förderung der
studentischen Kommunikation, Kultur und
Kunst

Redaktion und Lektorat

Andrea Reiter

Korrektorat

Manuela Schumacher

Layout

Kim Sasse, www.def-designz.de

Illustrationen

Beste Geschichte aus der Nacht
Wanja Wiese

Menschen in der Nacht
Anna Zemann

Tod in der Nacht
Julia Machwirth

Irrationales in der Nacht
Lilian Eßer

Umschlag

Kim Sasse unter Verwendung der
Illustrationen.

Herstellung & Verlag

Books on Demand GmbH
Gutenbergring 53
22848 Norderstedt
Tel.: 040/53 43 35 - 0
www.bod.de

© 2009 Andrea Reiter und
   STUZ Studentenzeitung e.V.
© der Einzelbeiträge bei den Autoren

Printed in Germany

ISBN 978-3-8370-2262-9

Die Deutsche Nationalbibliothek ver-
zeichnet diese Publikation in der Deut-
schen Nationalbibliografie; detaillierte
bibliografische Daten sind im Internet über
dnb.d-nb.de abrufbar.

INHALTSVERZEICHNIS

Die beste Geschichte aus der Nacht

Das Geheimnis der Bananen   7
von Wanja Wiese

Menschen in der Nacht

Die Effekte der Nacht, oder besser gesagt ihres Fehlens   15
von Mhaya Balladares Lanzer

Die Nacht   19
von Melanie Oehl

An der Wand   25
von Stefan Nikolai Hochgesand

Zwei Nächte mit Jan   29
von Tina Kühnel

Nachtmär   35
von Agga Kastell

Tod in der Nacht

Ewige Nacht   49
von Sabine Ludwigs

Wenn es dunkel wird   57
von Vera Schanzenbach

Der Abgrund   65
von Jan Pelz

Schrei in der Nacht   69
von Anne Bernhard-Stölzner

Dunkle Strukturen   83
von Niels Parthey

Erinnyen   87
von Eva Markert

Irreales in der Nacht

Nachtgeschöpfe   93
von Konrad Herfurth

prora oder die oberleitung nach moskau. ein nachtstück   105
von Sophia Doms

Im Bann des Lichts   113
von Janina Schreckenberger

Ausgeträumt   127
von Eszter Váci

Die Party   133
von Anna Kassaras

Der Mond und seine Langeweile Für das Kind im Erwachsenen   143
von Anant Kumar

Lethargie   147
von Moritz Klein

Die Nacht und ihre Kinder   155
von Sophia Ding

VORWORT

In einer Welt, in der unsere Tage bestimmt sind von Fristen, Verpflichtungen und Terminen, bietet die Nacht Ruhe, Freiraum und vor allem Zeit.

Zeit, die sich auf vielfältige Weise nutzen lässt: schlafen, träumen, Partys feiern, grübeln, lesen, aufräumen, Pläne schmieden, Pläne verwerfen, im Internet surfen oder schreiben. Denn das Schreiben ist die Kunstform, die sich mit der Nacht am besten verträgt. Weder schlechtes Licht noch das Diktat der Nachtruhe können einen Autor ernsthaft in seinem Schaffen behindern.

Auch die Idee zu diesem Schreibwettbewerb entstand irgendwann zwischen Abenddämmerung und Morgengrauen, irgendwann in der Nacht.

Mit Hilfe von Plakaten, Anzeigen in der STUZ und Artikel über kreatives Schreiben machten wir auf den Wettbewerb aufmerksam, und zahlreiche Autoren schickten uns ihre Kurzgeschichten mit, von und über die Nacht. Nach der erfolgreichen Auswahl der besten Texte und einer ersten Korrekturphase, wurde bald deutlich, dass sich in manchen Geschichten inhaltliche Parallelen finden lassen. Dies haben wir auf die Struktur des Buches übertragen.

Die Nacht besteht aus drei Teilen.

Der erste Teil handelt von Menschen in der Nacht, von Erlebnissen und Erfahrungen, die sie vielleicht nur in der Nacht machen können. Im zweiten Teil wird es bedrohlicher. Er zeigt, dass manche Nächte mit dem Tod enden. Im dritten Teil der Anthologie scheint mit dem Tageslicht auch der klare Menschenverstand die Welt verlassen zu haben. Nun werden die Geschichten irreal und ein wenig mysteriös. Fast so mysteriös wie die Stille, die plötzlich um das Projekt entstand. Knapp zwei Jahre schlummerten die Texte und Illustrationen in einem InDesign-Dokument weitestgehend ungestört vor sich hin. Tatsächlich haben insgesamt vier gut ausgebildete Layouter an diesem Buch mitgearbeitet. Dabei hat jeder seinen Teil dazu beigetragen und seine Ideen einfließen lassen. Aber nur Eine hat es geschafft, die Sache sozusagen über Nacht zu Ende zu bringen. Ja, genau: Eine.

Denn die Nacht ist weiblich.

Die Texte für diese Anthologie wurden von einer Frau ausgewählt, Korrektur gelesen hat sie eine Frau und auch alle Illustrationen in diesem Buch sind von Frauen gezeichnet. Das war durchaus nicht so geplant. Auch Männern stand die Mitarbeit an diesem Projekt offen und einige nutzten diese Möglichkeit, indem sie ihre Geschichten an uns schickten.

Ich danke allen Autoren für ihre schönen Texte und ihre Geduld, allen bei der STUZ, die dieses Projekt unterstützt haben und den netten Mitarbeitern von BOD.

Gute Nacht wünscht,

Andrea Reiter

DIE BESTE GESCHICHTE AUS DER NACHT

Die beste Geschichte aus der Nacht

Das Geheimnis der Bananen

- Von Wanja Wiese -

Im Supermarkt sah ich ein Kaugummi, zerkaut und ausgelutscht, auf einer Banane kleben. Wer frisches Obst mit Kaugummi beklebt, der will aufmerksam machen, in diesem Fall auf Bananen. Was also ist das Geheimnis der Bananen? Als ich den Supermarkt verließ, brauchte ich Wasser, merkte es aber erst, als ich an einer Imbissbude vorbei kam. „Bitteschön", sagte der Angestellte „Bananen."

„Wir haben keine Bananen."

Ich verdrehte die Augen. Dabei entging mir fast, dass der Angestellte ein Namenschild trug, auf dem „Herr Marduk" stand. Merkwürdig. „Sie wundern sich über meinen Namen?" fragte er. Ich nickte. Marduk ist der babylonische Gott, der Tiamat besiegte.

„Wie wär's mit einer Currywurst?"

Ich schüttelte den Kopf. „Möchten Sie überhaupt etwas haben?"

„Ich habe Durst".

„Was darf's denn sein?"

Ich zuckte mit den Schultern.

„Mein Dackel trinkt nicht viel, in letzter Zeit fast gar nicht mehr. Möchten Sie sein Wasser haben?"

Er erzählte mir von seinem Hund. „Die Leute haben keine Achtung mehr", sagte ich. Er schwieg. Auf seiner Stirn Schweißperlen. „Alles ist selbstverständlich geworden, die Leute sind nicht mehr dankbar." Vor ihm verbrannten Würstchen; als ihr Rauch in seine Nase schlich, zuckte er mit der Nase und schüttelte den Kopf wie einen Pferdeschwanz, der nach einer Fliege schlägt.

„Sie sind für Ihre Kunden doch nur Mittel zum Zweck."

„Sie haben Recht und ich bin es leid - die Arbeit in dieser Imbissbude. Ich habe keine Lust mehr." Kurz darauf stand er neben mir. „Ich werde meinen Hund nicht einschläfern lassen, er hat Besseres verdient. Er soll sich zu Tode bumsen." Ich bin mir nicht sicher, ob er das Wort „bumsen" benutzte, oder ob er überhaupt über seinen Hund redete, ich weiß nur noch, dass ich ihm, angewidert von seiner Vulgarität oder der Art seiner Aussprache, den Rücken zudrehte. Er wünschte mir alles Gute und ging.

Ich lief in eine zufällige Richtung.

Am Abend hatte ich Angst einzuschlafen, wegen der Kälte. Morgens ist es am schlimmsten, wenn man am tiefsten schläft. Im Winter fand ich einmal eine Leiche im Wald. Erfroren, dachte ich, ohne sie zu untersuchen.

In der Nacht wurde ich wach, stand auf, ging los, kam langsam zu vollem Bewusstsein, fand mich in einem Stadtviertel wieder, das ich nicht kannte, und blieb stehen. Mein Mantel stank. Ich legte ihn ab. Erst jetzt sah ich, dass ich mitten auf der Straße stand. Kein guter Platz für einen Mantel, dachte ich, hob ihn wieder auf, suchte einen Hauseingang und warf den Mantel hinein. Vielleicht würde jemand etwas damit anfangen können. Zunächst jedoch stellte jemand mir ein Bein. Ich fiel auf die Knie. Unter Schmerzen stand ich auf und schickte mich an, weiter zu gehen, aber jemand ließ nicht locker und hielt mich an der Schulter fest.

Jemand: Was denken Sie sich eigentlich?

Ich: Tut mir leid.

Jemand: So, es tut Ihnen leid, wie? Sie sind mir ja ein hübscher Vogel! Können Sie zwitschern? (Ich schüttele den Kopf.) Ah, habe ich's mir doch gedacht, kein Singvogel, ein Galgenvogel. Wissen Sie, was man bei uns mit Galgenvögeln macht? (Ich schüttele den Kopf.) Sie sind wohl nicht von hier, wie? (Ich schüttele den Kopf.) Sie sind nicht fremd hier? (Ich schüttele den Kopf.) Verstehen Sie meine Sprache? (Ich nicke.) Wo kommen Sie her? (Ich zucke mit den Schultern.) Wohl nirgends zu Hause, wie? (Ich überlege kurz, zucke dann mit den Schultern und nicke.) Ein echter Taugenichts, wie? (Ich reagiere nicht.) Hat man so etwas schon gesehen? Ein echter Tunichtgut. Ihr Name?

Ich: ...

Jemand: ... ? Das ist mir ein schöner Name für einen Herumtreiber. Darf ich Sie zu einem Tee einladen? (Ich zucke mit den Schultern.) Gehen wir.

Jemand griff mich am Arm und zog mich fort. Auf dem Weg zum Teehaus schwieg er, hielt mich aber weiter am Arm fest. Ich machte mir zu unserem Gespräch ein paar Gedanken, die ich vergessen habe. Heute finde ich es seltsam, dass mich jemand mitten in der Nacht auf einen Tee einlud.

Irgendwann hielten wir vor einem Haus, er sagte „so" und schubste mich eine Treppe hinunter. Ich blieb eine Weile liegen, da mir die Knochen weh taten; kurz darauf schlief ich ein.

An dem Punkt, an dem meine Erinnerung wieder einsetzt, zitterte ich.

Mir flüsterte eine Stimme ins Ohr.

Neulich fandest du im Supermarkt einen Kaugummi, auf einer Banane. Was ist das Geheimnis der Bananen?

Du gründest einen Klub, der sich einzig mit dieser Frage beschäftigen soll.

Als der Angestellte der Imbissbude „Bitteschön" sagt, raunst du: „Bananen."

„Wir haben keine Bananen. Ne Currywurst?"

Du schüttelst den Kopf. „Ich habe einen Hund. Nächste Woche lasse ich ihn einschläfern."

„Ich habe Durst", sagst du.

„Durchs Einschläfern komme ich seinem natürlichen Tod zuvor. Aktive Sterbehilfe bei Tieren, wissen Sie."

„Ich habe Durst, ich würde gern etwas trinken."

Er erzählt dir weiter.

„Die Leute haben keine Achtung mehr", sagst du. Er schweigt. Auf seiner Stirn Schweißperlen. Vor ihm verbrennen Würstchen

„Wissen Sie was? Ich bin es leid. Ich werde meinen Hund nicht einschläfern lassen, er hat Besseres verdient. Er soll sich zu Tode bumsen. Ist das kein schönes Ende für einen Hund?"

Du willst, dass er sich entschuldigt. „Ich bin dem Geheimnis der Bananen auf der Spur." Wenn ihm etwas daran liegt, wird er um Verzeihung bitten.

Er entschuldigt sich nicht.

In der Imbissbude siehst du das Papierschiffchen zerknüllt auf dem Boden liegen.

Du willst dich bereichern.

Einen Teil der Lebensmittel stopfst du dir in den Mund, einen anderen verstaust du in den Innentaschen deiner drei Mäntel, einen weiteren verbirgst du in Plastiktüten; den Rest lässt du dort.

Auf der Flucht stößt du fast mit einer Prostituierten, die eine Banane isst, zusammen.

„Pass doch auf, du Penner!" empört sie sich und versetzt dir einen Tritt gegen die linke Wade. Du hockst dich auf eine nah gelegene Bank und schaust ihr zu. Sie tut jeden Bissen mit Abscheu, fast Ekel. Sie verachtet sich selbst, weil sie die Königin der Früchte verschlingt wie ein Affe. Wenn die Umstände besser wären, würde sie zu Messer und Gabel greifen und die Mahlzeit genüsslich in die Länge ziehen, würde das Fleisch auf ihrer Zunge zergehen lassen. Wahrscheinlich würde sie sogar zu einer Pfanne greifen und das Äußere knusprig gebraten. Nun verabscheut sie sich dafür, dass sie die Banane allein wegen ihrer Kalorien und Vitamine verzehrt. Wie kann man eine Banane nur rein aus Hunger essen! Ausschließlich leidenden Menschen sollte man das gestatten und selbst die täten besser daran, die Banane für wenig Geld zu veräußern und sich davon einen Laib Brot zu kaufen.

Vielleicht ist die Prostituierte ein leidender Mensch, vielleicht hat sie die Banane gefunden und sieht dies als Zeichen, dass es ihr erlaubt ist, die Banane zu essen. Warum gönnt sie sich selbst den Genuss nicht? Sie trifft doch keine Schuld an den Umständen.

Du willst ihr helfen.

Sie bittet um ein Getränk. In der Innentasche deines äußersten Mantels verbirgst du einen Flachmann, doch den möchtest du ihr nicht anbieten.

Du wachst auf. Es ist Nacht. Nachts passieren die unglaublichsten Dinge, denkst du, und gehst in eine zufällige Richtung, bis die Sonne aufgeht, denkst du, bis es heiß ist, denkst du, bis du dir sicher sein kannst, dass keine unglaublichen Dinge mehr passieren, dass du nicht erfrierst. Du trägst drei Mäntel, vielleicht zu viele für diese Jahreszeit, zumindest sobald die Sonne aufgeht. In einem Hauseingang ziehst du die zwei obersten Mäntel aus. Den einen benutzt du als Decke, den anderen als Matratze, sofern man einen Mantel als Matratze benutzen kann. Vielleicht schläfst du noch eine Weile, vielleicht wartest du auch nur auf den Sonnenaufgang oder den Abend, um wieder schlafen zu können. Jemand verprügelt dich. Du stehst auf, ziehst den einen Mantel wieder an, pinkelst auf den anderen und stolperst über eine Frau in knapper Kleidung, die auf dem Pflaster liegt. He da, rufst du, 'ne Tasse Tee?

Sie ist nicht interessiert, zumindest reagiert sie auf deine Frage nicht. Es ist auch völlig egal, weil du letztlich sowieso am Fuße einer Treppe liegen wirst, mit schmerzenden Knochen. Du frierst. Du hörst eine Stimme.

10

Im Supermarkt nimmst du dir eine Packung Kaugummis, stopfst dir den Inhalt in den Mund und kaust. In der Obstabteilung tauscht du die Kaugummis gegen eine Banane. Auf dem Weg zur nächsten Imbissbude bereust du, keinen Kaugummi mitgenommen zu haben. Dieser verführerische Bananengeschmack. Als dich der Angestellte der Imbissbude mit einem „Bitteschön" begrüßt, fällt dir nichts Besseres ein, als zu vergessen, was du willst. „Wir haben keine Bananen", sagt er.

Du schüttelst den Kopf.

„Ich habe einen Hund."

„Ich habe Durst."

„Durchs Einschläfern komme ich seinem natürlichen Tod zuvor. Der Mensch ist schon immer ein guter Sterbehelfer gewesen, wissen Sie."

„Ich habe Durst, wissen Sie, ich würde gern etwas trinken."

Herr Marduk deutet auf das Papierschiffchen, das er auf dem Kopf trägt. „Happy Pom" steht darauf. „Wenn ich dieses Schiffchen nicht trage, denken die Leute: ‚So achtet man hier also auf Hygiene, der Mann trägt nicht mal ein Schiffchen.' Und wenn ich es trage, spotten die Leute und finden mich lächerlich. Wissen Sie was? Ich habe keine Lust mehr." Er wirft sein Papierschiffchen fort und verschwindet. „Wissen Sie was? Ich bin dem Geheimnis der Bananen auf der Spur", sagst du.

Klaust Lebensmittel aus der Bude. Aus Furcht entdeckt zu werden, läufst du, so schnell es deine Angst vor Entdeckung zulässt, in eine zufällige Richtung. Jemand rempelt dich an, ihr beginnt zu streiten.

„Himmel, Arsch und Zwirn!"

„Wohl keine Augen im Kopf!?"

„Ich war zuerst da!"

„Da kann ja jeder kommen!"

„Das ist doch die Höhe!"

Ihr prügelt euch. Du willst fliehen, aber man überwältigt dich und stürzt dich eine Treppe hinunter. Endstation. Es ist Nacht.

Du denkst an die Bananen im Supermarkt. Du spuckst deinen Kaugummi auf sie, greifst dir ein paar der Früchte und flüchtest. Als du an einer Imbissbude vorbeiläufst, verspürst du Durst und verschaffst dir Zugang zum Inneren der Bude. Der Angestellte: „Was tun Sie hier? Raus!" Du stopfst ihm eine Banane in den Mund, trittst ihm zwischen die Beine und verpasst ihm eine Kopfnuss; anschließend stößt du ihn auf den Würstchengrill. Rauch steigt auf, als sein Rückenfleisch verbrennt. Er windet sich, schlägt mit dem Kopf hin und her, als wäre er ein Pferdeschwanz, der eine Fliege verjagen will

Eilig stopfst du deine Manteltaschen, deinen Mund und einige Tüten mit Nahrung voll und fliehst.

Nach etwa hundert Metern hält dich eine Frau auf. Du siehst aus, als wärest du auf der Flucht. Du denkst gar nicht daran, unauffällig zu flüchten. Vielleicht ruft jemand: „Haltet den Dieb!" Vor Schreck lässt du alle Tüten fallen. Die Polizistin hebt eine auf und schaut hinein. Das ist deine Chance! Du ziehst eine Banane aus einer Manteltasche und schlägst ihr damit mehrmals gegen den Kopf. Sie verliert nicht die Besinnung, geht nicht einmal zu Boden, aber du triffst sie hart genug, um erneut fliehen zu können. Wo laufe ich denn hin? Sie sind doch alle hinter mir her! Das stimmt, aber man will kein Risiko eingehen, da man weiß, dass du gefährlich und bewaffnet bist – mit einer Banane. In einer Seitengasse kauerst du dich in einen Hauseingang, wenn du Glück hast, entdeckt dich keiner. Die Sonne hat selbst die dicke Wand, an die du dich schmiegst, aufgeheizt, du ziehst dir einen Mantel aus. Denkst an den Leichnam, den du eines Winters im Wald gefunden hast, und dir wird nun klar, dass dir das gleiche passieren könnte: Du könntest am Hitzeschlag sterben und erst im Winter gefunden werden. „Erfroren", wird man sagen, ohne deine Leiche zu untersuchen.

Jemand kommt aus der Tür, stolpert fast über dich und geht fluchend weiter. Du eilst der Person hinterher und bedrohst sie von hinten mit der Banane, gibst vor, sie sei eine Schusswaffe. Die Person soll sich unauffällig verhalten, sich nichts anmerken lassen, während ihr durch die Stadt geht; längst weißt du nicht mehr, wo ihr euch befindet, noch, wo du hingehen möchtest. Die Leute schauen sich nach euch um, wundern sich über das ungleiche Paar, über den ehrbaren Bürger und den Stadtstreicher. Irgendwann bleibt ihr vor einem Gebäude stehen, du sagst „So" und stößt deine Begleitung eine Treppe hinunter.

Ich habe doch nichts getan! Ich stehe doch nur im Supermarkt herum und betrachte die Bananen, diese goldenen Früchte mit dem unvergleichlichen Geschmack. Der Kaugummi auf den Früchten, keine Ahnung, wie der da hinkommt, ehrlich! Und was soll das Gefasel über das Geheimnis der Bananen? Das ist nichts als eine Fata Morgana, wer sollte die zu erreichen versuchen?

Es ist Nacht. Es ist Nacht. Es ist Nacht.

MENSCHEN
IN DER NACHT

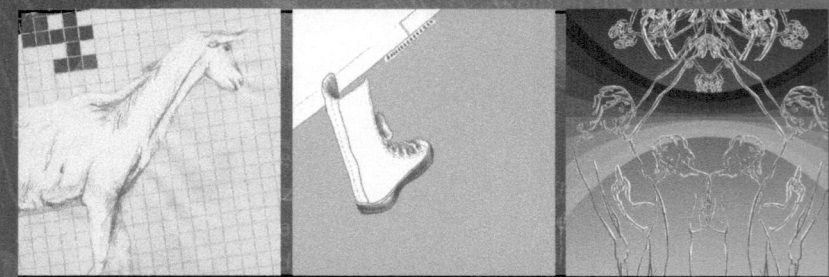

Die Effekte der Nacht, oder besser gesagt ihres Fehlens

- Von Mhaya Balladares Lanzer -

„Früher als es noch dunkel war, musste nichts sehen, pausenlos nur sehen. Aber als Gott auf das kam, was ihn zu seinen Fehlern führte und unbedacht alles erhellte was zu erhellen war ohne die Freiheit jener zu beeinträchtigen, die vielleicht vor ihm da waren oder nach ihm kommen würden, bemerkte er nicht, denn es war ja neben ihm, dass er das Nichts mit dem Licht geblendet und schließlich geweckt hatte, das Nichts das nichts gewollt hatte, weiter nichts…".

Ein kleiner, schwerer Mann seufzte und strich sich eine aschfahle Strähne aus dem Gesicht. Dann griff er nach der Fernbedienung und vertiefte sich in die Duellszenen seiner Helden, die äußerst spannungslos erscheinen würden, müssten sie sich ohne formbildende Musik verteidigen. Das Futurum II war die Gegenwart des Menschen geworden, alle Gedanken waren nicht mehr ständig und starr gerichtet auf das, was selbstverständlich geschehen wird, sondern endlich auf das was zweifelsfrei geschehen sein wird. Die Projektion seiner Zukunft in seine Vergangenheit war irgendwann, vor kurzem, sein Jetzt geworden. Sie bewahrte ihn davor zu vergehen, denn er war der Zeit ja voraus, doch hatte ihm diese Übertragung von all seinen unzähligen Möglichkeiten lediglich zwei übrig gelassen: Abstraktion und Distraktion. Produzieren und konsumieren.

Eines Tages, und dieser lag offensichtlich weiter hinten als die heutige bereits ins Vergangene übertragene Zukunft und Gegenwart sowieso, hatte irgendeiner irgendeinen anderen darauf hingewiesen, dass nachts die Zeit langsamer verging. Wissenschaftliche Ansätze für eine überzeugende Erklärung gab es daraufhin viele, aber sie alle führten zu nahe an die Irrationalität und Unberechenbarkeit heran, um ungefährlich für Vernunft und Gemüt zu sein. Auch mit Gott ließ sich das nicht für alle erklären, war man doch letztendlich in die absolut faire Zeit der Gleichgültigkeit gelangt. Trotz allem, eines stand fest, die Stunden wanden sich nachts träge dahin und erschienen denen, die schliefen zwar kürzer als tagsüber, aber für jene, die wachten, zogen sie sich zum Teil endlos dahin. Und so kam die Lösung auf das, jedenfalls damals, allerletzte scheinbar zu bewältigende Problem, weil es nicht wie sonst, nur kleine meist „fremde" Gruppen betraf, sondern im Grunde genommen alle aufgeklärten und besonders scharfsinnigen Bewohner der Welt. Es ging dabei um die durch das unaufhaltsame Dahinrinnen der Zeit provozierte Vergänglichkeit, der keiner, der sie fürchtete entrinnen konnte, die anderen hatten nichts gegen Verwandlungen, gelassen ließen sie es geschehen. Die, die sich fürchteten, hingegen glaubten nicht an sie, sie glaubten nur an ein Ende. Statt aber zu versuchen einen Weg zu finden, der davon befreien könnte sich immer nur fürchten zu müssen, hatte man die Nacht in Tag verwandelt und den Tag als Tag belassen, um die Zeit in der tatsächlichen Wahrnehmung zu verlangsamen und durch das Futurum II endlich zu überholen. Nur die Furcht war Angst geworden, hatten die Menschen doch ihren ursprünglichen Gegenstand übertüncht statt auszulöschen. Und das Nichts lag hellwach und kroch näher.

An diesem Tage wurden alle Gedanken an die Gegenwart durch ein Regelwerk gestrichen. Seit diesem Tage gab es auch sie einfach nicht mehr, die Schwärze, die diese wohltuende Stille mit sich brachte. Die dunkle Gefährtin des Schlafes, die manchen Träumern gezeigt hatte wie die Sterne fielen, um ihnen Wünsche zu erfüllen, man war ihrer beraubt worden, ohne sich ihrer entsinnen zu können. Die Ruhe, die zärtliche Liebkosung, wenn sie sich wie ein Schleier an die Gestalten schmiegte, denn die Färbung der Luft verlieh ihr einen Hauch mehr Gewicht und der genügte, um ihn als zaghaftes Streicheln zu empfinden, all ihre Sanftmut und die durch sie bewirkte Geborgenheit fehlten plötzlich. Die Stunde der Geister und der Glühwürmchen war all ihren Bewerbern und Bewunderern abhanden gekommen, es gab nur noch Licht, wo und wann auch immer man hinblickte überall nur Licht, Licht und Menschen und das Licht war nicht mehr gut. Die Welt war künstlich so zum Leuchten gebracht worden, dass die Strahlen der Sonne Schatten auf die Sonne warfen.
Zuerst hatte man geglaubt, aufgrund der fehlenden Phase der Regeneration des Körpers und Geistes, würde vorzeitiges äußerliches Altern eintreten, aber die Annahme hatte sich sehr bald als falsch herausgestellt. Schon sehr viel früher war die Forderung einiger fantastischer Erfinder weitläufig bekannt gewesen, kein Kind solle sich jemals schlafen legen, weil es am nächsten Tag einen Tag älter erwachen würde. Tatsächlich wurde dies bestätigt, niemand mehr alterte, denn alle Gedanken waren starr und ständig darauf gerichtet was geschehen sein wird, sie waren ihrer Zeit voraus, sie konnte sie nicht erreichen.

Doch gerade als die größte aller Hürden, die Vergänglichkeit, endlich überwunden schien, fingen Menschen plötzlich an spurlos zu verschwinden. Aus dem Grund, dass sie außer dem aufs äußerste potenzierte Herstellen, das ihnen nur maximale Erzeugnisse einbrachte und dem ebenso notwendigen, darum produktiven Verzehren nichts taten, was ihnen Ruhe brächte, konnten sich die Gedächtnisspuren des Erlebten und Erfahrenen nicht festigen. Es kam also durch die pausenlose Überflutung von Reizen zu pro- und retroaktiven Interferenzen in allen Köpfen, sogar bei den Kindern. Diese Überlagerungen führten dazu, dass die Menschen begannen sich zu vergessen, gegenseitig und sich selber natürlich auch, sie wurden einfach ausradiert. Nur solche, die für sich beanspruchten die Wirklichkeit abzubilden, entkamen den Radierungen. Jene, die schrieben, weil sie sich in ihrer liebenswürdigen Unzuverlässigkeit eine eigene Existenz erdichteten, jene, die malten oder formten, kreierten sich den eigenen Teil der Welt und jene, die fotografierten, weil sie der Auffassung waren, das Abgebildete sei wahrer als das Abzubildende, lebten von dieser Wahrheit. Das, was all jene verband war, dass sie, abgesehen von ihrer zukünftigen Vergangenheit, fortwährend etwas Selbstständiges von sich selber aus alten Tagen vor sich hatten. Etwas das niemals endgültig abgeschlossen sein konnte, sah man es durch sich, doch immer wieder als etwas anderes, als Teil seiner selbst, von früher, der weiterwirkte. Dabei war unendlich wichtig, dass das Material leblose Materie war, die sich wandelte, sie wurde älter, im Gegensatz zu den mit Verstand Ausgestatteten, denn sie war leblos. Hinzu kam, dass Erschaffenes nicht konsumiert werden konnte, so sehr man es auch versuchte, so sehr man darauf beharrte, es erfüllte keinen Zweck, es war nicht produziert.

Nachdem alle außer jenen, die etwas erschufen, verschwunden waren, waren alle Gebliebenen restlos davon überzeugt, dass auch sie bald unerinnert gewesen sein würden, wenn nicht die Nacht wiederkehrte. Abstraktion und Distraktion mussten wieder Teile des Lebens werden und nicht das Leben selbst. Futurum II und die zur ewigen Wiederkehr verdammten Gedanken mussten Platz machen für das Jetzt, die Vergangenheit, so unzuverlässig sie auch sein mag, die überraschende Zukunft und vor allem die Metamorphosen. Die Menschen wollten sich endlich wieder schlafen legen, behütet vom dunklen Schleier und der Ruhe der Nacht, gestreichelt von ihrem sie zärtlich wiegenden Dasein. Sie beschützte sie, gerade wenn sie am zerbrechlichsten waren, manchmal sogar vor den eigenen Ungeheuern.

Ein kleiner, leichter Mann strich sich eine dunkelblonde Strähne ins Gesicht und knipste seine Helden aus, er dachte nicht an morgen, nicht an später. Er genoss den Augenblick, der den Tag fließend mit der Nacht verband, er würde sich einfach schlafen legen und morgen erwachen. Ohne Zeitverlust und ohne Verschwendung. Und alle Lampen, Birnen und Strahler gingen aus und weil es die Nacht wieder gab, war auch das Licht wieder gut. Die Strahlen der Sonne warfen keine Schatten mehr auf sie selbst. Sogar das Nichts ließ sich nicht mehr blenden. Es erwachte tags immer weniger und nachts überhaupt nicht.

Die Nacht

- Von Melanie Oehl -

Aus den Lautsprechern plärrten Kyuss ihr düster-infernalisches Herzbrummen. Mo saß, den Telefonhörer in der Hand, auf der Couch und starrte in den Abendhimmel. Die Immigrantenkinder spielten um den Häuserblock und lärmten wie jeden Abend, während sie sich um den Ballbesitz beim Fußballspiel stritten. Wirre Worte sammelten sich in Mos Kopf, und dann sprach sie sie aus. Was machst du heute Abend, fragte sie, die lapidare Frage gestellt, aus dem Bauch heraus. Zu oft hatte sie sich Gesprächsstoffe zurechtgelegt, hatte versucht sich in Jans Gedankenwelt zu integrieren und war dann am Mut gescheitert. Aber heute hatte es geklappt. Jan antwortete lapidar, er gehe zu einer Party. Ich komme mit, sagte Mo. Um neun hole ich dich ab.

Neun Uhr in der Gasse zu Jans schwach beleuchtetem Appartement, Mo in dunkelbraunen Cordjeans und einem längst aus der Mode gekommenen roten Streifenshirt. Jan stand rauchend an der Ecke, sein Gesicht unter der dunklen Baseballmütze halb verborgen. Die langen Beine steckten in zerschlissenen Baggyjeans, seine Schultern trugen den üblichen Rucksack mit Partyvorräten. Pünktlich wie immer begrüßte Jan die Freundin, wobei er den Rauch seiner Zigarette langsam ausfließen ließ. Das Leben ist zu kurz zum Zuspätsein, meinte Mo und umarmte den Freund. Schweigend machten sie sich auf den Weg, hinein in die dunkler werdende Nacht, vorbei an Mülltonnen in menschenleeren Seitengassen. Jan kannte den Weg blind, so oft war er ihn schon in diversen Zuständen gelaufen, ohne sich zu verirren. Wir sind da, sagte er schließlich. Vor dem Eingang einer ehemaligen Bäckerei, jetzt zugenagelt mit Holzbrettern, setzte er den Rucksack ab und hielt kurz inne. Und du bist sicher, dass du das willst? Fragte er Mo. Die hellroten Locken umspielten das dünne Mogesicht. Sie runzelte die Stirn und steckte die Hände in die Hosentasche. Dann atmete sie tief ein und sagte: „Ja, ich will." Es klang wie die wundersamen Worte der Hochzeit, in der sich die Partner einander übergeben, ohne an Folgen oder Scheidung zu denken oder daran, dass der andere plötzlich eine viel jüngere Freundin haben könnte oder dergleichen. Ich will. Totales Vertrauen. Jan griff in die Tiefen seines Rucksackes und produzierte eine alte Seifenschachtel.

„Aber nur eine am Anfang, mehr gebe ich dir nicht", sagte er. Mit einer Hand griff er in die Schachtel und holte eine Tablette heraus, unscheinbar wie Aspirin und kaum sichtbar zwischen den Rillen seiner langen Finger. Seine andere Hand berührte Mos Lippen fast zärtlich, so dass sie sie öffnete. Die Tablette glitt lautlos ins Rosa des Mundes und verschwand mit einem Schlucken. Auch Jan nahm eine. „Komm, wir gehen rein", sagte er, und hakte sich bei seiner Freundin unter. Wie schön er sich anfühlt, wenn er sich an mir reibt, dachte Mo.

Die Tür im Hinterhof der alten Bäckerei führte ein paar Stufen hinab in ein Kellergewölbe. Feuchte Steine hallten erst leise, dann immer lauter wider von der treibenden Musik, die von irgendwo hinter den Mauern kam. Mo schüttelte sich. Der Geschmack des Rotweins, den sie zum Jananrufen getrunken hatte, klirrte bitter auf ihrer Zunge und weckte ein warmes Rauschen in ihr. Sie gingen der Musik entgegen, immer weiter unendliche Gänge entlang, bis sie an einer Tür ankamen. Jan machte sich los und sah Mo im Halbdunkel in die Augen. Ich bin da, summte er, wenn du gehen willst, melde dich. Dann stieß er die Tür auf.

Der Lärm war ohrenbetäubend. Gitarren, tausende Gitarren schienen ihre Melodie zu kreischen, schienen sich zu schlachten und immer mehr zu fordern. Im hinteren Teil des Gewölbes hatte man eine Bar aufgebaut, geschmückt mit phosphoreszierenden Bändern, um einen Anhaltspunkt im Halbdunkel zu geben. Dicht an dicht gedrängt teilten sich hunderte Leiber den Platz zwischen Eingang und Tresen. Überall Gespräche, Menschen mit Bierflaschen riefen sich über die Musik hinweg Wichtigkeiten zu, einige lachend, andere schwer betrunken. Mo schüttelte sich erneut, diesmal aber aus Wohlgefühl. Endlich war sie in dieser Welt angekommen, von der ihr Jan immer nur erzählt hatte. Die wirren Worte in ihrem Kopf fanden zu Bildern und formierten sich zu Emotionen. Wahnsinn, dachte sie. Es ist so viel besser als nur erzählt.

Jan sah die Freundin noch einmal an und verabschiedete sich mit einem kurzen Nicken. Er tauchte in die Menschenmenge, vorbei an den sich wiegenden Leibern in Richtung Bar. Mo sah ihn ein paar Worte mit dem Barkeeper wechseln. Wie gut er aussieht, dachte sie.

Dann stürzte sie sich selbst in die Masse. Die Musik wechselte von gitarrenschrill nach basslastig. Neben zwei Frauen in schwarzen Kleidern steckte sie sich eine Marlboro an. Sie stand und rauchte, beobachtete ein paar Momente die Leute und gab sich der Musik hin. Das Vibrieren der homogenen Masse faszinierte sie. Ein letzter Zug an der Zigarette, dann warf auch sie sich tanzend in die Mitte, ließ die Haare fliegen, rockte und kreischte und schüttelte die Last des vorangegangenen Tages ab. Sie ging ganz

im Musikbeben auf, schien dahin zu schmelzen und sich aufzulösen.

Die Wirkung der Pille traf sie mitten im Höhenrausch der Musik. Zuerst wurde ihr schwindlig. Setz dich hin, rief ein Teil ihres Gehirns, und sie gehorchte. Halb tastend gelangte sie an den Rand der Tanzfläche, wo sie sich auf einen Stuhl fallen ließ.

Mos Kopf dröhnte von Tablette und Musik. Die Dunkelheit, die sie gerade noch als beruhigend empfunden hatte, rückte immer näher und nahm ihr fast den Atem. Im Raum schien keine Luft mehr zu sein, nur Lautstärke und lachende Gesichter, die sich zu Fratzen verzogen. Raus hier, nur raus, rief ihr Kopf wieder, mach, dass du hier weg kommst. Stolpernd bahnte sie sich ihren Weg ins Freie, wobei sie Leute umstieß und Drinks verschüttete. Die langen Korridore auf dem Weg nach draußen erschienen ihr endlos, Mauer reihte sich an Mauer. Ich werde hier unten verrecken, lachte sie halbirre in sich hinein, während sie sich taumelnd vorwärts tastete. Dann hatte sie endlich die Tür erreicht. Sie öffnete und hangelte sich ins Freie.

Die kalte Luft traf sie wie ein Schlag ins Gesicht. Japsend ließ sie sich auf den Boden fallen und atmete scharf ein. Mit jedem Atemzug merkte sie deutlicher, dass die Wirkung der Pille immer noch zunahm. Keuchend lag sie ein paar Minuten da. Hahaha, hier liegst du und krepierst, rief es böse in ihr. Nein, ich gehe nicht drauf, sagte sie verzweifelt halblaut vor sich hin, ohne zu wissen, dass sie mit sich selbst sprach. Zitternd richtete sich Mo auf. Das Stehen fiel ihr schwer, und der Drang, sich mit dem Gesicht wieder auf die Kühle des Betons zu pressen, war immens. Trotzdem blieb sie auf den Beinen.

Der Boden öffnete sich vor Mo, und plötzlich hörte sie Geigen. Das ist das Ende, lachte Mo in den mondlosen Nachthimmel hinein, torkelte vorwärts und stolperte in eine Hecke hinein. Reglos blieb sie ein paar Momente liegen. Ihr Gesicht war zerkratzt, sie schmeckte ihr eigenes Blut metallisch auf der Zunge und fühlte ihre Tränen, die ihr die Wangen hinunterliefen. Die Hecke umklammerte Mos Glieder, bis sie die Kraft fand, aufzustehen. In ihrem Kopf röhrte eine Kampfmaschine laut und unerbittlich. Verschwommen sah sie die Umgebung neben sich wie durch Weichspüler. Immer noch erklangen die unwirklichen Geigentöne um Mo herum. „Jan, was hast du mir da gegeben", rief Mo. Sie stand halbwegs fest auf ihren Beinen und klopfte sich den Heckenstaub von ihrer Cordjeans. Der Himmel war dunkel, nur durch das schalgelbe Licht der Straßenlampe erhellt. Mos Kopf brummte und surrte, die Geigenklänge trieben sie fast in den Wahnsinn. Sie öffnete ihren Mund und fing an zu schreien, während sich ihre Umgebung um sie drehte, immer schneller rotierte und sie wieder in das bodenlose Loch hinab zu ziehen versuchte. Jan, schrie sie, Jan, Jaaaaaaaaan!!!!!!
Im Mietshaus gegenüber gingen die Lichter an. Ein alter Mann im Schlafanzug riss ein Fenster auf und fluchte Unverständliches. Die Worte ergaben keinen Sinn, alles drehte sich in Mo und um sie herum. Etwas in ihr ahnte, dass der Mann ihr nicht helfen würde. Voller Angst fing sie an zu rennen, an der Hecke entlang weiter in die endlose Nacht. Die Geigen verfolgten sie schrill, ein zunehmendes plingplingpling, immer höher und schneller. Sie rannte weiter, schreiend, nur um den spitzen Tönen zu entkommen. Alles um sie herum schien nur noch aus geigenplärrenden Farben zu bestehen. Rennend flüchtete sie vor den irren Tönen weiter in die Nacht hinein, bis sie nicht mehr konnte. Stopp, sagte der noch heile Teil ihres Gehirns, und wie durch ein

Wunder blieb ihr Körper stehen.

An eine Mauer gelehnt, keuchte Mo einige Minuten. Ihr Herz schlug heftig, sie konnte es bis in ihre Zehen klopfen spüren. Der unglaubliche Puls strömte durch sie hindurch wie ein zu schnell aufgezogenes Uhrwerk. Schließlich übergab sie sich zwischen den vor ihr geparkten Autos. Um sie herum tanzten noch immer die Farben, nur die Geigenklänge waren endlich verstummt.

Mo schüttelte sich ob des bitteren Geschmacks auf ihrer Zunge. Erst da wurde ihr bewusst, wie viel Durst sie hatte. Ihre Kehle brannte vom Rennen und vom Spucken, rau und trocken fühlte sich ihr Hals an. Ich muss Wasser trinken, hörte sie einen Instinkt in sich sagen, ich brauche Wasser, damit ich hier nicht kollabiere. „Wasser", sagte Mo laut, „wo ist Wasser?". Der Mann, der auf einmal neben ihr stand, griff in seinen dunklen Rucksack und produzierte wie selbstverständlich eine Flasche Selters. Hier, trink, aber langsam, hörte Mo Jans kühle Stimme. Sie griff nach dem Plastik und trank gierig. Ein Teil der Flüssigkeit lief sprudelnd über ihr Kinn und tropfte auf ihre Brust. Endlich hat er mich gerettet, sagte Mo in ihrem Kopf leise zu sich selbst, während sie ihren Durst neben der Mauer stillte. Nach einer Ewigkeit setzte sie die Flasche ab und atmete aus.

„Ich hatte dich gewarnt", sagte Jan neben Mo und verstaute die Flasche in seinem Rucksack. Er wirkte ruhig und gelöst wie immer. Mit geübtem Griff angelte er sich eine Zigarette aus den Tiefen der Baggyjeans und reichte Mo eine weitere. „Hier, zum Runterkommen", grinste er und gab Feuer. Der Rauch durchströmte Mos Lungen kalt und heftig. Erneut schüttelte sie sich. Sie musste husten, aber gleichzeitig fing sie an zu lachen. Der Farbrausch um sie herum war zu einem milchigen Pastell mutiert, das alles in einen goldschimmrigen Ton tauchte. Wieder hustete sie.

„Nein, das ist keine Marlboro", grinste Jan sie an. Mos Gesicht verzerrte sich zu einem Lachen, wobei sie sich wieder ins Husten verstrickte. Farbkreise tanzten vor ihren Augen und zogen sie in rosarote Wälder in ihrem Inneren, in Kindheitserinnerungen voller warmer Sommertage und taureifer Beeren. „Du Arsch", lachte Mo aus den Falten ihres Gehirns heraus, „auf welchen Trip schickst du mich hier, hahahahahaha?"

Die Wärme auf Mos Wangen wurde unerträglich, ihr Gesicht schien zu kochen. Sie brauchte dringend Abkühlung. „Komm, wir gehen baden", grinste sie Jan an, „komm mit", und dann rannte sie davon. Im Stadtpark beim Fontänenbrunnen hielt sie keuchend an. Lachend streifte sie ihre Kleider ab, bis sie nackt im Licht der Brunnenbeleuchtung stand. Jan war ihr gefolgt und hatte sich entkleidet, schnell und unkompliziert, und so standen sie beide da, nur umhüllt von den Farben ihres Geistes. „Ich zuerst", schrie Jan plötzlich, und stürzte sich ins Brunnenbecken. Mo folgte kichernd. Sprudelnd gossen sie sich Wasser über die zerzausten Haare, strichen sich

Kühle gegenseitig ins Gesicht und auf den Rücken. Die Nacht ergoss sich über ihnen wie ein Mantel aus Farbrausch und Musik.

Lange spielten sie miteinander, ohne sich zu sorgen. Die Schatten des Brunnens umfingen sie schützend, das sanfte Licht erhellte nur das Wichtige: das Lachen in ihren Gesichtern und die Anmut ihrer Körper. Dann lagen sie tropfend nebeneinander auf der Wiese. Längst waren die Wirkungen der Droge verklungen, waren die Farben um sie herum wieder normal geworden. Still hielten sie sich an den Händen und lächelten in den heller werdenden Himmel. Der Morgen dämmerte herauf. Nur ein winziger Moment hielt sie noch gefangen im Zauber des Erlebten.

Beim Anblick des ersten Obdachlosen, der stolpernd auf den Hauptweg des Parks zusteuerte, stand Mo auf, streifte die Cordhose und ihr Ringelshirt über und nickte Jan zu. „Ich seh' dich dann mal wieder", sagte sie warm, und Jan grinste. Wortlos zog auch er sich an. Im Licht des Morgens sah er gut aus wie immer.

An der Wand

- Von Stefan Nikolai Hochgesand -

Vorgestern ist mir Julia zum ersten Mal begegnet, gestern zum zweiten Mal. Man sagt, aller guten Dinge. Aber keine Rede kann sein von gut.

Julia liegt schon im Bett, mit den Augen zur Wand. Ich lege mich dazu, bevor Florian wieder da ist. Dann spüre ich seine Schultern. Er flüstert, ich solle ihn aufwecken, wenn er rede im Schlaf. Nach einer Weile sagt Julia zu mir: „Wenn du an die Wand gehst, kann ich das besser." Später liege ich an der Wand. Noch später kommt mir der Gedanke, dass sie auf einen richtigen Moment gewartet hat, um diesen Satz zu sagen. Und dass sie ihn verpasst hat.

Wir fahren mit der Tram zur Schönhauser Allee, Florian stützt den Kopf mit der Hand, die Fingerkuppen an der Stirn. Julia kauft ein Ticket, für wen, frage ich mich. Ein Irrer will wissen, ob er Chancen hätte bei der da drüben, ich schüttle den Kopf, und die andere sagt: „Siehst doch, dass er müde ist." Dabei schaut sie den Irren an und mich nicht.

Wir tanzen, über den Bässen höre ich Florians Worte, er sagt: „Ich komme gleich wieder." Julia steht mit jemandem am Rand, ich gehe zu den beiden, die andere sagt: „Und du kommst aus dieser Stadt, die niemand kennt außer Julia?" Ich sage: „Ich weiß noch nicht, wo ich heute Nacht schlafen soll." Sie sagt: „Fragen schadet nicht." Julia sagt: „Ich kenne ihn kaum. Sonst würde ich fragen."

Florian haucht milde Worte in die kühle Nacht. Ich ziehe die Zimtstange aus meinem Glühwein und gebe sie Florian, kurz danach stürzt Julias Glas zu Boden, ich weiß nicht mehr, wo ich hinschauen soll.

Sie fragt, und ich schreibe zurück, ich hätte schon Lust zu tanzen, sei aber gerade etwas aufgeschmissen, weil der Liebhaber meiner Bekannten da sei und ich nicht wisse, wo ich heute Nacht schlafen soll. Fast hätte ich geschrieben „ums Verrecken nicht weiß, wo ich heute Nacht schlafen soll", aber dafür war die Angelegenheit zu ernst. Erwartungsgemäß schreibt sie, das sei kein Problem und dass sie mich schon irgendwo unterbringen werde. Sie schreibt, ein Bekannter komme mit, aber ich solle mir keine Sorgen machen, von wegen Wagenräder oder so, sie seien schließlich kein Paar.

Julia und ich verlassen die Stammkneipe ihrer Leute. Sie sagt, sie kenne eine Menge Leute hier, und wenn ich was bräuchte. Es beginnt zu regnen, ich nehme den Schirm aus der Tasche, spanne ihn auf über ihr. Weil ich nicht weiß, was ich in solchen Momenten sagen soll, sage ich: „Zum Glück hab ich ihn nicht vergessen. Ich verliere meine Schirme oft." Dann sagt sie, sie habe keinen Schirm. Die meisten Menschen haben keinen Schirm. Ich möchte sagen, die meisten Menschen hätten keinen Schirm. Ich sage es nicht, sonst würde sie mich fragen, woher ich das wisse, oder sie würde sich fragen, woher ich das wisse. Nicht auszudenken. „Du nimmst auch die U6?", fragt sie, aber sie fährt nach Tegel, ich nach Mariendorf, es trennen sich unsere Wege. Sie schreibt noch ihre Nummer in meinen Kalender.

Sie fragt, und ich schreibe zurück, ich hätte schon Lust zu tanzen, sei aber gerade etwas aufgeschmissen, weil der Liebhaber meiner Bekannten da sei und ich ums Verrecken nicht wisse, wo ich heute Nacht schlafen soll. Erwartungsgemäß schreibt sie, das sei kein Problem und dass sie mich schon irgendwo unterbringen werde. Sie schreibt, ein Bekannter komme mit, aber ich solle mir keine Sorgen machen, von wegen Wagenräder oder so, sie seien schließlich kein Paar.

Florian haucht milde Worte in die kühle Nacht. Ich ziehe die Zimtstange aus meinem Glühwein und gebe sie Florian, kurz danach stürzt Julias Glas zu Boden, ich weiß nicht mehr, wo ich hinschauen soll.

Wir tanzen, über den Bässen höre ich Florians Worte, er sagt: „Ich komme gleich wieder." Julia steht mit jemandem am Rand, ich gehe zu den beiden, die andere sagt: „Und du kommst aus dieser Stadt, die niemand kennt außer Julia?" Ich sage: „Ich weiß noch nicht, wo ich heute Nacht schlafen soll." Sie sagt: „Fragen schadet nicht". Und Julia sagt: „Ich kenne ihn kaum. Sonst würde ich fragen."

Ich fahre mit der U1 zum Schlesischen Tor. Im Innenhof riecht es nach aufgebackenen Brötchen, ich finde den Lichtschalter wieder nicht, verpasse die richtige Tür, muss wieder nach unten, dabei falle ich fast, hier riecht es nach Gras, ich finde das Zimmer, klopfe nicht an, lege mich leise in den Schlafsack und drehe mich zur Wand.

Sie fragt, und ich schreibe zurück, ich hätte schon Lust zu tanzen, sei aber gerade etwas aufgeschmissen, ich müsse bei meiner Bekannten bleiben, ihr Liebhaber würde nicht mehr kommen, so viel stehe fest. Und ich wisse nicht, was zu tun sei. Fast hätte ich geschrieben „ums Verrecken nicht weiß, was ich tun soll", aber dafür war die Angelegenheit zu ernst. Julia antwortet nicht mehr.

Julia und ich verlassen die Stammkneipe ihrer Leute. Sie sagt, sie kenne eine Menge Leute hier, und wenn ich was bräuchte. Es beginnt zu regnen, ich nehme den Schirm aus der Tasche, spanne ihn auf über ihr. Sie sagt, sie habe gar keinen Schirm. Die meisten Menschen haben keinen Schirm. Ich sage, die meisten Menschen hätten keinen Schirm. „Du nimmst auch die U6?", fragt sie, aber sie fährt nach Tegel, ich nach Mariendorf. Sie schreibt noch ihre Nummer in meinen Kalender.

Julia und ich verlassen die Stammkneipe ihrer Leute. Sie sagt, sie kenne eine Menge Leute hier, und wenn ich was bräuchte. Es beginnt zu regnen, ich habe den Schirm vergessen. Ich verliere meine Schirme oft. Die meisten Menschen haben gar keinen Schirm. Ich sage, die meisten Menschen hätten keinen Schirm. Woher ich das wisse. Wie man das so behaupten könne. Dann fährt sie nach Tegel, ich nach Mariendorf.

Zwei Nächte mit Jan

- Von Tina Kühnel -

Die Flasche in ihrer Hand fühlt sich gut an. Schön kühl. Sophie nimmt noch einen Schluck daraus. Ihn lässt sie dabei nicht aus den Augen. Auf dem Kiesweg sitzend betrachtet sie ihn, aufmerksam und immer noch ungläubig. Noch einmal denkt sie an diesen Abend vor vier Wochen.

Es war ein Freitagabend wie jeder andere. Ein ganz normaler Freitagabend. Jan hatte sich schon darauf gefreut, seit das letzte Wochenende zu Ende gegangen war. Endlich wieder rauskommen, die anderen sehen, tanzen gehen, Spaß haben, sich lebendig fühlen, alle Sorgen wegtrinken. Die Woche war schwierig gewesen. Anstrengend. Kraftraubend. Jeden Morgen war es ihm schwerer gefallen aufzustehen. Der Gedanke, die Hoffnung, einen Abend ausbrechen zu können, tat gut. Die Abende im Schlacht- hof taten immer gut. Zuhause schienen seine Gedanken ihn manchmal aufzufressen.

Es war ein lustiger Abend gewesen, ein ganz gewöhnlicher Abend eigentlich. Die Musik war klasse und sie hatten gerockt, was das Zeug hielt. Auch Jan war anfangs mit auf der Tanzfläche gewesen, aber Sophie hatte ihre Aufmerksamkeit an diesem Abend eher Tobi zugewendet, der ihr schon so lange gefiel und der sich ihren Schlachthof- Abenden viel zu selten anschloss.

Der Abend hatte eigentlich ganz gut begonnen. Wie immer eben. Fast alle waren sie da – sogar Tobi war mal wieder gekommen –, die Musik war gut und das Bier sowieso. Jan wollte einfach nur seinen Kopf ausschalten und genießen. Auf der Tanzfläche gab er sein Bestes, um es den anderen gleichzutun und sich in der Musik zu verlieren. Er holte sich einen Becher Bier nach dem anderen, was ihm normalerweise so gut dabei half locker zu werden, und auch ein Päckchen Kippen hatte er sich mal wieder gekauft. Das Rauchen beruhigte ihn sonst immer, diese Monotonie des Einatmens, Ausatmens, Einatmens, Ausatmens… Aber heute schien nichts davon zu helfen. Die düsteren Gedanken der Woche blieben in seinem Kopf haften. Er versuchte, ein bisschen heftiger zu tanzen. Ein bisschen schneller zu trinken. Ein bisschen mehr zu rauchen. Aber der Spaß wollte nicht kommen.

Rückblickend erinnert Sophie sich daran, dass Jan ziemlich bald die Tanzfläche verließ. Aber sie hatte sich nichts dabei gedacht. Es war ihr damals nicht einmal aufgefallen.

Es half nichts. Es ging ihm einfach beschissen. Er versuchte seit Wochen, dagegen anzukämpfen, aber heute schien sie wieder übermächtig zu werden, diese Leere in ihm. Verdammte Scheiße. Zunehmend frustriert versuchte er weiterhin, die Tanzbewegungen und den Spaß der anderen nachzuahmen. Dann kam ein alter Kumpel auf ihn zu. „Willst du nicht mit rauskommen, einen quarzen?", fragte er ihn, und das konnte Jan heute einfach nicht ablehnen. Also verzogen sich die beiden nach draußen auf den Parkplatz und drehten dort ihre Tüte.

Irgendwann war Jan zurückgekommen, und danach war er ziemlich ruhig gewesen. Hatte mit einem abwesenden Blick in der Ecke gesessen. Sophie hatte gedacht, er sei einfach betrunken und müde. Das kam bei ihnen allen ja oft genug vor. Sie hatte ihn noch gefragt, ob es ihm gut gehe, und er hatte genickt. Also war sie lachend zur Tanzfläche zurückgekehrt.

Die Heftigkeit, mit der der Rausch einsetzte, überraschte ihn. Er spürte, wie ein nicht unangenehmer Lähmungszustand seinen Körper überfiel, in dem jede Bewegung plötzlich zu einem enormen Kraftakt wurde. Seinen Arm zu heben, um einen Schluck Bier zu trinken, kostete auf einmal große Anstrengung. Jan schaute zu den anderen auf der Tanzfläche hinüber, aber sie schienen unglaublich weit entfernt. Die dröhnende Musik, die Bewegungen und das Lachen der Menge, der Geruch nach Bier, Schweiß und Rauch; all diese Eindrücke strömten an ihm vorbei, ohne dass er noch etwas mit ihnen anzufangen wusste. Ungewollt wurde er auf seine eigenen Gedanken zurückgeworfen.

Seine eigenen, düsteren Gedanken, die ihn nicht entkommen ließen. Die verhinderten, dass er so unbekümmert Spaß haben konnte wie die anderen. Er hatte immer versucht, es ihnen gleich zu tun, so zu werden wie sie. Und manchmal war er nahe dran gewesen, oder hatte es zumindest gedacht. Aber sie kam immer wieder, diese eiskalte Leere in ihm. Wie eine stählerne Klinge in seinem Inneren. Er hatte sich nie überwinden können, zu einem Psychiater zu gehen, um möglicherweise einen Namen zu finden für das, was er empfand – das wäre wie ein Eingeständnis gewesen, dass er nicht normal war, und das konnte er nicht. Er wollte nicht so gebrandmarkt werden. Viel schlimmer noch wäre gewesen, wenn der Arzt ihn gefragt hätte: „Was machen Sie eigentlich hier? Worüber beschweren Sie sich? Ihnen geht es doch gut, Mann – gehen

Sie gefälligst raus und genießen Sie das Leben!" Oft stellte Jan sich ähnliche Fragen: Was willst du eigentlich? Worüber beschwerst du dich? Du führst ein gutes Leben, hast eine intakte Familie, gute Freunde, du studierst und hast gute Noten – also was soll dieses Theater?

Aber dieses Theater war da, in ihm; es war diese Leere, diese Sinnlosigkeit, die an ihm nagte, ihn von innen auffraß. Es war diese Stimme in ihm, die ihn fragte, wozu das überhaupt alles gut war, was das sollte, dieses Leben. Wozu sich dumm und dämlich arbeiten? Wozu Kinder in die Welt setzen, die doch nur eines Tages sterben würden, so wie man selbst und alle, die man kannte und liebte, im Tod enden würden? Wozu sich von einem Tag zum nächsten quälen, um die Woche irgendwie rumzukriegen, nur damit man am Wochenende mithilfe aller greifbaren Drogen soviel wie möglich von dieser Welt hinter sich lassen konnte? Wie oft war das Leben ihm zu anstrengend, wie oft wollte er einfach nur im Bett liegen und schlafen, tief und fest schlafen, und erst wieder aufwachen, wenn er glücklich war. Warum konnte er das nicht, glücklich sein? So wie die anderen? Was wollte er denn bloß? Was zum Teufel war verkehrt mit ihm? Ihm wurde übel, und er wünschte, er hätte diesen Joint nicht geraucht.

Gegen vier hatte sich die Menge merklich ausgedünnt gehabt, und bald würde der Schlachthof schließen. Sophie war gegangen, um ihre Bahn noch zu erwischen. Mit Tobi war leider mal wieder nichts gelaufen – er war noch geblieben, um später gemeinsam mit Jan nach Hause zu laufen. Zum Abschied hatte Sophie ihn noch einmal umarmt, genauso wie Jan, der vor lauter Müdigkeit kaum noch ansprechbar schien.

Nur mit Tobis Hilfe hatte er es bis zu sich nach Hause geschafft. Jan hatte sich von ihm verabschiedet und dann mühsam die Treppen hoch geschleppt. Er war in die Küche gewankt und hatte mehrere Gläser Wasser getrunken, gegen den Brand und die Übelkeit. Draußen wurde es bereits hell, der Himmel war so farbig und schön. Aber es nützte ja nichts. Es nützte nichts. In seinem Kopf war immer noch alles so leer und kalt und sinnlos. Es nützte nichts, verdammt noch mal. Was war nur mit ihm los? Was war verkehrt? Warum konnte er nicht sein, nicht leben, wie alle anderen? Einfach nur leben. Genießen. Sich keine solchen überflüssigen Gedanken machen darüber, wo das alles hinführen würde, dass das Ende doch schon vorbestimmt war, und dass das, was in der Zwischenzeit passierte, sinn- und belanglos war... Warum konnte er seine Gedanken nicht einfach abschalten? Warum zum Teufel musste er alles so negativ sehen? Warum war da diese Leere in ihm, die doch keinen rationalen Grund hatte? Warum war er nicht glücklich, so wie er es hätte sein müssen? Warum war er so ein schlechter Mensch, der immer mehr wollte, immer mehr??? Warum, verdammt, warum???

Aber lag es denn wirklich nur an ihm? War das Leben denn wirklich so lebenswert, wie alle taten? Schließlich kannte er mehr als genug Menschen, die ihren allwöchentlichen Termin beim Psychiater hatten, die Depressionen, Ängste, Panikgefühle, Essstörungen und so vieles mehr mit sich durchs Leben schleppten. Und dabei gehörten sie noch zu dem winzigen Teil der Weltbevölkerung, dem es gut ging! Was war das also für eine Welt? Was war das für ein Leben? Tat man nicht eigentlich gut daran, sich dem ganzen Theater freiwillig zu entziehen?

Sie muss an dieses Foto denken, das sie von ihm besitzt, eines der wenigen. Aufgenommen auf irgendeiner Party am Rheinufer. Er steht da, in die Kamera grinsend, mit einer Bierflasche in der Hand und ausgebreiteten Armen, so als würde er fliegen oder es zumindest versuchen wollen.

Was hatte er denn zu erwarten? Nur diese Leere, diese Leere, die sich nicht ausfüllen ließ, und er hatte es weiß Gott oft genug versucht. Die Dinge besserten sich nicht, darüber sollte er sich inzwischen eigentlich im Klaren sein. Er sollte endlich einen Schlussstrich ziehen. Er hatte es schließlich oft genug vor sich her, von sich weg geschoben. Den Mut dazu verloren, oder die Kraft. Nein – er hatte die Nase voll. Es konnte nicht sein, dass das Leben so schwer war, ein ewiger Kampf. Das war es nicht wert.

Er betrachtete das Küchenfenster, das er schon vor einer Weile geöffnet hatte. Es war klein; er würde sich anstrengen müssen, um da durchzupassen. Kein sehr würdevoller Abgang. Aber hoch genug war es vermutlich. Flüchtig dachte er an diejenigen, die ihn finden würden. Der Anblick, den er ihnen bieten würde, tat ihm schon jetzt leid, aber was sollte er machen. Ihm schwindelte. Die Straße dort unten schien weit weg. Die Sonne ging langsam auf und er zögerte noch eine Sekunde. Dann atmete er tief ein und stieß sich ab. Er fiel mehr, als dass er springen konnte; das Fenster war zu klein für große Gesten.

„Keep passing the open windows", hatte sie mal in einem Buch von John Irving gelesen, in einer Zeit, als sie selbst von – den wohl üblichen – Teenager-Depressionen geplagt wurde, und diese Zeile hatte sich ihr eingebrannt. Warum hatte sie Jan nie von dieser Zeile erzählt? Ihm dieses Versprechen abgenommen? Ob es etwas genutzt hätte? Warum hatte sie nicht gemerkt, dass er ihre Hilfe benötigte?

Er hatte noch einige Stunden gelebt, aber das Bewusstsein nie wieder erlangt. Im Krankenhaus durften ihn nicht einmal seine Eltern mehr sehen. So zerschunden und zerstört war sein Körper gewesen, dass die Ärzte ihnen diesen Anblick ersparen wollten.

Dieser Anruf von Tobi. Sie hatte sich so gefreut, seine Nummer auf dem Display zu sehen. Voller Erwartung hatte sie abgenommen. Aber seine Stimme… Gleich war klar, dass irgendetwas nicht in Ordnung war. Dass gar nichts in Ordnung war. Sie konnte nicht fassen, was Tobi sagte.

An einem wunderschönen Julitag wurde Jan beerdigt. Die Trauergäste standen in der prallen Mittagshitze, und unter den schwarzen Hemden floss der Schweiß in Strömen. Das Ganze war absurd. Wie sie alle dagestanden hatten. Die ganze Schlachthof-Clique, plötzlich mit ernsten Gesichtern, Tränen in den Augen und weißen Rosen in den Händen. Was machten sie hier? Und was machte Jan da drin, in diesem Sarg? Was?

Die Flasche in ihrer Hand fühlt sich gut an. Schön kühl. Sophie trinkt einen Schluck Whiskey, während sie den Grabstein betrachtet. Was wohl mit den weißen Rosen passiert ist, die sie zum Abschied ins offene Grab warfen? Hat man sie mit Jan begraben? Oder hat man sie herausgeholt, um sie auf der frisch aufgeschütteten Erde noch einmal niederzulegen? Egal. Sophie schüttelt langsam den Kopf. „Warum hast du das getan, Jan? Warum?" Sie wirft die Flasche gegen den Grabstein. Viel zu laut hallt das Geräusch über den nächtlichen Friedhof. Aber sie ist nicht gekommen, um ihm Vorwürfe zu machen. Auch nicht, um ihre Fassungslosigkeit und Trauer weiter zu nähren.

Sie lässt ihren Blick zum Himmel gleiten, zu den vielen funkelnden Sternen, die sich hier an diesem Grab alle wie Stiche in ihr Herz anfühlen, und denkt an den schönen, warmen Augusttag, der hinter ihr liegt. Der abendrote Himmel auf dem Weg hierher, der warme, goldene Sonnenschein, das Wasser des Rheins, das behäbig dahin schlich und sich im Sommerwind leicht kräuselte… Und die Menschen am Flussufer, mit entspannten, glücklichen Gesichtern, beim Spazierengehen, beim Grillen, beim Feierabendbier… Nichts Außergewöhnliches, Großartiges vielleicht, aber immerhin – das Leben. Nie wird sie verstehen, warum ihm das nicht ausgereicht hat.

„Mach's gut", flüstert Sophie, streicht über die Erde, unter der er liegt, und steht auf.

Nachtmär
für G.B.

- Von Agga Kastell -

Sie kauerte am Rande ihres Bewusstseins, eine ängstliche Schnecke vor dem Verlassen ihres Gehäuses. Wie Fühler sondierten ihre Sinne die Lage. Rascheln von Haut in Kleidern. Gemurmel. Ein helles Biep, vage bekannt. An- und abschwellendes Zischen. Schmerz, der mit dem Zischen an- und abschwoll. Schmerzen überall. Ihr Kopf in einem Schraubstock. Ihre Hand umklammert von etwas Rauem, Hartem: vertraut, unerwünscht, viel zu fest.

Sie atmete ein und zuckte mit den Fingern.

Sofort brach die Hölle los.

Es piepte wie verrückt, das Zischen kam unregelmäßig und sie bekam keine Luft mehr.

Stimmen. „Sie hat die Finger bewegt."

„Sie kommt zu sich."

„Atmet sie?"

Ihre Hand wurde fast zerquetscht. Eine heiße Flüssigkeit tropfte darauf. Brennend. Flüssigkeit! Merkte niemand, dass sie verdurstete? Ihre Zunge klebte im Mund wie eine wochenalte Unterhose. Ihre Augenlider waren eiserne Vorhänge, verrostet und unbeweglich. Mit ungeheurer Anstrengung schaffte sie einen Blick durch einen winzigen Spalt.

„Nacht!" dachte sie, bevor sie versank.

Diesmal kam sie so schnell zu sich wie ein Tänzer, der auf die Bühne springt. Sie war so wütend. Sie hatte ihn gesehen. Ihr knöchelhoher Turnschuh stand verwaist mitten auf der Straße, als wolle er ganz alleine eine weite Reise unternehmen. Und sie wusste, was anscheinend niemand sonst merkte: ihr Fuß steckte noch darin. Sie musste ihren Turnschuh suchen. Sie musste ihren Fuß finden. Sie wand sich hin und her und durch ihren Körper flutete Schmerz. Ihre Arme waren angebunden. Sie zog an den lächerlich dünnen Plastikfesseln. Frei. Sie zog sich den harten Knebel aus dem Mund. Ihre Kehle brannte wie Feuer. Hände drückten sie zurück. Sie wehrte sich. Aufgeregte Stimmen.

„Die Infusion, sie blutet das Bett voll."

„Mist, der Tubus ist draußen."

„Bindet die Arme fest!"

Sie nahm ihren ganzen Willen zusammen. Ihre geschwollene Zunge stieß gegen die aufgesprungenen Lippen: „Mmein Fffuuuß... im Schuuuh."

Beim dritten Mal war es wie Aufwachen. Sie hörte geschäftiges Treiben, Stimmen, Geräusche, ein Lachen? Die raue Hand war wieder da, fuhr durch ihr Gesicht, über ihren Arm. Eine raue Stimme, die sie unter Tausenden wiedererkannt hätte, dicht an ihrem Ohr.

„Maja? Maja?"

Sie bewegte ihren Kopf in die Richtung, die ihr Gehör ihr vorgab. Volle Lippen pressten sich auf ihre Wange, ihre Stirn, ihre Hand. Laute kamen aus ihrem Hals. Ooooo?

„Du bist im Krankenhaus, Maja. Du hattest einen Unfall. Mit dem Motorrad." Was? Wieso? Warum? Wie? Doch die Stimme brach ab. Ein Schluchzen. „Es wird alles gut, Maja. Ich liebe dich doch." Ein nasses Stück Stoff legte sich auf ihre Lippen. „Saug an dem Waschlappen, Schatz. Du darfst nicht trinken." Bäh. Angewidert stieß sie ihre Zunge gegen die feuchte Baumwolle. Es dauerte Stunden, bis ihre Hand, unruhig durch die Luft schwebend, das Tuch gefunden hatte. Sie wischte sich über die Stirn. Über die Augen. Wollte die Dunkelheit wegwischen. „Du hast einen Verband um den Kopf und über den Augen. Deshalb kannst du nichts sehen."

WAS? Sie schob den Lappen weg. Tastete mit den Fingern über ihr Gesicht. Jemand hatte Gewichte an ihre Arme gehängt. Ihre Lippen, feucht. Ihre Nase, so spitz? Und was war mit ihren Wangen los? Sie hatte keine mehr. Die Haut schien nach innen zu fallen und ihr linker Knochen war viel zu hoch. Sie spürte den groben Verband, drückte ihn herunter, bis sie die Wölbung ihrer Augen fühlte. Drückte die Lider auf die Augäpfel. Es tat nicht weh. Seine rauen Hände legten sich um ihre Handgelenke, zogen ihre Arme herunter. Erschöpft gab sie nach.

Zornige Stimmen, wütendes Zischen. „Was machst du hier? Du dürftest gar nicht da sein."

„Ich bin immer noch ihr Mann."

„Gewesen! Du bist ein Betrüger, Rainer."

Eine sanftere Stimme. „Hört auf damit. Muss das hier sein?"

Mama. Beinahe mühelos formte ihre Stimme die uralten Laute. „Mama!" Eine jugendliche Stimme antwortete wie ein Echo: „Mama?" Das Gezänke hörte auf. „Mama. Endlich bist du wieder da." Wie? Wo sollte sie denn gewesen sein? Und wieso „endlich"? Es war alles zu viel. Während die Hand ihres Sohnes mit vertrauten Bewegungen ihren Arm streichelte, sackte sie weg.

Langsam ging es aufwärts mit ihr. Jedenfalls behaupteten das die unsichtbaren Ärzte, die sie allmählich an ihren Stimmen unterscheiden konnte. Die junge Stimme, die dunkle und die ernste standen links an ihrem Bett, die nuschelnde und die mit dem ausländischen Dialekt rechts und bewarfen sich mit lateinischen Ausdrücken. Sie verstand jedes Wort. Insgesamt waren neun Rippen gebrochen, eine hatte ihren linken Lungenflügel angestochen, der war kollabiert und sie hatte beatmet werden müssen. Ihr linker Fuß war gebrochen. Ihre Milz war entfernt worden. Sie hatte ein Schädel-Hirn-Trauma, ein Gerinnsel wurde ausgeräumt. Durch den Aufprall ihres Kopfes und die OP war ihr Sehnerv beschädigt. Sie hatten sie wegen der Schmerzen ins künstliche Koma versetzt, jetzt bekam sie intravenös Morphin. Deshalb kam sie nicht richtig zu sich. Nach der Visite hörte sie eine vertraute Stimme.

„Maja, ich bin's, Tine."

Die Stimme weinte. Maja hatte ihre Freundin in fünfzehn Jahren nur dreimal weinen gesehen.

„Tut mir leid", sagte Tine, „ich habe gedacht, ich sehe dich nie wieder. Ich habe dich schrecklich vermisst." Tine, die immer die Wahrheit sagte.

„Du siehst schrecklich aus, Süße." Ehrlich bis zur Schmerzgrenze.

„Was ist passiert?", fragte Maja.

„Hat dir keiner was erzählt?"

Maja wiegte die Hand über der Bettdecke hin und her.

„Hier redet wohl keiner mit niemandem", sagte Tine. „Mit mir wollen sie auch nicht reden. Sie wollen nicht mal, dass ich dich besuche."

Tine nahm ihre Hand, eine federleichte Berührung.

„Ich weiß, dass du mit dem Motorrad gefahren bist. Du kamst an eine Straßenkreuzung. Du hattest keine Vorfahrt, aber bist trotzdem gefahren. Du hast einen Bus übersehen, einen großen öffentlichen Verkehrsbus. Wie kann man denn über die Straße fahren und einen Bus übersehen?" Sie weinte wieder. Maja hätte gerne gesehen, wie Tine um sie weinte. Sie wartete und hoffte, nicht wegzusacken. Wegen den Medikamenten und weil es immer dunkel war, merkte sie oft gar nicht, wenn sie einschlief.

„Zeugen sagen, du hast so hart gebremst, dass deine Reifen eine dicke, schwarze Spur auf dem Asphalt hinterlassen haben. Durch den Ruck wurde dir der Helm vom Kopf gerissen. Der Bus hat dich mit der Stoßstange gerammt, du bist hochgeflogen und mit der linken Seite und dem ungeschützten Kopf in die Scheibe gekracht."

Tine zog ihre Hand weg und schnaubte ihre Nase gedämpft in ein Taschentuch.

„Ich habe ein Bild gesehen von dem Bus. Im Glas kann man deutlich deinen Kopfabdruck erkennen, sozusagen mit jeder einzelnen Pore."

„Wann?", fragte Maja.

„Das war vor zwölf Tagen", sagte Tine. „Du hast neun Tage im Koma gelegen."

„Warum?"

„Ich weiß nicht, warum es passiert ist", Tine klang unglücklich, „aber ich werde es heraus finden."

Eine Stimme sagte, sie bringe etwas zu essen. Die erste Nahrung nach fast zwei Wochen. Tine sagte, sie wolle die Patientin füttern. Es war warmer Schokoladenpudding. Maja schaffte vier Löffelchen, bevor sie fix und fertig aufgab.

Nach fünfundzwanzig Tagen Intensivstation wurde Maja auf die Innere verlegt. Vorher wurde sie mal wieder geröntgt, geschallt und gescannt. Ihre Lunge hatte sich gut erholt und funktionierte.

„Durch die künstliche Beatmung sind alle Zellen in ihrem Körper angeschwollen, bis sie aussahen wie ein Michelin-Männchen", sagte der Arzt mit der jungen Stimme. Nachdem sie den Apparat abgestellt hatten, fiel sie in sich zusammen. Sie fühlte, wie ihre Knochen spitz durch die Haut stachen. Die Haut an ihren Oberarmen hing herunter wie ein Tuch und flabberte unangenehm, wenn sie sich bewegte. Ihre Brüste waren leere Schläuche und ihre Pobacken waren nicht mehr vorhanden.

„Das kommt durch das Schädel-Hirn-Trauma", sagte der Arzt mit der ernsten Stimme, „so ein Trauma verbraucht um die dreitausend Kalorien am Tag. Das frisst die Muskeln auf." Vom Brustbein bis zum Schambein ertastete sie die Narbe ihrer Milz-OP. Ihr linker Fuß steckte in einer Extension, einem Metallgestell, mit dem sie dauernd an der Bettdecke hängen blieb, weil sie nicht sehen konnte. Unter der Haut an ihrem Fuß fand sie die Drähte, mit denen ihr Knöchel wiederhergestellt worden war.

„Sie haben Glück gehabt", sagt die ernste Stimme. „Ihr Fuß wurde von der Motorradkette fast zermahlen. Wir haben ihn nur mit viel Mühe retten können."

Ihre Rippen, die von allein heilen mussten, bereiteten ihr Schmerzen beim Atmen. Ihr linkes Jochbein hatte sich verschoben, musste aber nicht dringend operiert werden. Für ihre Amnesie brauchte sie Zeit und Geduld. Am meisten Sorgen machte ihr ihre Blindheit. Der Verband kam ab, die Augen wurden gereinigt und untersucht. Alles, was sie sah, war das dunkle Geflimmer eines gestörten Fernsehbildes.

„Der Sehnerv ist in Ordnung", nuschelte der Arzt. „Er wurde weder beim Aufprall noch bei der OP beschädigt." „Warum kann ich dann nichts sehen?" „Vielleicht ein Schock", sagte die dunkle Stimme. „Wir wissen es nicht", fügte der Dialekt hinzu. Der Verband blieb ab.

„Du siehst aus wie immer", sagte Tine.

„Aber ich sehe nicht wie immer", fauchte Maja. „Wenn es nichts medizinisches ist, was ist es dann?"

„Denk nach", sagte Tine leise. „Du bist die chinesische Heilpraktikerin."

Maja dachte nach, wann immer ihre Kraft es zuließ. Es war wie ein Puzzlespiel, bei dem viele Teile abhanden gekommen waren. Sie hatte als Arzthelferin gearbeitet, deshalb kannte sie sich aus mit dem ärztlichen Fachjargon. Irgendwann war ihr das nicht mehr genug gewesen. Sie studierte chinesische Medizin und Akupunktur und ließ sich zur Heilpraktikerin ausbilden, um ihr Wissen anwenden zu können. In ihrem kleinen Haus hatte sie sich einen Raum als Praxis eingerichtet. Ihr Nebenerwerb lief so gut, dass sie mit dem Gedanken gespielt hatte, ihre Stelle aufzugeben. In ihrer Freizeit war sie Mitglied im Fastnachtsverein, im Turnverein und im Motorradclub. Sie war seit zwanzig Jahren mit Rainer, einem Automechaniker, verheiratet, ihr Sohn Mark studierte Informatik. Ein Leben wie aus einem Rosamunde-Pilcher-Roman. Eine Familie wie aus der Rama-Werbung. Ein verzwicktes Suchbild: Was stimmt nicht in dieser Kopie?

Wenn sie schlief wurde sie von Angstträumen heimgesucht. In ihrem Ehebett lauerte etwas grauenvolles unter der Decke. Als sie floh, erschien ein Arm, der sie die steile Treppe hinab stieß. Eine Hand mit einem Messer stach auf ihre Augen ein.

Ihr Mann kam früh morgens zu Besuch, wenn niemand da war. Er half ihr beim Waschen und Ankleiden und drängte sie, ihre Krankengymnastik zu machen. Er wusch ihre Wäsche, las ihr vor und tröstete sie, wenn sie weinte. Er blieb selten, wenn ihre Freunde und Bekannten zu Besuch kamen. Er blieb nie, wenn ihre Eltern kamen. Ihr Sohn Mark hatte sich bei ihnen einquartiert.

„Papa ist nämlich wieder eingezogen", sagte er zu Maja.

„Das interessiert deine Mutter nicht, lass sie erst gesund werden", sagte ihr Vater. Maja wollte widersprechen, aber ihre Mutter redete schon von etwas anderem.

In dieser Nacht wurde sie geweckt, weil ihr jemand in brüllender Lautstärke ins Ohr schrie: „DU DÜRRE ZIEGE! DU HÄSSLICHE DÜRRE ZIEGE!"

Sie fing an zu kreischen. Der Nachtpfleger kam und versuchte sie zu beruhigen. Es sei niemand da, sie habe einen bösen Traum gehabt. Aber sie konnte sich nicht beruhigen. Sie humpelte zu einem Stuhl und bat um einen heißen Kaffee. Es war ihr Mann gewesen, der ihr ins Ohr gebrüllt hatte. Mit dieser dunkel-grollenden Stimme wie eine abgehende Felsenlawine, die er benutzte, um sie in Angst und Schrecken zu versetzen und die sie nur zu gut kannte.

Sie ließ ihre Hände ihre Hüften entlang wandern. Das war dürr. Sogar klapperdürr. Wieso hatte er sie damals dürre Ziege genannt?

Bilder kamen ihr in den Sinn. Szenen aus dem Film ihres Lebens.

Klick.

Ihr Schlafzimmer, die Decke auf dem Bett zurück geschlagen, sie selbst in weißer Spitzenunterwäsche auf die Kissen drapiert. Ein Sektglas auf ihrem Nachttisch, eines in ihrer Hand. Sie streckt es Rainer entgegen, als er aus dem Bad kommt.

Er nimmt es nicht.

„Was soll denn das?", brummt er unfreundlich.

„Ich dachte, wir feiern ein bisschen", säuselt sie.

Er legt sich in seine Hälfte des Bettes und deckt sich zu. Sie gibt nicht auf. Stellt das Sektglas ab und rutscht zu ihm unter seine Decke. Schmiegt sich an ihn. Nimmt seine Hand. Legt sie auf ihre Hüfte. Er greift zu, sie schöpft Hoffnung. Er schubst sie zurück.

„Du bist mir viel zu dürr", knurrt er, „wie eine klapprige Ziege." Er dreht sich um. Er schnarcht.

Klack.

Maja konnte es nicht fassen. Rainer, ihr Mann, der jeden Tag kam und alles für sie tat, hatte so etwas gesagt? Was hatte sie denn feiern wollen?

Klick.

Sie sitzt am Telefon. Erzählt freudestrahlend, dass sie es diesmal geschafft hat. Nach dreimaligem Anlauf hat sie endlich ihre Prüfung zur Heilpraktikerin bestanden. Ihr Chef umarmt sie und hat Tränen in den Augen. Freunde kommen vorbei und bringen Blumen und Pralinen. Das Telefon steht keine Minute still. Es wird Abend. Um sieben ist Rainer immer noch nicht zu Hause ist. Er kommt weder um acht noch um neun. Sie startet einen Rundruf, voller Sorge. Um elf kommt er heim, total betrunken. Er geht an ihr vorbei, reißt die Kühlschranktür auf.

„Haste was zu essen?", nuschelt er. „Ach ne, du bist ja jetzt Heilbratterin." Er stampft die Treppe hoch und verschwindet lärmend im Schlafzimmer. Er hat ihr nicht gratuliert. Sie schließt leise den Eisschrank. Sie friert.

Klack.

Maja betrachtete die erstarrte Frau in ihren Bildern. War das wirklich sie? War das ihre Vergangenheit? Sie erinnerte sich. Sie erinnerte sich, dass ihr Mann ihr weder an diesem noch an irgendeinem anderen Abend zu ihrer bestandenen Prüfung gratuliert hatte. Wieso hatte sie die Prüfung dreimal gemacht?

Klick.

Sie sitzt an dem kleinen Brett, dass sie zwischen Treppengeländer und Wand geklemmt hat, um eine Ablage für ihren Computer und ihre Unterlagen zu haben. Im ganzen Haus scheint kein Platz für einen richtigen Schreibtisch zu sein. Auf dem Computer steht „Prüfungsfragen 212-246". Auf dem Kalender ist der morgige Tag rot eingekreist. Die Eingangstür geht auf. „Maja", schreit Rainer, „Maja, ich hab' kein frisches T-Shirt. Und kann das sein, dass meine Arbeitshosen für nächste Woche alle in der Wäsche sind?" Es kann sein. Sie hat morgen Heilpraktikerprüfung und die Wäsche schlicht vergessen. Sie geht die Treppe hinunter. Ihr Mann steht in der Küche. Er hebt abwechselnd die nackten Füße vom Boden als wate er durch Matsch. Es gibt ein knatschiges Geräusch. „Ich kann in meinem eigenen Haus nicht barfuss gehen", sagt er. „Und ich kann mich nicht erinnern, wann das letzte Mal das Essen auf dem Tisch stand, wenn ich heimkam." Er streckt die Hand aus und wirft ihr eine Strähne ihres unordentlich aufgesteckten Haares ins Gesicht. „Oder du geduscht warst", sagt er.

„Ich lerne, Rainer", sagt sie, mit Wut in der Stimme.

„Daran werde ich ununterbrochen erinnert", sagt er. Er lässt seinen Blick verächtlich über ihren weiten Pullover wandern, ein ausrangiertes Teil von ihm, das sie nur im Haus trägt. „Da brauchst du dich über nichts zu wundern", sagt er. Sie geht in die Waschküche, stopft die Trommel der Maschine voll. Als die Maschine losbrummt, fängt sie an zu weinen. Sie weint beim Zwiebelschneiden. Ihr Mann scheint nichts zu bemerken, als sie ihm sein Essen hinstellt. Sie selbst bekommt keinen Bissen herunter. Sie weint beim Bodenwischen. Sie weint unter der Dusche. Sie zwingt sich vor den Computer. Als sie nach einer halben Stunde merkt, dass es sinnlos ist, schaltet sie den Bildschirm aus. Klack.

Sie hatte die zweite Prüfung hinter sich gebracht in dem Wissen, dass sie auf keinen Fall bestehen konnte. Nicht mit dem schmerzenden Schädel, mit dem sie am Morgen aufgewacht war und ihrer desolaten seelischen Verfassung. Für einen Moment schämte sie sich, als sie daran dachte, dass ihr Chef jetzt den Eindruck bekam, sie sei vielleicht nicht intelligent genug, um ihr Vorhaben in die Tat umzusetzen. An diesem Tag war sie in bitterem Zorn nach Hause gefahren. Sie hatte beschlossen, die Prüfung ein drittes Mal zu machen. Sollte sie wieder nicht durchkommen, würde sie ein Jahr warten. Sie würde noch härter lernen, noch fleißiger büffeln. Sie wusste, dass sie es konnte. Sie wusste, dass es nicht an ihr lag.

Klick.

Maja arbeitet seit zehn Jahren in der Arztpraxis. Ihr Chef ist Allgemeinmediziner und Spezialist für traditionelle chinesische Medizin. Er zeigt ihr eine Broschüre.

„Wäre es nicht mal Zeit für Sie, eine Fortbildung zu besuchen?", fragt er und zeigt auf einen Kurs für Arzthelferinnen. Darauf hat sie gewartet.

„Sehr gerne", sagt Maja und zieht eine andere Broschüre vom Schreibtisch. „Am liebsten den da." TCM steht auf dem Umschlag. Der Lehrgang, den sie sich ausgesucht hat, ist für Anfänger in Akupunktur. Ihr Chef nimmt das Heft und geht in sein Sprechzimmer. Zwei Stunden später ruft er sie zu sich. Er bittet sie, Platz zu nehmen. Das macht er sonst nie, sie lehnt an seinem Schreibtisch, wenn es etwas zu besprechen gibt. Sie setzt sich. Er hält das TCM-Heft hoch.

„Wollen sie das wirklich?", fragt er.

„Ja", sagt sie, „das, genau das will ich wirklich. Seit langem schon", fügt sie hinzu.

„Wissen sie, was da auf sie zukommt?", fragt der Doktor.

„Sehr, sehr viel Arbeit", sagt Maja.

„Sie lernen traditionelle chinesische Medizin, aber um es anwenden zu dürfen, müssen sie in Deutschland mindestens Heilpraktiker sein."

„Ich weiß", sagt Maja. Sie hat sich tagelang vorbereitet und alles durchdacht. Sie hat Rainer von ihren Plänen erzählt. Zuerst war er skeptisch, aber als er merkte, wie ernst es ihr damit war, stimmte er ihr zu.

„Maja-Schatz, du kannst das bestimmt", ermunterte er sie. „Du wolltest schon als Kind Ärztin werden. Aber als dein Vater so früh starb, war kein Geld da. So nah wie jetzt warst du deinem Traum noch nie." In diesem Moment liebte sie ihn glühend.

Am nächsten Tag steht eine Kiste auf ihrem Arbeitsplatz. Darin sind dicke Bücher, schwere Kataloge und eine Menge CDs.

„Ich habe Ihnen alle meine Unterlagen zusammengesucht", sagt ihr Chef. „Und ich habe im Internet einige Sachen bestellt, aber die kommen erst nächste Woche. Ach ja, und zu dem Kurs habe ich sie natürlich auch angemeldet."

Maja hat Tränen in den Augen. Vierundzwanzig Stunden und ihr ganzes Leben steht Kopf.

Sie ist so glücklich.

Klack.

Maja schniefte. So hatte es angefangen. Die Zukunft war ein praller, roter Ballon, der in den Himmel strebte. Die Leiterin des TCM-Kurses hatte ihr bestätigt, was sie sich brennend gewünscht hatte. Sie hatte eine natürliche Begabung für die chinesische

Medizin. Problemlos fand sie Meridiane, Nervenknoten und Akupunkturpunkte. Die fremden Worte rollten über ihre Zunge als hätten ihre Stimmbänder darauf gewartet, sie aussprechen zu können. Es war wie nach Hause kommen. Rainer teilte ihre Begeisterung. Obwohl es ihm schwer fiel, weil er nichts von Medizin verstand, hörte er ihr zu.

Es wurde schwieriger, als sie für ihre Abschlussprüfungen am Wochenende weitere Kurse besuchen musste und die Abende mit Lernen verbrachte. Sie gerieten von Streit zu Streit immer härter aneinander.

„Ich habe zugestimmt, dass du die Kurse machst", schrie er, „ich habe nicht zugestimmt, dass sich unser ganzes Leben ändert." Damals sagte er noch „uns".

„Aber genau deswegen mache ich es doch", brüllte sie zurück. Damals hatte sie noch Kraft. „Damit sich unser ganzes verdammtes Leben ändert. Und zwar zum Besseren."

„Ich hasse Veränderungen", schrie er. „Ich bin zufrieden mit dem, was wir haben."

„Aber ich nicht", sagte sie, plötzlich ruhig. „Ich finde, das kann noch nicht alles sein."

Eine Wochen später stand sie im Hof: eine Harley Davidson mit einer großen roten Schleife um den Motorblock. Die, von der ihr Mann so begeistert war und die sie auf keinen Fall hatte haben wollen. Die mit dem gefährlich offenen Ritzel an der Seite. Rainer hatte das Geld vom Konto abgehoben, ohne sie zu fragen. Er hatte das Geld genommen, obwohl er wusste, dass ihre Ausbildung Geld, viel Geld kostete. Sie würde nicht auf die Heilpraktikerschule gehen können. Sie würde sich alles allein beibringen müssen.

„Freust du dich?", fragte er.

„Ich habe mir schon immer ein eigenes Motorrad gewünscht", sagte sie.

„Jetzt können wir zusammen Touren machen", sagte er.

Sie fand sich kleinlich, weil sie über das Geld nachdachte. Sie fand sich gemein, weil sie ihren Mann egoistisch fand, obwohl er ihr gerade eine Harley geschenkt hatte. Sie fand sich selbstsüchtig, weil ihre innere Stimme trotzig schrie, dass sie trotzdem nicht aufhören würde, ihr großes Ziel zu verfolgen. Hatte sie schon immer so eigennützig gedacht?

Klick.

Sie kocht in der Küche. Der kleine Mark wird bald eingeschult. Rainer, ihr blendend aussehender Superheld mit den muskelbepackten Armen wie aus einem Fitnessstudio, in das er nie gehen würde, kommt von der Arbeit. Die Schmetterlinge in ihrem Bauch tanzen. Sie hat ihm einen Fruchtdrink gemixt. Von dem Bier jeden Abend bekommt er allmählich eine Wampe. Er ist schlecht gelaunt. Er zerrt das Band, mit dem er seine langen Haare zusammen hält, aus seinem Schopf.

„Mein Chef hat heute schon wieder auf mir herumgehackt", sagt er. „Lange halte ich das nicht mehr aus. Ständig die dummen Sprüche."

„Rainer, vielleicht solltest du ganz ernsthaft darüber nachdenken, deinen Meister zu machen. Dann könntest du eine eigene Werkstatt haben und wärst dein eigener Boss."

Maja hat ihm damit schon öfter in den Ohren gelegen. „Lass mich dir helfen. Wir lernen zusammen, dann ist es leicht."

„Ich weiß nicht, Maja, ich glaube, ich kann das nicht." Rainer ist total geknickt.

Am nächsten Abend kommt er von der Arbeit und grinst.

„Ich habe das Problem beseitigt", sagt er und küsst sie auf den Nacken.

„?"

„Ich habe gekündigt."

Maja ist fassungslos. „Rainer, wir haben ein Kind, das nächsten Monat eingeschult wird. Ich wollte eine große Familienfeier, eine, die nicht meine Mutter bezahlt. Sollen wir von meinem Halbtagsgehalt leben?"

„Oh, meiner eigenen Frau ist es also lieber, wenn ich mich fertigmachen lasse. Das hätte ich vorher wissen müssen."

Er geht und schlägt die Tür zu. Bis er eine neue Arbeit findet haben sie einen Haufen Schulden. Genau die gleiche Unterhaltung führen sie noch zweimal im Laufe ihrer Ehe. Noch mehr Schulden. Das letzte Mal liegt erst vier Jahre zurück. Da hat Maja begriffen, dass Rainer nie etwas ändern wird.

Klack.

Der Film ihres Lebens. Maja tauchte langsam in der Gegenwart auf. Sie konnte die Vögel vor dem Fenster singen hören, die Schwester von der Morgenschicht kam herein.

„Haben Sie die ganze Nacht hier gesessen?", fragte sie.

„Ich muss telefonieren", sagte Maja. „Jetzt."

Sie ließ sich die Nummer wählen, nahm den Hörer.

„Mama, schick Mark her. Ich muss unbedingt mit ihm sprechen. - Nein, jetzt sofort. Er soll alleine kommen. – Das ist mir egal. Jetzt sofort."

Als Mark kam, war Maja gewaschen, angezogen und hatte gefrühstückt. Ihr Sohn wirkte verlegen.

„Du weißt, was ich von dir will", sagte Maja und nahm seine Hand. „Ich kann sonst niemanden fragen."

„Oma weiß es", sagte Mark. „Du hast sie angerufen, bevor du losgefahren bist."

„Was ist passiert, Mark?"

„Ihr habt euch seit Monaten nur noch gestritten. Schließlich hast du gesagt, du ziehst aus. Seltsamerweise hat Papa eingelenkt. Er hat gesagt, dass du mich und die Praxis hast und dass es für ihn alleine leichter wäre." Mark seufzte.

„Er hat eine kleine Wohnung gefunden. Aber anstatt abzuwarten und dich in Ruhe zu lassen, kam er andauernd vorbei, morgens vor der Arbeit, nachts um zehn nach deinen Patienten und zwischendurch rief er immer wieder an. Du warst echt fertig. Du hast keinen anderen Ausweg gesehen, als endgültig Schluss zu machen. Er ist völlig ausgerastet. Hat dich mit Anrufen und SMS bombardiert, kam weinend in die Arztpraxis und lief brüllend vor unserem Haus auf und ab."

Er drückte Majas Hand.

„Schließlich hast du ihn dazu gebracht, seine Sachen zu holen. Du hast ihm gesagt, er soll alles mitnehmen, was er will. Dann ging es ums Geld auf eurem Konto. Du solltest ein Drittel bekommen, er zwei Drittel. Das war in Ordnung, du brauchtest ja nichts Neues. Ihr seid zur Bank gefahren, er im Auto, du auf dem Motorrad. Als ihn die Kassiererin gefragt hat, wie viel Geld sie auf sein Konto überweisen soll, hat er gesagt, alles. Du bist vor allen Leuten ausgetickt. Hast geschrieen, dass du das nicht unterschreibst. Du bist raus gerannt, hast Oma mit dem Handy angerufen, ihr gesagt, was er gemacht hat und dass du kommst. Aber du kamst nicht."

„Statt dessen bin ich hier gelandet, blind und lahm", sagte Maja. „Warum ist er wieder eingezogen?"

„Er dachte wohl, jetzt, wo du ihn brauchst, überlegst du es dir anders." Mark zögerte.

„Und, tust du's?"

„Nein", sagte Maja leise. „Vielleicht ist das schäbig von mir, wo er all die Wochen so gut zu mir war. Ich weiß, wir hatten auch gute Zeiten. Wir haben uns geliebt. Und wir bekamen dich. Aber ich kann nicht, ich kann einfach nicht mehr."

„Sieh es doch mal so", sagte Mark. Ihr kluger Sohn. „Wie oft bekommt man schon im Leben die Gelegenheit, ein bisschen was von seinen Fehlern wieder gut zu machen?"

Fünf Monate nach ihrem Unfall war Maja endlich wieder zu Hause. Den acht Wochen Krankenhaus waren drei Monate Reha gefolgt. Die Amnesie war gegangen und hatte die Blindheit mitgenommen. Zuerst kamen Schatten, dann ein seltsames Schwarzweißsehen wie in alten Stummfilmen. An dem Morgen, als die ersten schwachen Farben in ihren Augen flimmerten, weinte sie vor Erleichterung.

Die Haut an Hintern und Brüsten füllte sich mit Muskeln und Fett. Ihr Fuß wurde beweglicher. Sie konnte ohne Schmerzen durchatmen.

Heute kam Tine zu Besuch. Sie brachte den Arzt mit, der Maja im Rettungswagen erste Hilfe geleistet hatte. Er hieß Jan, war groß und sportlich, und Tine hinter ihm ließ die Zunge aus dem Mund fallen und schleckte durch die Luft.

„Sie hatten das sprichwörtliche Glück im Unglück", erzählte Jan. „Zweihundert Meter von ihrer Unfallstelle hat der Malteserhilfsdienst sein jährliches Sommerfest gefeiert. Wir waren in einer Minute da. Sie hatten Schnappatmung und wir konnten sie sofort beatmen, sonst wären sie erstickt."

„Danke", sagte Maja. „Ich bin Maja und das ist Tine. Wollen wir nicht ‚du' sagen?"

„Prima, ich heiße Jan", sagte Jan. „Und weshalb ich hier bin: ich glaube, ich habe etwas Dummes gemacht."

„Bis jetzt klingt es nicht so", sagte Maja.

„Du hast auf dem Boden gelegen und dein Fuß war gebrochen und so verdreht, dass er unter der Wade lag. Ich habe deinen Schuh auf der Straße gesehen und habe geschrien, jemand soll nachgucken, ob der Fuß noch darin steckt. Du hast für einen Moment die Augen auf gemacht und gesagt: ‚Mein Fuß steckt noch im Schuh?' Das ist mir nicht mehr aus dem Kopf gegangen. Also habe ich gedacht, ich spreche mit dir darüber."

„Alles wieder in Ordnung", sagte Maja, hob ihr Bein und ließ den Fuß kreisen.

Jan ging, aber er ließ seine Telefonnummer da.

Tine sagte: „Und? Gefällt er dir?"

„Oh là là", machte Maja, „ich denk', mich streift ein Bus."

Sie lachte. Tine lachte mit. Dann wiegte sie bedenklich den Kopf.

„Du wirst demnächst geschieden. Und er hat einen knackigen Hintern. Mach trotzdem langsam."

„Der ganze Mann ist Balsam für müde Augen. Ein bisschen gucken wird nicht schaden", sagte Maja lächelnd.

TOD
IN DER NACHT

Ewige Nacht

- Von Sabine Ludwigs -

Er könnte behaupten, die Stimme in seinem Kopf sei schuld. Eine Männerstimme, die mit samtweichem Timbre auf ihn einflüsterte.

Aber das wäre nur ein Teil der Wahrheit gewesen, denn das Schicksal legte ihm zwei Dinge mit in die Wiege.

Eines war seine Blindheit, der er verdankte, dass seine übrigen Sinne überdurchschnittlich entwickelt waren. Durfte er den Worten anderer glauben, hatte er trotzdem wunderschöne Augen.

„Sie funkeln wie Edelsteine, Arno", behauptete seine Mutter oft. „Aquamarine. Wie die Augen deines Vaters."

Seines Vaters!

Sie nach ihm zu fragen brachte nichts, das wusste er von klein an. Er erhielt nur immer wieder die gleiche Antwort: „Ich hoffe, er schmort in der Hölle."

Also fragte er nicht mehr.

„Wie sehen Aquamarine aus?", wollte er als Kind einmal wissen. „Wie fühlen sie sich an?"

Sie nahm seine Hand, benetzte den Handrücken mit ihrer Zungenspitze und pustete auf die nasse Stelle.

„Diese Farbe haben Aquamarine." Sie gab Arno ihren Ring, dessen kantigen Stein er mit den Fingerspitzen betastete. „Und so fühlen sie sich an."

Danach wusste er, dass seine Augen nicht nur nutzlos und blind, sondern auch kalt und hart waren.

Er lächelte. Das passte zu ihm, denn das Schicksal hatte ihm noch etwas anderes mit in die Wiege gelegt; abgrundtiefe Bosheit. Sie hatte die einzige Farbe, die er kannte: schwarz. Und sie fühlte sich ebenfalls kalt und hart an.

„Du bist bösartig, Arno!" Es war Mutters bebende Stimme, die ihn schon früh veranlasste seine Bösartigkeit zu verbergen. In solchen Momenten hörten sich ihre Worte laut, schrill und ein wenig atemlos an. Einer tiefer Vorwurf lag darin, der ihr eigentliches Empfinden jedoch nicht überdecken konnte: Angst. Unbändige Angst.

Nicht, dass ihr Vertuschungsversuch irgendetwas geändert hätte, nein, er war völlig nutzlos - denn er konnte Angst riechen. Es war ein wilder, ursprünglicher Geruch nach Moschus, Salz und würzigem Wasser, der Arno vor Wohlbehagen eine Gänsehaut verursachte. Er wollte mehr davon. Viel mehr.

Deswegen war es bedauerlich, dass Arno sich nach der Sache mit dem Meerschweinchen Bobby noch mehr vorsehen musste. Sehr bedauerlich, aber nicht zu ändern. Die Stallkaninchen von gegenüber, sein Hamster, Nachbars Katze – das alles lief im Verborgenen ab. Aber bei Bobby hatten ihn seine Empfindungen und der Angstgeruch fortgerissen: Der sich windende, pelzige Körper, ein schwacher Pfeifton, das fieberhafte Pochen in Bobbys Hals, als Arno zudrückte ... ein unbeschreibliches Gefühl: wohlig, kribbelnd. Hell! Wie eine siedende Strömung brannte es hinter seinen Augäpfeln, beinahe, als könnte er sehen - im gleichen Augenblick hatte seine Mutter plötzlich neben ihm gestanden.

„Ich war ungeschickt", versicherte er ihr. Sie war misstrauisch, so viel stand fest, doch sie traute sich nicht ihren ungeheuerlichen Verdacht laut auszusprechen.

Dass Bobby dann wenig später aus seinem Käfig ausgebüchst und spurlos verschwunden war, glaubte seine Mutter nicht und das sagte sie auch: „Du bist bösartig, Arno. Du machst mir Angst."

Natürlich bekam er nie wieder ein Haustier, sie ließ auch nicht zu, dass irgendeines in seine Nähe kam. Nicht einmal ein Blindenhund, da konnte er noch so lieb betteln. „In Deutschland gibt es 155.000 Blinde, Arno. Nur jeder Hundertste von ihnen hat einen Führerhund. Es geht auch ganz gut ohne."

Das stimmte.

Und später brauchte er auch keinen Hund oder irgendeine andere Kreatur mehr. Da war er aus solchen Kindereien längst herausgewachsen, ging lieber nachts spazieren - auf die Pirsch, wie es ihm die samtweiche Stimme in seinem Kopf zuflüsterte. Allein, er hatte sein ganzes Leben in diesem Viertel verbracht und kannte es in- und auswendig.

Er fühlte den Mondaufgang und sein wächserne Licht, wie Vögel die ersten Sonnenstrahlen. Dann hielt ihn nichts mehr im Haus.

Den Blindenstock nahm Arno nur mit, falls mal unerwartet etwas auf den Wegen liegen sollte. Er schlenderte durch die Gassen, hörte, roch und fühlte alles um sich herum, saugte es in sich hinein wie ein Blutegel und lauerte auf das Eine: Schritte.

Leichte Frauenschritte, bei denen die Absätze von hochhackigen Pumps klackerten.

Das bedeutete in der Regel, dass die Trägerin jung war. Klein. Und ängstlich.

Die Kirchturmuhr schlug zwei. Er wollte gerade von der einsamen Parkstraße in die Nonnengasse einbiegen, als eine Haustür geöffnet wurde, jemand auf die Straße trat und er das ersehnte Geräusch hörte.

Arno schmiegte sich an den schroffen Wandputz und verschmolz mit seinen Freunden, den Nachtschatten.

Das Erste, was er von ihr wahrnahm, war ein leichter Duft nach Rosen. „White Rose Natural. Ich liebe dieses Odeur!", flüsterte die samtweiche Stimme in seinem Kopf und gab der Frau einen Namen.

„Magdalena."

Sie gab ihnen immer Namen. Die Erste nannte sie Marja, nach einer altitalischen Frühlingsgöttin, denn ihre Kleider dufteten nach Blumen.

Melitta, die Honigsüße, erhielt den Namen der Nymphe, weil ihr Haar nach Honig roch.

Und nun Magdalena – wie die Magdalenenrosen, die, einem alten Mythos zufolge, durch die Tränen Maria Magdalenas von roten Rosen zu weißen verblassten.

Als ihre Schritte leiser wurden, löste er sich aus den Schatten.

Ihr Geruch unter dem Parfum und Make-up, der Geruch, den sonst nur Hunde wahrnehmen können, wehte wie ein luftiges Band hinter ihr her und Arno nahm ihn auf.

Die Nacht wurde zu seiner Komplizin, als er sich an die Fersen der Frau heftete und sich ihrem Tempo anpasste.

Partikelchen ihres Schweißes, Hautschuppen, Staub aus ihren Kleidern, die Feuchtigkeit ihres Atems drangen zu ihm, setzten sich in den sensiblen Härchen seiner Nase fest.

Die Geruchsmoleküle wogten in den Rachenraum, benetzten den Gaumen und seine Zunge: die winzigen Geschmacksrezeptoren ließen ihn Magdalena so deutlich schmecken, als würde er sie ablecken.

Er hörte ihren Herzschlag, das Rascheln ihrer Lungenflügel wenn sie Luft holte, das Rauschen ihres Blutes – alles ruhig, alles gleichmäßig.

Zu ruhig für seinen Geschmack.

Arnos Schritte wurden länger, trotzdem achtete er darauf, dass sie weiter im Einklang mit den ihren lagen.

Unmerklich holte er auf. Die Intensität ihres Geruches verriet ihm, dass sich die Entfernung zwischen ihnen verringert hatte. Nur Augenblicke später unterbrach er den Gleichschritt und trat nun lauter auf.

Nach kurzer Zeit verlangsamte sich ihre Geschwindigkeit, sie stoppte für Sekundenbruchteile. Das bedeutete, sie schaute sich um, warf einen Blick über die Schulter, versuchte die Finsternis zu durchdringen, weil sie wissen wollte, wissen musste, wer hinter ihr ging.

Sie fühlte sich beobachtet, nicht ganz wohl in ihrer Haut. Ihre feinen Nackenhaare richteten sich auf, als wäre er ihr schon so nahe, dass sie seinen Atem auf ihrer Haut spüren konnte.

Ihr Geruch veränderte sich. In der Luft hing jetzt ein Hauch von Ammoniak, Harnsäure und Natriumchlorid, dessen leicht salziges Aroma er mehr schmeckte als roch.

Schweiß.

Üppig und dicht wie Sahne.

Angstschweiß.

„Furcht", frohlockte auch die samtweiche Stimme in seinem Kopf.

Magdalena ging schneller, ihre Atemzüge wurden hektischer, das Herz tobte wie ein Orkan.

Arno erhöhte sein Tempo und konnte hören, dass sie sich wieder nach ihm umschaute, und dann erkannte sie einen attraktiven Blinden mit weißem Stock und dunkler Brille - nicht, dass er die gebraucht hätte! Er trug sie lediglich, weil die meisten bei ihrem Anblick sofort verstanden, dass er blind war.

Ein gängiges Bild, das hatte ihm die Stimme versichert, es machte in harmlos.

Bedauerlicherweise war der Spaß nun vorbei.

Vorerst.

Ihre Panik verflog, sie ging entspannter weiter, das Aroma ihrer Angst verflüchtigte sich.

Nur ein Blinder ...

„Jetzt!", befahl die samtweiche Stimme. „Jetzt, Arno!"

„Hallo?", rief er. „Ist da wer?"

Magdalena blieb stehen.

„Bitte!", flehte Arno. „Ich höre Sie!"

Sie kam zurück.

Langsam.

Zögernd.

„Alles in Ordnung!" Sie klang jung, beinahe kindlich. „Tut mir Leid, wenn ich Sie erschreckt habe. Ich wollte bloß zum Zigarettenautomaten."

Sie kam noch näher. „Alles in Ordnung?"

Er nickte und nahm die Brille ab. „Alles klar."

Suchend streckte er eine Hand aus. „Wer ... Verzeihung, darf ich?"

Fasziniert nickte sie, das hörte er am Flüstern ihrer Kleidung, doch dann fiel ihr ein, dass er sie nicht sehen konnte. „Ja. Sicher."

Seine Finger huschten über ihr Gesicht. Ihre Haut war weich und kühl, an den Wangen ein wenig wärmer. Wahrscheinlich hatten sie sich dort gerötet. Die Lippen prall, gut durchblutet und feucht – ihre Augen hingegen eine Enttäuschung. Nicht so groß, wie er es sich vorgestellt hatte, die Wimpern eher spärlich. Die Nase entschädigte ihn: klein, gerade, mit bebenden Flügeln, das gefiel ihm am besten.

Er wusste, dass sie ihre Blicke nicht von seinen Augen wenden konnte. Sie waren hypnotisch.

Bedächtig, als täte er es widerwillig, zog er sich zurück und sagte seinen Satz: „Sie sind schön."

Sie lachte.

Nervös.

Geschmeichelt.

„Und Sie", Magdalena räusperte sich, „Sie haben unglaubliche Augen."

Arno tat so, als wenn er die Brille aufsetzen wollte – doch ihre Stimme ließ ihn scheinbar innehalten: „Wirklich. Wie Edelsteine."

Eine Weile schwiegen sie.

Sie vor Verlegenheit.

Er mit Bedacht.

Dann wisperte Arno: „Erlauben Sie?", und legte seine Hände rechts und links auf ihr Gesicht, rahmte es ein, hielt es gefangen.

Ihr Puls erhöhte sich, der Geruch von Moschus wurde intensiver, als seine Hände tiefer glitten, über ihren Hals, den Adamsapfel liebkosten, an der Kehle verharrten, sie sanft umspannten, fest, noch fester, drückten, quetschten – ihre Gegenwehr war nicht mehr, als eine zusätzliche Würze.

Eine Kakophonie an Ausdünstungen wurde in die Nacht geschleudert, wie glühende Lava aus einem ausbrechenden Vulkan.

Er glaubte vor Wollust daran zu ersticken. Der Orgasmus in seinem Schädel implodierte, ließ ihn schwindeln.

Als sie zuckend unter seinen Händen starb und er den Geruch des Todes tief, ganz tief, inhalierte, legte er seinen Mund auf ihren und trank ihren letzten Atemzug, gierig, hemmungslos, stürzte ihn hinunter wie ein Verdurstender kühles, süßes Quellwasser trinkt. Jeden kostbaren Tropfen.

Und dann explodierte endlich auch die samtweiche Stimme in seinem Kopf, schoss mit einem wilden Jubelschrei aus ihm heraus, raste in die Nacht, die Welt, ins All zu den Sternen ... und wieder zurück in sein Hirn.

Er ging in die Knie. Es gab kein Wort, mit dem man seine Beseligung beschreiben konnte, den Rausch der Sinne, der nur eine Schlussfolgerung zuließ. Die samtweiche Stimme in seinem Kopf kleidete es in Worte: „Ich will mehr."

„Ja!", stimmte Arno trunken zu. „Viel, viel mehr."

Magdalenas Duft zerrann bereits in der Nachtluft, er musste fort.

Auf allen Vieren tastete er nach seiner Brille und dem Stock, hatte Schwierigkeiten sich zurechtzufinden, weil sein Körper sich noch immer nicht wie sein eigener anfühlte, sondern wie der eines Gottes.

Beinahe überhörte er das Kratzen auf dem Asphalt, als eine Schuhspitze die Brille in seine Richtung schob.

„Suchst du das hier?"

Reflexartig krampfte sich seine Hand um die Brille.

„Mutter!"

„Ich wusste es. Du bist bösartig, Arno. Du machst mir Angst."

Sie weinte, das konnte er deutlich hören.

Eine Sekunde später war da dieses eigenartige Schwirren, ein Ton, als würde etwas durch die Luft auf ihn niedersausen.

„Dafür wirst du in der Hölle schmoren, Arno!"

Er spürte einen flüchtigen Lufthauch, als der wuchtige Knauf des Blindenstockes bleischwer auf seinen Schädel krachte und alles andere auslöschte.
Ewige Nacht ...

Wenn es dunkel wird

- Von Vera Schanzenbach -

Cloe schwitzte, obwohl sie das Fenster geöffnet hatte und sich auf dem Fensterbrett sitzend versuchte in der Abendluft ein bisschen abzukühlen. Ein Bein ließ sie lässig aus dem Fenster baumeln, das andere hatte sie in den Rahmen gestellt, um das Gleichgewicht zu halten. Die Nacht hatte sich schon über die Stadt gelegt und Cloe beobachtete aus ihrer Dachgeschosswohnung die Lichter der Stadt und die der vorbeifahrenden Autos und seufzte. Was war das nur für ein beschissener Abend?! Langsam zog sie an ihrer Zigarette, lauschte auf das Knistern des verbrennenden Papiers und sah, wie die Spitze bei ihrem Zug rot aufglühte. Eigentlich rauchte sie nicht, aber es gab Ausnahmesituationen. Heute war so eine. Rauchen beruhigte sie. Wenn sie den Rauch langsam in ihre Lungen zog und das Nikotin in ihr Blut gelangte, sah sie

57

alles viel lockerer. Ihre Probleme lösten sich dann quasi in Rauch auf.

Eine Träne suchte sich ihren Weg aus Cloes Auge. Sie nahm den gleichen Weg, den an diesem Abend schon so viele andere Tränen vor ihr suchten und die dadurch eine Spur aus zerlaufener Wimperntusche auf ihren Wangen hinterlassen hatten. Cloe schniefte und wischte die Träne mit dem Handrücken weg. „Männer sind Schweine!", sagte sie leise und wütend in die Nacht hinein. Sie hatte noch nie Glück mit ihnen gehabt. Immer wenn sie glaubte, es wird ernst, dann verpissten sie sich. Vielleicht hatten Männer auch nur größere Bindungsängste als Frauen. Egal, noch ein Zug aus ihrer Zigarette würde ihr helfen. Sie legte den Kopf zurück und spürte kalt das Metall ihres Fensterrahmens an ihrer Kopfhaut. Das tat gut bei den Temperaturen.

Am Himmel sah sie den riesigen Vollmond, der dick und schwer dort hing. Die Nacht war wolkenlos und die vielen kleinen Sterne funkelten am Himmel wie abertausend Diamanten. Sie hatte sich immer vorgestellt, dass so ein ähnlicher Diamant in einer kleinen goldenen Fassung zu ihrer Hochzeit an ihrem Finger blitzen würde. Wieder einer dieser Träume. Immer wenn sie einen neuen Freund hatte, kam dieser Traum wieder und der Glaube, dass er sich diesmal erfüllen würde, dass sie endlich ihren Traumprinz gefunden hatte. Cloe legte den Kopf schief und blies den Rauch in die Nacht hinaus. Mit der linken Hand tastete sie nach einer Flasche Wodka. Die hatte sie noch von einer Party übrig gehabt und heute war sie froh darüber. Sie nahm einen kräftigen Schluck, der alles in ihr zusammenzog. Der Geschmack war wirklich widerlich, so ohne irgendwelche Verdünnung. Aber sie wollte sich wirklich die Kanne geben. Der Alkohol würde ihre Gefühle betäuben, die Zigarette sollte ihre Gedanken vernebeln. Anders würde sie den Abend einfach nicht überstehen. Dieses Arschloch hat sie einfach sitzen lassen. Was dachte er sich dabei?! Noch ein Schluck, um diese unerträglichen Gefühle, die in ihr hochsprudelten, noch ein bisschen zu narkotisieren. Was sie für ein Bild abgeben musste, richtig assi: In der rechten Hand die Kippe, in der linken die halbvolle Wodkaflasche. Aber es sah sie ja keiner. Sie war ja hoch über der Stadt und wohnte in einer Gegend, in der um 19 Uhr die Bordsteine hochgeklappt wurden. Sie wollte kotzen. Diese ganze heile Welt mit ihren gepflegten Vorgärtchen wollte sie vollkotzen. Wer bitte will so leben?! Ihr Ex war auch so ein ordnungsfanatischer Schnösel gewesen, der in diese spießige Gegend passte. Arschloch!

Sie war so sauer. In ihr kochte und brodelte es. Am liebsten würde sie es laut in die Nacht hinausschreien. Wieder lenkte sie ihren Blick zum Mond und fühlte sich von ihm angezogen. „Ich bin absolut mondsüchtig!", stellte sie schon mit etwas leiernder Stimme fest. Alkohol war sie einfach nicht mehr so gewohnt. Sie war einfach nicht mehr so trinkfest wie früher. Und auf einmal bekam sie Lust, einfach den Mond anzuheulen. Nur so, wie die Wölfe einfach den Vollmond anheulen, ohne Grund. Und ehe sie sich noch besinnen konnte, war sie schon lauthals am heulen und hörte erst damit auf, als im Nachbarhaus nach und nach die Lichter angingen. Cloe konnte sich vor Lachen kaum auf der Fensterbank halten. „Siehst du, du Penner, nicht nur du kannst dich wie ein Hund benehmen!", sagte sie leise und zufrieden. Ein Nachbar brüllte wütend und schlaftrunken aus einem Fenster des Nachbarhauses, dass der Verursacher dieser Störung doch bitte seine Klappe halten solle. Cloe beeindruckte das gar nicht und als die Lichter nach und nach wieder erloschen, überlegte sie sich noch einen Heuler loszulassen, ließ es aber. Man musste sein Glück ja nicht provozieren. Ihr Blick schweifte langsam durch ihre dunkle Wohnung und blieb an der Leuchtanzeige ihrer Stereoanlage hängen. Dort lief jetzt schon seit einer Ewigkeit eine CD mit Lovesongs in der Endlosschleife. Sie hatte sie vorhin eingelegt, schon früh am Abend, um sich auf eine unvergessliche Nacht einzustimmen. Sie hatte langsam und möglichst sexy vor dem Spiegel getanzt, versucht ihren verführerischen Hüftschwung zu perfektionieren und dabei ihre komplette Garderobe durchprobiert. Schließlich hatte sie sich für das sehr kleine Schwarze entschieden. Dazu die unglaublich schöne Spitzenwäsche, die er ihr zum Valentinstag geschenkt hatte. Jetzt erst wusste Cloe, wie egoistisch dieses Geschenk gewesen war. Denn bequem war etwas Anderes. Aber als sie sich vor dem Spiegel räkelte, war das nebensächlich, denn sie fand, dass sie unglaublich gut darin aussah. Noch ein Paar neue Strümpfe und die High Heels, in denen sie kaum laufen konnte, den Sekt in den Kühlschrank und dann ging es in den Endspurt. Make-up und Frisur waren immer besonders aufwendig. Nicht übermäßig zugespachtelt, aber doch so, dass alle Vorzüge gut zur Geltung kamen. Aber bei ihrem Dekolleté würde er heute wohl kaum auf den Rest achten. Cloe wusste, dass sie bei diesem Gedanken gegrinst hatte. Jede Frau freut sich doch, wenn sie unwiderstehlich aussieht oder sich wenigstens so fühlt. Auch jetzt grinste sie, weil sie jetzt wusste, dass sie Recht gehabt hat. Was interessieren einen Kerl deine schönen Augen, wenn du ganz andere Qualitäten zu bieten hast. Cloe rief sich in Erinnerung, wie nervös sie war, als sie auf ihn wartete und sich die ganze Zeit fragte, ob sie für den perfekten Abend auch an alles gedacht hatte. So war es immer. Wenn er sich für die Nacht ankündigte, sprang sie, um auch alles zu seiner Zufriedenheit zu richten. Ihn zu enttäuschen kam nicht in Frage. Und dann klingelte es endlich. Draußen war es schon dämmrig. Er kam immer erst wenn die Sonne am Untergehen war. Die Nacht gehörte dann ihnen und ihrer Liebe. Sie stellte die Stereoanlage ein bisschen lauter und die Klänge eines Kuschelsongs schwebten durch den Raum. Als sie die Tür öffnete und sich in ihrem winzigen Kleid in den Türrahmen spannte, staunte ihr Macker nicht schlecht, schaute an ihr herunter, blieb kurz am Ausschnitt hängen, wanderte an ihren, dank Heels, unendlich langen Beinen herunter und kam doch schließlich zu ihrem Gesicht zurück und schaute ihr ernst in die Augen. „Wir müssen reden!", sagte er trocken.

Cloe kannte diese Art von Gesprächen und sie liebte sie. Die führten sie immer. Daher bat sie ihn erst einmal herein, öffnete die Sektflasche, schmiegte sich an ihn, tanzte für ihn und stieß ihn schließlich aufs Bett. Zuerst hatte er sich noch gewehrt, aber irgendwann hatte er sich ergeben, was blieb ihm auch übrig, bei ihrer weiblichen Überredungskunst. Er war ja auch nur ein Mann, und Männer werden in solchen Situationen bekanntlich schnell schwach und werfen ihre Prinzipien über Bord. Sie hatte ihn nach allen Regeln der Kunst verführt. Cloe grinste. Die Wirkung, die sie auf Männer hatte, war wirklich gut für ihr Selbstbewusstsein. Nur die Tatsache, dass dieses Arschloch danach immer noch mit ihr reden wollte, das hat sie ziemlich nach unten gezogen. „Es war ein Fehler und es tut mir Leid", hatte er rumgeheult. Er war doch erwachsen, dann hätte er sich ja nicht flachlegen lassen brauchen. Wie er da lag, die Kippe im Mundwinkel, die Augen zur Decke gerichtet. Er konnte ihr noch nicht einmal in die Augen schauen, als er mit ihr Schluss machte. „Willst mir jetzt die Schuld in die Schuhe schieben, du Arsch?! Aber nicht mit mir Freundchen, nicht mit mir!"

Cloe hatte davon geträumt, dass er der Richtige wäre. Mister Right, der Mann fürs Leben. Sie hatte es doch tief in ihrem Inneren gespürt. Dass er Frau und Kinder hatte, war hinderlich, klar, aber er konnte sich ja scheiden lassen, für die wahre Liebe seines Leben, für sie, Cloe. Darüber hatten sie zwar nie offen gesprochen, aber Cloe hat das doch gespürt. Sie hatte es als selbstverständlich vorausgesetzt. Da war doch mehr zwischen ihnen. Es hatten sich doch tiefe Gefühle entwickelt in ihren gemeinsamen Nächten. Sie war nicht einfach nur die billige Affäre, er hatte sie doch geliebt, ganz sicher hat der das getan. Seine Frau war dahinter gekommen. Das war nicht wirklich ein Zufall gewesen. Nachdem ihr Macker nie von einer Trennung von seiner Frau gesprochen hatte, musste Cloe ihrem Glück doch etwas nachhelfen, Schicksal spielen, so wie es die ganzen Serien und Billigproduktionen täglich in der Flimmerkiste demonstrierten. Die Fronten wollte sie klären, sozusagen. Dezente Hinweise sollten die dumme einfältige Kuh auf die richtige Spur bringen. Make-up und Lippenstift am Hemdkragen, Parfüm an der Jacke, fremde Frauenhaare an der Kleidung, SMS zu jeder Tages- und Nachtzeit, Zettelchen mit ihrer Nummer und Herzchen verziert in seinen Taschen, Liebesbriefchen. Sie war da verdammt kreativ gewesen. Immer neue Hinweise waren ihr eingefallen. Cloe war sich sicher, dass seine Frau wenigstens eine dieser Spuren hatte finden müssen. Und so war es ja auch gekommen. Nur leider war die ganze Aktion dann doch anders verlaufen, als sie es sich vorgestellt hatte. Der Schuss war nach hinten losgegangen, denn der reumütige Köter wollte zu seinem Ehefrauchen zurück. Eheberatung und der ganze Scheiß. „Bei mir hätte er das nicht gebraucht. Ich hätte ihn auch so genommen, ganz ohne Seelenklempner", erzählte Cloe der Wodkaflasche.

Das war doch lächerlich; was konnte diese alte, verwelkte, faltige Ziege ihm schon bieten, was sie nicht hatte. Sie war jung und schön und hätte ihm alles gegeben, was sie konnte. „Und vor allem", setzte sie wütend hinzu, „was denkt sich diese hohle Kuh. Als ob er sie mit mir das erste Mal betrogen hätte. Er war doch nicht glücklich mit dieser frigiden Schnepfe. Ich hätte ihm sein notorisches Fremdgehen abgewöhnen können, nur ich. Und was macht dieser Schlaffi?! Rennt zu seinem Frauchen zurück. Wie peinlich!" Cloe zog ein letztes Mal an ihrer Zigarette. Am Filter klebten noch rote Spuren ihres Lippenstifts, als Relikt des vergangenen Abends. Ehe sie den verglühenden Stummel in die Dunkelheit schnippte, hielt sie ihn noch kurz in die schwüle Nachluft, schaute sich den Lippenstift noch einmal an, den sie extra für diesen Abend besorgt hatte. Wie viele Rottöne sie in dem Drogeriemarkt durchprobiert hatte, bis sie den perfekten Farbton gefunden hatte, sündig und feurig, aber auf keinen Fall billig oder ordinär. Stundenlang hatte sie die verschiedenen Nuancen auf ihrem Handrücken getestet. Alles für ihn, für diese Nacht, und alles umsonst. „Auf nimmer Wiedersehen!", rief sie ihrer Kippe auf dem Weg in die Tiefe spontan hinterher, setzte die Wodkaflasche an und nahm einen kräftigen Schluck. Den Lippenstift würde sie wohl nie wieder tragen, die Spitzenwäsche auch nicht mehr. Wahrscheinlich würde sie ihren ganzen Kleiderschrank und auch ihre komplette Einrichtung erneuern müssen. Es erinnerte sie alles an ihn. Wahrscheinlich würde sie weggehen, heute Nacht noch. Sie konnte es einfach nicht ertragen. Hier roch alles nach ihm. Nach After Shave, Haut und Schweiß. Es war kaum auszuhalten!

Cloe stellte die Wodkaflasche, die sich erschreckend geleert hatte, auf die Fensterbank und stand auf. Sie machte das kleine Licht an, das auf ihrem Wohnzimmertischchen stand und blieb wie angewurzelt stehen. „Du blutest ja", stotterte sie, und ihre bleichen Finger zitterten. Wie er da lag, so friedlich auf dem Dielenboden. Jetzt wollte er nicht mehr gehen und sie sitzen lassen. Er schrie sie auch plötzlich nicht mehr an. Cloe griff zu der Küchenrolle, die auf einem Schränkchen stand, riss ein Tuch ab und kniete sich neben den Körper des reglosen Mannes. Sie ließ das Blatt auf die Blutlache fallen, sah dabei zu, wie es sich voll Blut sog und knüllte es zusammen. Ganz behutsam natürlich, damit die rote Flüssigkeit nicht wieder auf ihren Boden tropfte. Dann warf sie das blutgetränkte Tuch zu den anderen, die sich in einer Ecke des Zimmers stapelten. „Du hättest das nicht tun dürfen!", zischte Cloe wütend. „Mich verlässt man nicht, mich hat noch keiner verlassen!"

Er hat sie angeschrien, sie hatte ihn angeschrien. Ein Wort gab das nächste. Er hatte sie eine Schlampe genannt, ein billiges Flittchen. Sie hatte ihn als Arschloch bschimpft und ihm vorgeworfen, was er doch für ein feiger Hund sei. Bis er ihr schließlich eine Ohrfeige gab. Sie solle doch aufwachen, sich mit der Realität abfinden, mit der Tatsache, dass es einfach aus und vorbei sei. Nie hätte er sie geliebt, nicht einmal im Ansatz. Sie war für ihn nicht mehr als eine Abwechslung, ein kleines Spiel gewesen. Sie war niemand, den man nicht ersetzen konnte. Cloe war so wütend gewesen.

Worte hatten nicht mehr gereicht. Er war einfach nicht mit Beschimpfungen anzugreifen. Als sie da stand, mit verheulten Augen, verlaufener Wimperntusche und dem Schippchen, dass ihr bei ihren Eltern immer weitergeholfen hatte, hatte er das Unmögliche gewagt: Er hatte sie ausgelacht. Schallend. Sie solle doch aufhören so kindisch zu sein und sich Konflikten stellen, wie eine erwachsene Frau. Sie wollte ihm nicht wehtun. Nein, dass hatte sie wirklich nicht vorgehabt.

In Gedanken ging Cloe den Streit noch einmal durch. Sie wusste nicht, was sie falsch gemacht hatte. Sie hatte keine Erklärung dafür, warum er sie verlassen wollte. Wahrscheinlich war es ein Missverständnis gewesen. Eine andere Erklärung hatte sie nicht für sein Verhalten. Und jetzt lag er ja wieder bei ihr. Vielleicht hatte er sie und ihre Liebe ja nur testen wollen. Zärtlich strich sie ihm über das blutverklebte Haar. Er hatte die Augen geschlossen. Seine Haut war äschern und die Wangen eingefallen. Die kleine Lampe, die sie eingeschaltet hatte, hüllte das Zimmer in ein dämmriges, fahles Licht. Als Cloe nun ihren Blick von ihrem Liebsten wendete und ihn im Zimmer umherwandern ließ, blieb er schließlich auf ihrem Wohnzimmerschränkchen haften. Sie grübelte und sah die schöne Bleikristallvase an, die darauf stand. Sie war sicher teuer gewesen. Cloe erinnerte sich, wie sehr sie sich gefreut hatte, als er sie ihr geschenkt hatte. Einfach so. Das war doch auch wieder ein Zeichen, dass sie ihm etwas bedeutete.

Im schwachen Licht konnte sie die Verfärbung an einer Seite der Vase sehen. Sie war unglaublich schwer gewesen als sie sie vorhin in die Hand genommen hatte. Die Kraft, die sie aufwenden musste, um damit auszuholen, hatte ihre Arme unbeschreiblich beansprucht. Als sie die Vase schließlich erschrocken auf den Boden sinken ließ, merkte sie erst die Anstrengung, die ihren Arme alle Kraft genommen hatte. Er hatte sie ausgelacht, das hatte sie sich nicht gefallen lassen können. Und dann war da diese Vase. Braunrote Verkrustungen klebten nun daran. Er war einfach umgekippt, einfach so. Er hatte geblutet und sie hatte versucht das Blut aufzuwischen, aber es hatte nicht aufgehört zu bluten.

„Ich werde dich verlassen", flüsterte Cloe und klang traurig, „aber ich kann nicht mit einem Mann zusammen leben, der mich beleidigt und auslacht." Er antwortete nicht. Sie umfasste sein Kinn mit ihren langen Fingern und drehte sein Gesicht zu ihrem. Er sah sie nicht mehr an. „So endet es doch immer", seufzte sie. Sie ließ sein Kinn los und sein Kopf glitt in die vorherige Position zurück. Cloe legte noch ein Stück Küchenpapier auf den Boden, um das Blut aufzuwischen. Dann stand sie auf und ging zum Fenster, um mit noch einem Schluck Wodka ihre Enttäuschung herunter zu spülen. Am Horizont wurde es schon langsam hell. Sie würde sich beeilen müssen. Immer der gleiche Scheiß. Aus dem Kleiderschrank nahm sie ihre Reisetasche und packte das Nötigste hinein. Viele Dinge in dieser Wohnung waren mit Erinnerungen an ihn verbunden und sie wollte ihn so schnell wie möglich aus ihrem Gedächtnis streichen, alles vergessen, was sie mit ihm erlebt hatte. In einem Seitenfach ihrer Reisetasche hatte sie eine Deutschlandfaltkarte, die sie nun auf dem Bett ausbreitete. Einen schwarzen Filzstift hatte sie auch bei der Hand. Vier schwarze Kreuze hatte sie auf der Karte schon hinterlassen. „Na ja, so toll fand ich es hier auch wieder nicht", mit diesen Worten setzte sie das fünfte Kreuz an die Stelle, an der „Mainz" stand und schaute noch einmal zu dem am Boden liegenden, bewegungslosen Körper. Dann wendete sie sich wieder der Karte zu und überlegte sich, wo sie wohl den nächsten Neuanfang wagen würde. Mit ihrem Finger strich sie suchend über die Karte, schloss die Augen und blieb irgendwo mit dem Finger stehen. „Na ja, warum nicht, vielleicht finde ich da ja endlich mal die Liebe meines Leben. Blindgänger hatte ich ja nun genug."

Eine Stunde später stand sie am Bahnsteig und wartete auf ihren Zug. Die Sonne, die nun rot am Horizont stand, vertrieb langsam die Dunkelheit der letzten Nacht. Der Himmel war noch immer wolkenlos und es versprach ein wunderschöner Tag zu werden, der erste Tag eines neuen Lebens.

Der Abgrund

- Von Jan Pelz -

Am dreißigsten September 1895 machte der Schafhirte Peter Federlen oberhalb von Velburg, ein damals kleines Dorf in der Nähe von Regensburg, eine Entdeckung. Der Schäfer hatte einem Fuchs nachgespürt und neben dessen Bau einen Spalt im felsigen Boden gefunden.

Neugierig platzierte er sich vor der langgezogenen Spalte auf allen Vieren und versuchte mit dem rechten Arm in ihrer Dunkelheit erfolglos einen Boden zu finden. Sie war nicht mehr als einen Meter lang und höchstens fünfzig Zentimeter breit, die Ränder waren von duftenden Moosen, Gräsern und Flechten überwachsen. Ein Baum, der kaum drei Meter in der Nähe stand, Federlen vermutete es sei eine Lärche, hatte seine dünnen Wurzeln zwischen den gelb-rötlichen Felsstücken über den sandigen Boden verteilt. Eine von ihnen, etwa zigarrendick, verschwand geheimnisvoll in dem Loch. Keine zwei Meter weiter wuchs ein Pärchen großer, braunkappiger Röhrenpilze, von denen ein süßer, herbstlicher Duft ausströmte.

Als er einige Steine in die Felsenöffnung warf und durch die nicht erklungenen Aufschläge keinen Boden ausmachen konnte, er stocherte sogar noch mit einem langen, flechtenüberwachsenen Ast ohne Erfolg hinein, wurde die Neugier des Schafhirten geweckt.

Noch am selben Tag besorgte er sich aus dem düsteren Keller seines Elternhauses in Velburg ein über fünfzehn Fuß langes Seil und band das Ende an dem dicken Stamm der Lärche fest. Es war inzwischen dunkel geworden und die Luft war herrlich mit dem Duft der goldenen Gräser und Sträucher durchzogen. Da er die Petroleumlampe seines Vaters im Keller nicht finden konnte, hatte er sich mit einer Fackel ausgerüstet. Der beschäftigten Mutter erzählte er nichts von seinem Vorhaben, da er nicht wollte, dass sie sich unnötige Sorgen macht.

Der Hirte band sich seinen festen Ledergürtel um, den er drei Jahre zuvor von seinem Vater zum zweiundzwanzigsten Geburtstag geschenkt bekommen hatte. Das freie Ende des Seils wickelte er dreimal fest durch die silberne Gürtelschnalle und zog das Seil zwischen Stamm und ihm stramm. Die nun hinter ihm liegenden weiteren elf Fuß Strick warf er in das unbekannte Schwarz des Spaltes. So war es Peter Federlen möglich, sich mit hohem Kraftaufwand des rechten Arms, in der linken Hand hielt er die Fackel, abzuseilen.

Zuvor verharrte er jedoch noch kurz, wischte sich den Schweiß von der Stirn und atmete tief durch. Ganz gut war es ihm nicht dabei, etwas Angst begleitete ihn und er hatte das Gefühl diese Angst hänge sich an seine Knie, welche sich dadurch ganz zitterig und weich anfühlten. Auch hatte er das seltsame Empfinden, dass er jedes Mal erspürte, wenn er in irgendeine Tiefe schaute, denn er war nicht schwindelfrei. Ein zitterndes Kribbeln in der Gegend seines Steißbeines, das wellenartig die Wirbelsäule hinaufkroch.

Als sich der Schafhirte so tief hinunter gelassen hatte, dass nur noch sein schwarzlockiger Kopf und der linke Arm mit der lodernden Fackel heraus ragte, fiel ihm auf, dass das eigene Gewicht seinen rechten Arm doch mehr beanspruchte als er gedacht hatte. Verkrampft hielt er das sich ins Fleisch schnürende Seil nah an den Bauch gezogen kurz oberhalb der umwickelten Schnalle. Glücklicherweise hatte er mit den Füßen die Innenwand des Felsspalts ertastet und konnte sich daran etwas abstützen. Noch einmal blickte er in die nächtliche Berglandschaft, die ihm plötzlich erschreckend fremd erschien. So musste sich wohl ein Kaninchen fühlen, dachte er sich. In der nun für ihn entstandenen Blickperspektive schauten die öden Heidebüsche mit den rotglänzenden Beeren im Fackellicht wie Riesen auf ihn nieder, und der funkelnde Sternenhimmel lag über ihm wie ein gigantischer Ozean bedeckt mit Eisschollen. Der Gedanke an den Ozean war Federlens gekommen als sich ein weiteres Gefühl in sein Empfinden einschlich. Der aus dem Boden ragende Kopf und die brennende, rauchende Fackel, dies wäre wahrscheinlich ein erschreckender Anblick für jeden Betrachter gewesen! Er spürte dabei das selbe mulmige Gefühl, dass er einmal beim Baden in der Ostsee gehabt hatte. Es war die einzige, wunderbare Reise, die er jemals mit seinen Eltern bisher genießen konnte, diese lebten seit jeher in eher ärmlichen Verhältnissen. Das Wasser war damals fast schwarz und in der Tiefe bei seinen Füßen eiskalt. Die Ungewissheit, was unter ihm war und die Hilflosigkeit, die man in einem solchen riesigen, dunklen Meer schwimmend empfand, war dem jetzigen Gefühl ähnlich. Eine Grille zirpte monoton ihr Lied. Ein zarter blütenduftgeschwängerter Wind wehte über die Heide. Peter Federlens Kopf verschwand langsam neben der alten Lärche im Boden.

Langsam und ruckartig ließ er das Seil durch die Gürtelschnalle laufen. Seine Fackel warf ein rötlich flackerndes Licht in die Dunkelheit, der leuchtende Spalt über seinem Kopf wurde langsam kleiner. Er hing nun ungefähr vier Meter tief in einer Grotte, sie hatte sich inzwischen auf über zwei Meter Breite ausgedehnt und der schnaufende Hirte hatte Mühe damit, sich immer wieder an der feuchten Felswand abzustoßen und seinen Körper dabei ein Stückchen weiter in die Tiefe hinabzulassen. Die Wände

waren aus gelblichem Fels, das rote Licht des Feuers warf ein zuckendes Spiel aus
Schatten und orangeroten Strahlen über den Stein und verwandelte alles in seinen
Augen zu einer unwirklich scheinenden Szenerie. Lange blickte er konzentriert nach
unten. War da nicht ein Boden zu sehen? Alles war schwarz unter ihm. Wie weit wird
es noch gehen, was wird er dort finden?

In sechs Meter Tiefe konnte Federlen mit den Füßen keine Wand mehr ertasten.
Er hing frei in der Luft, das Seil schnürte sich schmerzhaft in die verkrampfte Hand. Er
ließ sich vorsichtig einen weiteren Meter hinab, hielt die Fackel gerade über seinen
Kopf und blickte hinauf. Der Eingangsspalt war erschreckend weit entfernt, eine
Mischung aus Sand und Asche der Fackel rieselte in seine Augen. Tränen flossen über
seine Backen, der Schweiß seiner Stirn schloss sich dem Fließen an. Es dauerte eine
Weile, bis er wieder etwas erkennen konnte.

Die Grotte hatte sich zu einer weiten Halle ausgedehnt, die Wände waren feucht
und ließen ab und zu unhörbar Tropfen fallen. In der Tiefe, in die sie fielen, war noch
immer nichts zu erkennen. Vielleicht war da ein unterirdischer See, dachte er sich. Die
Höhle musste sehr groß sein. Peter Federlen fühlte sich wie in Trance durch eine ihm
unbekannte, starke Faszination. Neben ihm hingen lange, verkalkte Tropfsteine, ein
muffiger Geruch von Feuchtigkeit und Stein lag in der Luft, ein Tropfen fiel direkt auf
seine Wange. So etwas hatte er noch nie gesehen, eine fremde Welt hatte sich aufge-
tan, die bisher noch keine Menschenseele betreten hatte.

„Ob es hier unten wohl Tiere gibt?" fragte er sich selbst. Seine Worte hatten einen
mehrfachen, dumpfen Widerhall. Es juckte ihn an der rechten Wade und er versuchte
umständlich mit dem linken Schuh daran zu reiben. Plötzlich war ihm, als hätte er
eine Bewegung im Dunkeln gesehen! Der Angeseilte zuckte zusammen. War es nur
eine Einbildung gewesen? Seine Furcht vor der Dunkelheit die ihm Dinge vorgau-
kelte? Angespannt kniff er die Augen zusammen, hielt die Fackel in die besagte
Richtung und blickte auf einen Vorsprung etwa fünf Meter von ihm entfernt. War da
nicht ein weiterer Höhleneingang, welcher waagrecht in die Wand führte? Das Licht
der Flamme war zu schwach. Er merkte, dass seine Wahrnehmung bei diesen Lichtver-
hältnissen versagte und er anfing, sich Dinge einzubilden. Ein weiteres Mal blickte er
nach oben.

Als er seinen Kopf wieder neigte, war alles um ihn herum dunkel.

Peter Federlen fühlte sich sehr müde. Sein Knie und der Nacken schmerzten stark, sein
Gesicht war warm und feucht. Er wollte sich bewegen, doch es war zu anstrengend,
Schlappheit durchdrang alle Glieder. Er versuchte sich zu erinnern, wo er war, jedoch
fiel es ihm sogar zu schwer, seine Augenlider zu heben. Langsam wurde ihm klar,
dass er wieder mit seinem Steckenpferd hingefallen sein musste. Peter konnte nun

die Lider einen Spalt öffnen und erkannte die Steinplatten im Garten seiner Eltern. Schon oft war er hier gefallen, seine Knie waren jeden Sommer chronisch aufgeschlagen. Seine Mutter wird wohl wieder mit ihm schimpfen, dachte er sich, genau wie immer, wenn Peter mit seinem geliebten Steckenpferd hinfiel. Dabei war es doch das schönste für ihn, so schnell es nur ging auf dem Pferd zu reiten! Er hatte es zu seinem fünften Geburtstag von seiner Mutter bekommen, seitdem liebte er es über alles und hatte es überall mit dabei. Abends durfte es sogar direkt neben seinem Bett schlafen. Es spendete ihm Trost wann immer Peter traurig war, er sprach mit ihm über alles. Wenn er weinte oder ihm etwas wehtat, wenn seine Eltern mit ihm geschimpft hatten oder wann immer Tränen flossen, nahm er das Ende des Pferdes in den Mund, schloss die Augen und nuckelte solange am Stecken bis der Schmerz vergangen war. An dieser Stelle war das Holz des Pferdchens schon ganz abgenutzt. Der süße Duft der Apfelbäume des Gartens durchdrang die Luft, die er einatmete. Seine Mutter konnte nicht weit sein, er hörte sie in der Ferne reden. Die Sonnenstrahlen wärmten seinen Körper, sein Schmerz ließ langsam nach.

Nach über einer Woche verzweifelter Suche wurde die Leiche des fünfundzwanzigjährigen Schafhirten Peter Federlen von der Polizei gefunden. Die Suchtruppen hatten das an den Baumstamm einer Lärche gebundene Seil entdeckt, welches durch ein Loch im Boden verschwand. Durch eine aufwendige Abseilung mehrerer Männer wurde er am Grunde einer über zwanzig Meter hohen Tropfsteinhöhle gefunden, deren Entdecker er war. Federlen war an der Folge schwerer Kopfverletzungen gestorben. Die Ermittlungen ergaben, dass der Absturz durch unvorsichtiges Handeln verursacht worden sein musste. Das Seil war durchgebrannt.
Dennoch wurde die Höhle nach dem Bayernkönig Otto „König-Otto-Höhle" benannt, da dieser am Tage von Federlens Entdeckung seinen Namenstag feierte. Die wunderschöne Höhle ist heute noch zu besichtigen.
Was den Ermittlern jedoch nicht erklärbar schien, war wie der Leichnam aufgefunden wurde:
Er hatte die Beine an den Leib gezogen, die Augen geschlossen und einen entspannten Gesichtsausdruck. In der linken Hand hielt er fest eine erloschene Fackel, deren Griffende in seinem Mund steckte.

Schrei in der Nacht

- Von Anne Bernhard-Stölzner -

Es stank. Es stank nach altem Schweiß, kaltem Rauch, nach ungewaschenen Kleidern und ungewaschenen Körpern. Die Bahn war voll wie immer um diese Zeit am frühen Abend. Claire stand eingekeilt zwischen einer hageren, abgehärmt wirkenden Frau und einem fetten Kerl, der die Enge in der Bahn für seine Zwecke nutzte. Er drängte sich noch näher und rieb sein Geschlechtsteil unauffällig an ihrem Bein. Claire drückte ihn weg, war jedoch zu müde, um sich auf einen Streit einzulassen. Sie atmete auf, als die Bahn sich der Haltestelle „Kreuzfeld" näherte und schob sich mit ihren schweren Taschen durch die Menge zum Ausgang.

Es war kalt, zu kalt für Oktober. Der Wind trieb Regenböen vor sich her und peitschte Claire die langen Haare ins Gesicht. Sie tanzte mit vorsichtigen, schnellen Schritten um die Wasserlachen, die sich in den kaputten Gehwegplatten gesammelt hatten und balancierte die Taschen, die mit jedem Schritt schwerer wurden. Sie hastete immer schneller den Weg hinauf und hoffte, dass Rico nicht zu Hause war, denn er würde Ärger machen, weil sie zu spät kam.

Als sie um die Ecke bog und an dem heruntergekommenen Plattenbau zum fünften Stock hinauf sah, wusste sie, dass ihre Hoffnung nicht erfüllt wurde. Rico war zu Hause, und es würde Ärger geben. Sie ächzte die Treppen hinauf, schloss leise auf und sah ihn durch den Spalt der Wohnzimmertür auf seinem Lieblingsplatz sitzen. Er hatte sie wegen des laut eingestellten Fernsehers nicht gehört, und sie überlegte, ob sie sich überhaupt bemerkbar machen sollte.

Während sie unschlüssig vor der Tür stand, beobachtete sie ihn. Auf seiner Brust hing wie immer die goldene Panzerkette, die – wie er genau wusste – sein gern gezeigtes Macho-Gehabe noch unterstrich. Er trug zur schwarzen, eleganten Hose nur ein Unterhemd, so dass seine muskulösen, über und über tätowierten Arme sichtbar waren. Das Unterhemd zeigte aber auch einen unverkennbaren Bauchansatz und einige Hüftringe, die ihr bisher noch nicht aufgefallen waren. Er war im Sessel leicht

zusammengesunken und sah mit stierem Blick auf den Fernseher. Zweifellos hatte er schon „sein Quantum", und Claire hoffte, dass er vielleicht einschlafen würde.

In diesem Moment erhob sich ein Schrei, von dem sie wusste, dass er nur Auftakt für ein sich steigerndes Crescendo von Schreien sein würde, für ein Brüllen, das sich nicht ignorieren ließ. Sie stürzte in das Kinderzimmer und riss den Jungen aus seinem Bettchen, um ihn zu beruhigen, bevor Rico kam, um das auf seine spezielle Weise zu tun. Wirklich beruhigte sich der Junge, und sie legte ihn erleichtert wieder zurück.

„Wo warst du Schlampe?" Rico stand leicht torkelnd in der Tür und hatte die Hand bereits drohend erhoben. Claire wich dem Schlag geschickt aus und eilte zu den Einkaufstaschen, um ihn mit einer der mitgebrachten Bierflaschen zu beruhigen. Sie wusste, dass Erklärungen jetzt nichts brachten. Was hätte sie ihm auch sagen sollen? Dass sie nun noch eine weitere Putzstelle angenommen hatte, für die sie einen längeren Weg in Kauf nehmen musste? Dass sie für die ihm mitgebrachten Sixpacks einen Umweg machen und lange an der Kasse hatte anstehen müssen? Dass sie deshalb die Bahn verpasst und fast zwanzig Minuten auf die nächste gewartet hatte? Alles keine Argumente. Rico hatte sie in zehn Jahren Ehe auf teilweise handfeste Weise davon überzeugt, dass es ihre Pflicht sei, ihm seine tägliche, bzw. nächtliche Ration an Bieren mitzubringen. Und das pünktlich. So hatte es zu sein in Ricos Welt, so und nicht anders.

Der Junge wimmerte. Rico verschwand und kam nach wenigen Minuten fertig angezogen aus dem Schlafzimmer. „Halt den Balg ruhig!", schrie er Claire erbost an, während er sich eine Jacke – wieder eine neue Jacke, wie Claire staunend bemerkte – überwarf und sich zwei weitere Bierflaschen griff, die als „Wegzehrung" für die Fahrt zu den „Boys" dienen sollten. Er stolperte die Treppen hinunter, und Claire beobachtete aus dem Fenster, wie er kurz darauf in den alten Mercedes stieg und schlingernd los fuhr. Wenn er jetzt schon „sein Quantum" hatte, würde es mit Sicherheit spät werden. Falls er überhaupt nach Hause kam.

Sie schluckte die Enttäuschung, dass er sie auch heute wieder allein ließ, hinunter und gestattete sich, erleichtert zu sein, dass es keinen größeren Ärger gegeben hatte. Sie ignorierte das Weinen des Jungen und ging in die Küche, um sich etwas zu Essen zu machen. Aber der Kühlschrank war leer. Wieder einmal leer. Sie war wütend, weil Rico ihr versprochen hatte den Monatseinkauf mit dem Auto zu erledigen und weil sie ihm das Geld dafür schon gegeben hatte. Sie dachte an seine neue Jacke und war nicht einmal enttäuscht. Sie war zu müde für Enttäuschung.

Sie nahm sich eine Tüte Chips, hockte sich auf den Küchenstuhl und versuchte sich einzureden, dass sie das Chaos an diesem Abend beseitigen würde. Gleichgültig schaute sie auf das sich stapelnde, schmutzige Geschirr mit den schon schimmelnden Essensresten, auf die überquellenden Müllbehälter, die randvollen Aschenbecher, die leeren Flaschen. Sie war müde. Zu müde, um auch noch abends das zu tun, was sie doch schon jeden Tag an die zwölf Stunden tat. Aufräumen und putzen. Immer wieder und wieder aufräumen und putzen für Menschen, die sich selten bedankten und die ihr die Arbeit schlecht bezahlten.

Claire schaute auf ihre geröteten, aufgerissenen Hände. Sie spürte Schmerzen, die Schlangen gleich ihren Rücken hinauf krochen und sich im Hinterkopf manifestierten. Gründe genug, die überfällige Hausarbeit auf morgen zu verschieben und sich ein wenig zu belohnen. Sie angelte sich die Zigaretten aus der Handtasche und drehte dann einen riesigen Korb mit Schmutzwäsche um. Triumphierend hielt sie eine noch fast volle Flasche Whisky in der Hand. Ein geniales Versteck, denn Richi würde sich nie an Schmutzwäsche vergreifen.

Sie balancierte Flasche, Glas, Eiswürfel und Zigaretten ins Wohnzimmer, stellte den Fernseher ab und goss sich das Glas voll. Der Junge weinte noch immer. Oder schon wieder? Sie ignorierte das Weinen und überließ sich ihren Lieblingserinnerungen, die immer an dieser Stelle kamen und sie für Minuten oder Stunden die aufgerissenen Hände, die Schmerzen, die Umgebung und dieses ganze beschissene Dasein vergessen ließen. Hauptperson in diesen Erinnerungen war Rico, immer nur Rico, so wie er einst war und wie sie ihn geliebt hatte und irgendwie immer noch liebte.

Claire hatte ihn vor zehn Jahren auf einer Party getroffen. Für sie, die bis dahin nur wenige, eher negative Erfahrungen mit Männern hatte, war er der wunderbarste Mann gewesen, den sie je kennen gelernt hatte. Und sie hatte sich sofort verliebt. Sie konnte kaum glauben, dass er sich für sie interessierte, denn sie hielt sich für wenig liebenswert und schon gar nicht für hübsch. Obwohl sie auch nicht hässlich war, wie er ihr großzügig versicherte. Sie himmelte ihn an und tat alles, um ihn für seine gelegentlichen Liebesbezeugungen zu belohnen. Und Rico wusste eine stets gefügige, folgsame Frau zu schätzen. So hatten sie sich gefunden und jeder hatte bekommen, was er wollte.

„Dieser Ricardo gefällt mir nicht. Er ist nicht gut für dich Klara", sagte Claires Mutter, als sie ihn zum ersten Mal erlebte. Claire war wütend darüber gewesen, dass ihre Mutter sich ein solches Urteil anmaßte und dass sie mit Klara angesprochen wurde. Sie hasste ihren Vornamen und hatte sich irgendwann für Claire entschieden, sehnsüchtiger Ausdruck ihres Wunsches etwas Besonderes, Einmaliges zu sein. „Rico wird mich auf Händen tragen und mir alle Wünsche erfüllen", schleuderte Claire ihrer Mutter entgegen. Sie sprach mit einer so tiefen, naiven Überzeugung, dass alle immer wieder geäußerten mütterlichen Bedenken hinweg gefegt wurden.

Ein Schrei riss sie aus ihren Erinnerungen. Ein Schrei als wohl bekannter Auftakt zu einem kindlichen Brüllen, das sich nicht länger ignorieren ließ. Wütend stand sie auf, um nach dem Jungen zu sehen. Sie riss ihn aus dem Bettchen und schüttelte ihn. Aber diesmal wirkte das sonst probate Mittel nicht. Ihr kam in den Sinn, dass Rico ihn wahrscheinlich wieder nicht gefüttert hatte. Klar, er hatte nicht eingekauft, also gab es auch nichts für den Jungen, der jetzt Hunger hatte. Sie dachte flüchtig darüber nach, wo sie jetzt, um fast elf Uhr nachts, noch etwas kaufen können würde. Nur der Super-markt im Bahnhof kam da in Frage. Ein Weg von fast 45 Minuten hin und zurück.

Wütend legte sie das Kind zurück in sein Bett und zog sich den noch immer nassen Mantel über. Gewohnheitsmäßig sah sie in ihr Portemonnaie, obwohl sie wusste, dass genügend Geld darin war, weil sie am heutigen Freitag wie an jedem Wochenende von ihren Arbeitgebern entlohnt worden war. Aber das Portemonnaie war leer! Tränen der Enttäuschung traten ihr in die Augen, als ihr klar wurde, dass Rico sich vor seinem Verschwinden wohl großzügig und wie selbstverständlich aus ihrem Portemonnaie bedient hatte. Sie würde in der nächsten Woche kein Geld für Lebensmittel und für die Bezahlung der wichtigsten Rechnungen haben.

Aber im Moment war damit ein anderes Problem gelöst: wenn kein Geld da war, konnte sie auch nichts für den Jungen einkaufen. Sie musste nicht noch einmal in den Regen hinaus, die Entscheidung war ihr abgenommen worden. Sie zuckte mit den Schultern, zog den Mantel aus und kehrte zu ihrem Glas zurück, dass sie sich unver-züglich wieder füllte.
Der Junge schrie. Aber diesmal gelang es ihr, das hungrige Schreien zu überhören, um zu ihren Erinnerungen zurück zu kehren.

Die mütterlichen Bedenken, ja. Heute, zehn Jahre später, wusste sie, dass die Mutter in vielen Dingen recht gehabt hatte. Aber damals hatte Claire in ihrer Verliebtheit geglaubt, ihre Mutter neide ihr das große Glück, das sie selbst vielleicht nicht erlebt hatte. Die Mutter war eine einfache Frau, die in anderen Familien kochte und putzte, um die eigene Familie zu ernähren. Claires Vater hatte nach einem Unfall seinen Job verloren. Er fand keine neue Arbeit, suchte sie vielleicht auch nicht und tröstete sich über sein Unglück mit reichlich Alkohol hinweg, der ihn jähzornig und gewalttätig machte.

Claire hasste ihr kleinbürgerliches Elternhaus, die heruntergekommene Wohnung, den Mief nach Armut und Spießbürgerlichkeit. Nach dem sie eine halbwegs anständig bezahlte Arbeit als Bürogehilfin gefunden hatte, war sie schon früh in eine eigene kleine Wohnung gezogen, leistete sich ein Auto und manchmal ein paar Urlaubstage und besuchte die Eltern nur noch selten. Sie hatte konkrete Zukunftsziele, wollte Sprachen erlernen, um irgendwann als Fremdsprachensekretärin arbeiten zu können.

Sie war 28 und besuchte schon einige Monate eine Abendschule, als sie Rico traf, der den Traum von ewiger, großer Liebe und rosiger Zukunft perfekt zu machen schien. Sie zog zu ihm in seine kaum größere Wohnung, und vier Monate später heirateten sie. Rico war 25, verdiente als Kfz-Mechaniker nicht schlecht und die erste gemeinsame Zeit war schön. Sie machten die Nacht zum Tage und zogen allein oder mit Ricos Freunden, den „Boys", durch die Lokale. Sie tranken reichlich und pumpten sich mit Drogen voll, die Rico immer zu beschaffen wusste. Wenn sie spät in der Nacht oder auch erst am frühen Morgen nach Hause kamen, fielen sie gierig übereinander her. Nach kurzer Zeit wurde Claire schwanger. Rico war nicht erfreut, aber das Problem regelte sich für ihn von allein, denn Claire hatte ein Fehlgeburt. Für ihren Arbeitgeber war es das Signal, ihr schnellstens zu kündigen. Sie war nun finanziell abhängig von Rico, der sie diese Abhängigkeit spüren ließ und die „Ich-bin-dein-Herr"-Schraube weiter anzog. Da er aufgrund seines Drogenkonsums oft morgens nicht pünktlich zur Arbeit erschien, verlor auch er bald seinen Job. Er dachte nicht daran, sich um eine neue Arbeit zu bemühen, sondern verschaffte sich das Geld, das er weiterhin großzügig ausgab, auf weniger legale Weise. Trotzdem häuften sich die Rechnungen, Mahnungen und Schulden. Claire verkaufte ihr Auto.

Sie wurde wieder schwanger, gebar Rosa und musste die Abendschule endgültig aufgeben, um Geld für den Lebensunterhalt zu verdienen. Da sie keinen Job fand, blieb ihr als einfachste, schnellste und letztlich einzige Möglichkeit, das was sie am wenigsten wollte: sie ging putzen. Rico sollte Rosa versorgen, war mit dieser Aufgabe aber völlig überfordert und vernachlässigte die Kleine. Er rührte keine Hand im Haushalt, saß herum, trank „sein Quantum" und wurde aggressiv. Claires Versuche, mit ihm zu reden, wurden immer öfter handgreiflich beantwortet. Schließlich wagte sie nichts mehr zu sagen, sondern hoffte auf die wenigen Momente, in denen Rico noch nüchtern genug war, um ihr ein wenig Zuwendung zu geben. Aber die Momente wurden immer seltener. Trotzdem klammerte sie sich an Rico umso verzweifelter, je mehr er sie dominierte und demütigte.

Claire schüttelte sich und versuchte, das Geräusch einzuordnen, dass für diese Zeit, es war nach zwei Uhr, ungewöhnlich war. Ein Nachbar schlug gegen die Wand und schrie: „Bringen Sie das Kind endlich zur Ruhe". Der Junge schrie immer noch. Claire war fast dankbar für die Ablenkung. Es gelang ihr normalerweise immer, den letzten, unangenehmen Teil der Erinnerungen auszuklammern und sich auf ihre Lieblingserinnerungen zu konzentrieren. Aber diese Nacht war es anders.

Sie ging leicht schwankend in das Kinderzimmer und schob dem Jungen einen Schnuller in den Mund, den das Kind sofort wieder ausspuckte. Der Schnuller kullerte unter das Bett. Claire fluchte und angelte das nun mit Spinnweben, Staub und Haaren verdreckte Ding wieder hervor, rieb den Schnuller kurz an ihrer Hose ab und presste ihn dem Jungen in den Mund. Sein Schreien verstummte, während er würgte. Sie betrachtete ihn gleichgültig: sein hässliches kleines Gesicht, den für einen Zweijährigen viel zu mageren Körper, den seltsam abgewinkelten Arm. Sie kehrte zu ihrem hochprozentigen Tröster zurück und goss sich wieder großzügig nach. Ihre Hände zitterten, so dass sie etwas von der kostbaren Flüssigkeit verschüttete. Dann sackte sie in den Sessel zurück.

Claire hörte den Jungen leise wimmern, so leise, dass sie es als fast ungehört abtun und nicht weiter zur Kenntnis zu nehmen brauchte. Sie versuchte, ihre alkoholumnebelten Gedanken zu entwirren und ihre Lieblingserinnerungen zu beschwören. Doch stattdessen drängten sich unangenehme Gedanken an vergangene Jahre auf, an das unbarmherzige Ende von romantischen Kleinmädchen-Träumen und naiven Hoffnungen.

Claire hatte zu Beginn ihrer Tätigkeit als Putzfrau noch gehofft, dass es sich nur um eine vorübergehende Phase handeln würde, dass bald alles anders und besser, dass ihr rosenroter Traum sich noch einstellen würde. Aber die Wochen gingen dahin, wurden zu Monaten und Jahren. Die Hände waren rot und gerissen, der Rücken schmerzte. Claire war müde, immer nur müde. Die Tage zogen sich mit bleierner Gleichmäßigkeit dahin, es gab keine Höhen, nicht mal mehr Tiefen, denn sie war schon ganz unten angekommen. „Bonjour Tristesse", flüsterte sie manchmal beim Aufwachen mit einer seltenen Spur Sarkasmus, die ihr helfen sollte den Tag zu überstehen.

Sie wurde wieder schwanger, und Rico zwang sie, das Kind abtreiben zu lassen. Sie wehrte sich nicht. Die Ärzte sagten ihr, dass sie kein Kind mehr bekommen könnte, und so achtete sie – bewusst oder unbewusst – auch nicht auf die Anzeichen einer erneuten Schwangerschaft. Diesmal war es zu spät für eine Abtreibung und Claire war zu gleichgültig, um etwas zu unternehmen. Sie freute sich manchmal ein wenig auf das Kind und hoffte, ihren Mann damit stärker an sich zu binden. Doch Rico tobte, traktierte und schlug sie und ließ seine ohnmächtige Wut auch an der kleinen Rosa aus. Claire hatte nicht die Kraft, sie zu schützen. Das Kind wurde immer magerer, ihr kleiner Körper war zerschunden. Irgendwann erstarb ihr Wimmern und sie war nicht mehr da.

Der Junge, den sie kurz darauf zu früh gebar, war behindert und brauchte viel Zuwendung und Hilfe. Claire war überfordert damit, zu müde für eine Verantwortung, mit der sie nicht umgehen konnte, auch wenn sie das kleine Wesen auf ihre Art irgendwie liebte.

Das wieder lauter werdende Weinen des Jungen unterbrach ihre Gedanken erneut. Sie ignorierte das verzweifelte Schreien, bis wieder die Faust des Nachbarn an die Wand schlug, der damit drohte, sich beim Vermieter über sie zu beschweren. Claire hatte Angst. Sie schuldeten dem Vermieter noch einige Monatsmieten, und der Mann würde eine Beschwerde mit Sicherheit als Begründung nehmen, sie endlich vor die Tür zu setzen.

Sie erhob sich eilig, stolperte, fiel, raffte sich unsicher auf, schwankte ins Kinderzimmer und riss den Jungen unsanft aus dem Bett. Er war von oben bis unten nass, er stank, er schrie. Claire fluchte und begann mit unsicheren Bewegungen ihm das viel zu große T-Shirt auszuziehen, das er in Ermangelung eines passenden Kinderschlafanzugs trug. Ihre fahrigen Bewegungen schienen ihm weh zu tun, denn er erhöhte noch die Schlagzahl seines Schreiens. Der kleine, zum Skelett abgemagerte Körper war mit unzähligen, blauen Flecken bedeckt, der seltsam abgewinkelte Arm schien gebrochen zu sein. Claire war der Anblick nicht neu. Sie kannte Ricos spezielle Art, den Jungen zu beruhi-

gen. Sie fand das nicht richtig, oh nein! Aber was hätte sie denn gegen Rico tun sollen, wenn er einen seiner Tobsuchtsanfälle bekam? Einmal hatte sie gewagt, sich gegen ihn zu stellen. Er hatte sie krankenhausreif geprügelt, und der Junge hatte auch seinen Teil abbekommen. Seitdem versuchte sie, „Ärger" zu vermeiden und so zu funktionieren, dass Rico keinen Anlass für Beanstandungen sah.

Claire klammerte aus ihren Augen und ihrem Bewusstsein den Anblick des gequälten kleinen Körpers aus, zog ihn jedoch ungewohnt liebevoll an sich und spürte seine Wärme. Der Junge schwieg, schmiegte die Ärmchen um sie und blickte seine Mutter aus uralt-traurigen, scheinbar wissenden Augen an. Einen kurzen Moment durchzog Claire ein lang vergessenes Gefühl von Frieden, von Glück, von Gelassenheit und Trost, von irgendetwas, was sich nicht beschreiben ließ. Und ein Gefühl von tiefer Scham. Diesem Gefühl war sie nicht gewachsen. Es hatte etwas Bedrohliches, Fremdes, dem sie sich entzog, indem sie dem Jungen rasch eines ihrer eigenen T-Shirts überstreifte und ihn unsanft in das nasse Bett zurücklegte. Sie fühlte sich nicht im Stande, die Bettwäsche zu wechseln. Sie konnte sich kaum noch auf den Beinen halten.

Zurück im Wohnzimmer begutachtete sie den kläglichen Rest ihres Trösters und setzte die Flasche an den Mund. Es war fast halb fünf. Sie trat zum Fenster und blickte auf die dunkle Straße hinunter. Im bläulichen Licht des Mondes sah sie, wie sich einige Jugendliche an einem Auto zu schaffen machten, das sie offensichtlich aufbrechen wollten. Es schien Streit darüber zu geben, denn zwei der Jugendlichen verprügelten schließlich einen schmächtigen Jungen, der reglos im Rinnstein liegen blieb, als die anderen mit dem endlich aufgebrochenen Auto und quietschenden Reifen davon rasten.

Sie hatte sich die Szene gleichgültig und ohne eine Regung angeschaut und wandte die Augen ab. In einer Baulücke zwischen den gegenüberliegenden Plattenbauten konnte sie einen Blick auf die langsam erwachende Stadt erhaschen. Der Regen hatte nachgelassen. Lichter zerschnitten scharf die Dunkelheit und versickerten in diffuser Schwärze. Bald würde die Stadt pulsieren. Lebendigkeit, Wärme, Lachen, Freunde, Zärtlichkeit. Claire stand hinter der Fensterscheibe und fühlte sich ausgesperrt, abgeschnitten von dem Glück verheißenden Leben dort draußen. Eingesperrt in einem verkommenen Drei-Zimmer-Küche-Bad-Käfig, der trotz offener Tür kein Entrinnen ermöglichte.

Einen kurzen Moment empfand sie Bitterkeit, die jedoch rasch der üblichen Gleichgültigkeit wich und von Müdigkeit aufgesogen wurde. Bitterkeit, Wut, Enttäuschung und Gleichgültigkeit: die Hauptemotionen ihres heruntergekommenen, kleinen Lebens, an das sie sich klammerte, als gäbe es noch Perspektiven, Alternativen oder ein lohnenswertes Ziel.

Der Junge wimmerte laut, aber das Geräusch war ihr so vertraut, dass es leicht war, dieses allgegenwärtige Wimmern zu überhören.

Es war jetzt fast halb sechs. Sie fragte sich, wo Rico blieb.

Wo hurt der Dreckskerl rum?

In manchen seltenen Momenten gestand sich Claire ein, dass Rico wohl nicht immer nur mit den „Boys" unterwegs war, sondern sie betrog. Sie reagierte auf diese Erkenntnis jeweils unterschiedlich. Manchmal war sie wütend. Manchmal war sie enttäuscht. Manchmal, allerdings seltener, war sie auch erleichtert, ihn in der Nacht nicht ertragen zu müssen, nicht seine groben Hände und nicht seine spezielle Art ihr bei der Erfüllung seiner Wünsche Schmerzen zu bereiten. Aber meistens tat ihr der Gedanke nur weh, dass er womöglich gerade mit einer anderen Frau zusammen war.

Wahrscheinlich vögelt er mit einem dieser jungen, dickbusigen Weiber. Dieser Scheißkerl.

Es war eine Demütigung für sie, es tat weh, denn irgendwie liebte sie ihn noch, trotz allem.

Plötzlich sah Claire ihr Spiegelbild in der Fensterscheibe. Der Anblick traf sie unvermittelt, unvorbereitet, ungewollt. Sie schreckte zurück vor diesem Spiegelbild, vor dem Anblick einer mageren, großen Frau mit einem früh alternden Gesicht mit herben Zügen – ausgemergelt war ein Wort, das sie sich verbat – und ersten grauen Strähnen im ungepflegten Haar. Sie trug noch immer die alte Hose und die Billigbluse vom Discounter, die sie den ganzen Tag bei ihrer Putztätigkeit getragen hatte. Sie roch sich plötzlich selbst: den Schweiß, die Zigaretten, die ungewaschenen Kleider und ihren noch immer ungewaschenen Körper. Der Geruch kam ihr bekannt vor. Der Mief von Armut, von einem sozialen Abstieg, der sich in den letzten Jahren auf Raten und folgerichtig vollzogen hatte. Ein Abstieg, den sie verzweifelt und erfolgreich verdrängt hatte, weil sie nur so die Perspektivlosigkeit ihres Daseins hatte aushalten konnte.

Noch nie war ihr das so bewusst geworden. Die Realität sprang sie an wie ein Tier. In ihrem umnebelten Kopf waberten unterschiedliche, sorgfältig verdeckte, kaum noch gekannte, fast schon begrabene Gefühle. Angst, Reue, Sehnsucht, Liebe, Hass, Verzweiflung, … eine ganze Palette von Emotionen. Sie drückten auf die Tränenkanäle, schmerzten gegen die Schädeldecke, schnürten die Kehle. Die Emotionen wechselten in schneller Folge, vereinigten und trennten sich, fuhren Achterbahn vom Hirn zum Herz, zum Bauch, zu den unsicheren Beinen, schossen empor, explodierten und erstarben in einem milchigen Meer von Traurigkeitsbrei. Claire riss die Arme hoch, um ihr Spiegelbild und die sich unbarmherzig aufdrängende Wahrheit abzuwehren. Sie taumelte zurück, stieß gegen den Tisch und stürzte zu Boden, wo sie zunächst benommen liegen blieb. Durch die Whiskyschwaden hindurch versuchte sie zu realisieren, woher das Blut kam, das sich als Lache unter ihr ausbreitete und warum sich die Scherben der Flasche in ihr Bein bohrten.

Plötzlich vernahm sie polternde Schritte vor der Wohnungstür und unsichere Versuche, den Schlüssel in das Schloss zu stecken.

Rico, verdammt.

Schon wieder schlug der Nachbar gegen die Wand und schrie etwas von nächtlicher Ruhestörung und Beschwerde. Und dann hörte sie ihn: den ersten Schrei als Auftakt eines sich steigernden Brüllens.

Gleich wird es Ärger geben, viel Ärger.

Claire erhob sich schwankend und taumelte benommen in das Kinderzimmer. Sie riss den Jungen aus dem Bett und schüttelte ihn. Aber das oft probate Mittel zeigte keine Wirkung. Das Brüllen schwoll noch an und übertönte Ricos lautstarke Flüche vor der Eingangstür.

Sei still kleiner Mann, sonst wird er dir wehtun.

Nein, Rico sollte ihm nicht wehtun, diesem Kind, diesen Kindern, deren Züge auf seltsame Weise miteinander verschmolzen.

Sei endlich still.

Rico hatte das Schlüsselloch gefunden. Der Nachbar schrie nach der Polizei.

Claire steckte den Jungen ins Bett zurück und versuchte verzweifelt, ihn am Schreien zu hindern.

Sei still, sei endlich still.

Der Alkohol verhinderte klare Gedanken, ließ sie taumeln und mit fahrigen Bewegungen zu dem Bettkissen greifen. Dann noch einmal ein Schrei, markerschütternd, unter die Haut gehend. Er ließ in Claires Kopf den Wust der jahrelang aufgestauten Emotionen gegen die Zimmerdecke explodieren und dort zerbersten. Sie glaubte, ihre Wut als zähen Schleim an den Wänden wieder herabrinnen zu sehen, um sich auf dem Boden zu sammeln und sie darin ertrinken zu lassen.

Sei still, still, still.

Sie drückte das Kissen auf das kleine Gesicht. Das Schreien wurde leiser, wurde erstickt zu einem hilflosen, kindlichen Weinen, das nicht zu ertragen war. Claire fragte sich, wie wohl die Tränen in ihr Gesicht gekommen waren, da doch ihr Kopf explodiert war. Wie sie schreien konnte, da doch ihr Kopf hinweg gefegt worden war. Sie drückte das Kissen mit aller Kraft auf das kleine Gesicht, bis das Wimmern erlosch und der magere Körper nicht mehr zuckte.

Still, endlich still. Er wird dir nichts mehr tun. Es wird keinen Ärger geben.

Dann ging sie in die Küche, um sich ein Bier zu holen.

Dunkle Strukturen

- Von Niels Parthey -

Enno saß gelangweilt auf dem harten Holzstuhl, mit dem schwarzen Filzstift malte er die Namen seiner Lieblingsbands auf das Heft. Aufgrund seines kalligraphischen Ehrgeizes, den er als hoch gerechtfertigt ansah, war von dem Feld, wo einmal sein Name, die Klasse sowie das Fach gestanden hatte, nicht mehr viel zu erkennen. Die Kritzeleien, für ihn war es natürlich Ausdruck seiner subkulturellen Zugehörigkeit und seiner Abgrenzung gegenüber jeglich autoritärem System – nur unwissende, dekadente Zungen würden sie als Kritzeleien bezeichnen – jedenfalls, diese Verzierungen ließen das Heft wie ein Gewirr aus schwarzen Fäden und Elementen erscheinen, ein Spinnennetz mit unzähligen zappelnden, gefangenen Insekten. Enno schreckte hoch. Der Gong hatte ihn aus der Tiefe des finsteren Geflechts gerissen. Dieser grässlich steril-dumpfe Schall schlich sich mit den drei Tönen jedes Mal bis tief in seinen Kopf und brachte das Trommelfell zum Flattern, so dass sich die Haare aufstellten und er nicht selten eine Gänsehaut bekam.

Er verabschiedete sich nur von Henri, seinem Antagonisten in Herrn Kellers Philosophiestunden, der einzigen Zuflucht in diesem Zirkel der Bedeutungslosigkeit. Zwar völlig anders gepolt als er selbst, war Henri doch in der Lage, Ennos existenzielles Bedürfnis nach einem Umwurf, dem Bruch mit jedweder Ordnung – sei es philosophisch, politisch oder kulturell – nachzuvollziehen und sich in seine Denkweise hineinzuversetzen. Das rechnete Enno ihm hoch an, denn er war sich durchaus bewusst, dass es nicht einfach war mit ihm überhaupt vernünftig auf einem Level, das über ordinäre Floskeln hinausging, zu kommunizieren.

Als er aus der Schule in den heimatlichen Hafen eingelaufen war, wurde ihm erst so richtig bewusst, dass er jetzt frei war, dass niemand ihm etwas anhaben konnte, er war erlöst, er hatte Ferien! Drei Wochen Zeit endlich mal sinnvolle Dinge zu tun, sich mit Problemen zu beschäftigen, die ihn wirklich interessierten, die wirklich von Belang waren. Drei Wochen Zeit den Geist zu bereisen, zu durchforsten, Fundamente zu festigen.

Nachdem er gegessen hatte packte er seine im indischen Stil gehaltene Strandtasche, die, zugegebenermaßen, sehr kitschig in ihren strahlend-poppigen Farben im Sonnenlicht leuchtete. Ein Päckchen Zigaretten, reichlich Papier und Stifte, Baguette-Brot, Käse, Pilze, Handtuch, Nietzsche-Gedichtband sowie Blochs „Prinzip Hoffnung". Kühles Bier würde er sich unterwegs irgendwo kaufen.

Am Baggersee suchte er sich ein ruhiges Plätzchen abseits der großen Ansammlungen. Das Unbehagen mancher Menschen, einige Pflanzen auf dem Weg ins offene Wasser streifen zu müssen konnte er nicht verstehen. Ihm war es nur recht. So konnte er sich einen exzellenten, sonnigen Platz sichern, an dem ihn niemand störte. Auf dem steilen Pfad hinunter zu seiner einsamen Bucht blieb er mit dem Fuß an einer dicken Wurzel hängen, knallte der Länge nach hin und rutschte ein Stück den Hang hinab. Vor seiner Nase hing ein gewaltiges Spinnennetz. In den feinen Maschen hatten sich eine Menge kleiner Eintagsfliegen und Falter verfangen. Er bekam Gänsehaut. Das war auch für ihn zuviel. Im Ekel um die gleich erscheinende, achtbeinige Grazie sprang er auf und stürzte hinunter zum See.

Abgekühlt und erfrischt von der Schwüle des Tages, völlig gelöst ließ er sich auf sein Handtuch nieder. Genau die richtige Situation, um sich noch einmal eingehender mit Blochs „Noch-Nicht-Bewusstem" und dem Dunkel des gelebten Augenblicks zu befassen.
Enno verstand Handlungen nicht durch eine unterbewusste Kraft, eine Art Grundtrieb gesteuert, sondern glaubte an die kognitiv-reflexive Fähigkeit und Überlegenheit des Geistes, so dass der Schatten eines jeden gelebten Moments ein noch-nicht-bewusstes, teil-utopisches Feld darstellte.
In solchen philosophischen Überlegungen verlor er sich oft. Dann flog er auf dem Papier zwischen den Buchstaben umher, mikroskopierte jedes Morphem aus unterschiedlichen Schnittwinkeln und staunte über die unglaubliche, lexikalisch-semantische Präzision.

Wie so oft, so wurde er auch dieses Mal unsanft geweckt.
Sein Körper zuckte heftig als er aufwachte. Plötzliche Panik schoss ihm unter die Haut und beschleunigte den Herzschlag.
Nach einem kurzen Moment wich die Schrecklähmung aber wieder. Das Gehirn hatte die Informationen seiner Sinnesorgane logisch verarbeitet. Er spürte wie das

Adrenalin in ihm floss und seine Zellen auf Hochtouren brachte. Für seinen Körper war dies eine Extremsituation. Er realisierte, dass er lediglich eingeschlafen war, so dass es bereits dunkel war und niemand außer ihm mehr am See zu sein schien. Langsam beruhigte er sich.

Als die Wolken weiter zogen und Lunas ganze Pracht zum Vorschein kam, konnte er sie sehen. Da waren sie. Im reflektierenden Mondlicht. Tausende, Millionen von Mücken, Wasserläufern und anderem, üblen Getier. Auf und über der Oberfläche des Baggersees. Wie Maden eine verwesende Leiche bekleiden, so schienen diese Viecher das Wasser zuzudecken, es zu ersticken, auszusaugen.
Abscheu rann ihm den Rücken hinunter.

Der Weg zur Straße war weit. Dunkelheit umklammerte den schmalen Pfad. Die Nacht hatte die Welt gänzlich eingehüllt. Durch die dichten Kronen der Bäume drang das Mondlicht nur spärlich. Im Dunkeln nehmen sie irgendwie menschliche Züge an, dachte Enno. Es schien ihm als kommunizierten die Bäume miteinander in einer verschleierten Sprache. Überall um ihn herum hörte er ein leises Murmeln und Zischen. Der Wind flüsterte unverständliche Namen. Enno fühlte sich unwohl. Er war bereits einige Schritte gegangen, als er abrupt stehen blieb. So dicht hatte er den Bewuchs am Rande des Weges gar nicht in Erinnerung. Gerade breit genug zum Laufen war der Platz noch. Seine Beine streiften schon die Büsche links und rechts. Unweit über seinem Kopf liefen Äste kleinerer Bäume zusammen. Wie eine knorrige, alte Hand schienen sie nach ihm zu greifen. Ihm wurde bang ums Herz. In dieser Finsternis, hier ganz alleine an diesem dunklen Ort will ich nicht länger sein. Aus lauter Verzweiflung rannte er plötzlich los.
Doch er kam nicht weit. Die Vegetation wurde immer dichter. Er kam kaum noch voran. In meiner Panik muss ich vom Weg abgekommen und in ein Waldstück geraten sein. Das hier ist doch nicht der Weg zur Straße. Das sieht alles so anders aus, so unwirklich, so düster. Paranoid angehauchte Gedanken bewucherten seinen Kopf und schürten die Angst. Ihm war richtig übel. Doch unter seinen Füßen war immer noch der Pfad. Er konnte ihn spüren, er fühlte die kleinen Steine, den Schotter. Enno kamen die Tränen. Er konnte sich nicht mehr halten und fiel auf seine Knie.
Der Mond schien plötzlich durch das Blätterdach zu leuchten. Sein Blick war zu verschwommen. Er wischte die Tränen ab. Um ihn herum war schier undurchdring-liches schwarzes Gestrüpp. Doch konnte er den Fußweg vor sich erkennen. Den Weg, den er gesucht hatte. Sein Weg. Seine Rettung.

Weit entfernt, am Ende des Schotterpfades, sah er ein Licht. Die Nacht ließ es gräulich schimmern. Er ging darauf zu. Um ihn herum verschmolzen die Pflanzen zu unüberwindbaren dunklen Mauern. Über ihm eine gewölbte Decke, zusammengeflochten aus langen, gebogenen Balken.

Sieht aus wie ein Tunnel, dachte Enno, eine Röhre. Er ging weiter. Eine Kraft sog ihn dem Licht entgegen. Es riss ihn von seinen Füßen.

Unsagbarer Schmerz. Sein Körper wurde zusammengequetscht. Unfähig zu schreien, gelähmt, erstarrt.

Irisierendes Licht.

Erinnyen

- Von Eva Markert -

Ich erwachte in tiefster Nacht. Bis auf das grünliche Fluoreszieren des Weckers war es stockdunkel. Zwei Uhr. Dennoch fühlte ich mich frisch und ausgeruht und stand auf. Geräuschlos bewegte ich mich zur Tür. Ich war so ... so leicht! Fast kam es mir vor, als schwebte ich über dem Fußboden.

Ich konnte es nicht erklären, aber ich hatte das deutliche Gefühl, dass etwas anders war als sonst. Diese Ahnung ließ mich innehalten und zurückblicken. Und da wusste ich, dass etwas ganz und gar nicht stimmte!

In meinem Bett lag jemand.

Irgendwo in meinem Hinterkopf spukte die Frage, warum ich nicht erschrak, schrie oder weglief, warum mein Herz nicht heftig klopfte.

Stattdessen glitt ich zurück zum Bett. Ich hörte keine Atemzüge. Zögernd streckte ich die Hand aus und versuchte, die dunkle Gestalt zu berühren.

Ich griff ins Leere.

„Wach auf!", rief ich, doch sie regte sich nicht.

Wie Schlangen ringelten sich Locken über das Kopfkissen. Der Mond trat zwischen den Wolken hervor und ließ die blonde Mähne silbrig schimmern. Die Augen im bleichen Gesicht der Frau waren geöffnet und in den Tiefen der Pupillen spiegelte sich die Mondsichel. Blutige Tränen hatten dunkle Spuren auf den Wangen hinterlassen.

Es gab keinen Zweifel: Das bläuliche Licht des Mondes schien auf ein totes Gesicht.

Mein totes Gesicht.

Ganz allein stand ich vor dem Bett und starrte auf meine Leiche. Warum stieg ich nicht zum Himmel auf? Weshalb sah ich kein strahlendes Licht am Ende eines Tunnels, fühlte nicht das überwältigende Gefühl grenzenloser Liebe, von dem alle erzählen, die einmal über die Grenze geschaut haben?

Draußen wurde es hell. Im Garten zwitscherten die ersten Vögel. Die Strahlen der Morgensonne fielen auf mein wächsernes Gesicht und ließen das Rot des T-Shirts aufleuchten, das ich mir am Abend zuvor zurechtgelegt hatte.

Der Wecker klingelte. Gewohnheitsmäßig wollte ich ihn abstellen, doch ich konnte den Knopf nicht hinunterdrücken.

Er schrillte weiter, während ich ans Fenster trat. Darunter blühte ein Rosenstrauch, den Sonja und ich zusammen gepflanzt hatten. Ich wusste, dass die Blüten einen herrlichen Duft verströmten, der bis in mein Zimmer drang. Doch er wurde überdeckt: von meinem eigenen Geruch. Ich stank.

Irgendwann verstummte der Wecker. Ich wartete noch immer und nichts geschah. Erst nach und nach wurde mir klar, warum ich nicht gehen konnte. Ich hatte noch etwas zu erledigen. Erst dann würde ich sie wiedersehen. Sonja, meine Kleine. Meine über alles geliebte Tochter.

Ein Gedanke, und ich stand an seinem Bett. Ein greller Sonnenstrahl bohrte sich durch den Spalt zwischen den Vorhängen. Er schlief fest, atmete tief und gleichmäßig. Ekel schüttelte mich. „Selbst im Schlaf", dachte ich, „sieht er selbstzufrieden aus."

Er verzog sein feistes Gesicht, grunzte leise und wälzte sich auf die andere Seite.

Meine Augen verengten sich zu Schlitzen und meine Lippen formten wie von selbst die Worte: „Verflucht sollst du sein, Erwin Müllejahns! Verfolgen werde ich dich bis ans Ende deiner Zeit und darüber hinaus."

Als ob er mich gehört hätte, fuhr er hoch. Ein Knopf seiner Schlafanzugsjacke war abgerissen und ich sah seine weiße, behaarte Brust.

„Ich werde der böse Geist deines Lebens sein", schwor ich. „Und deines Todes."

Mit Abscheu beobachtete ich, wie er sich ankleidete: blütenreines Hemd, ein perfekt sitzender Anzug auf dem schweißfeuchten Leib, farblich abgestimmte, ungewaschene Socken mit dünnen Stellen an den Fersen. Das war typisch für ihn: nach außen hin schöner Schein, doch hinter der Fassade nichts als Schande.

Wie eine tückische Bö wirbelte ich hinter ihm her, als er sein Schlafzimmer verließ. Als würde er es spüren, blickte er sich um, bevor er die erste Stufe der steilen Holztreppe nahm.

Ich konnte mich nicht mehr bezähmen, brüllte und nahm Anlauf, um ihm meine Fäuste in den Rücken zu rammen. Doch ich fühlte ihn nicht und er mich nicht.

Unbeschadet erreichte er das Erdgeschoss und trat in die Küche.

Mein hasserfülltes Knurren erfüllte den Raum. Ein kalter Luftzug bauschte die Gardine auf.

Ich ließ Müllejahns nicht aus den Augen, während er sein Frühstück zubereitete.

Er gab einen Schuss Whiskey in seine Kaffeetasse und seufzte zufrieden, nachdem er einen Schluck von dem heißen Gebräu genommen hatte.

„Du bist Ungeziefer", zischte ich, „du verunreinigst das Angesicht der Erde."

Genussvoll biss er in sein Marmeladenbrötchen. Von ganzem Herzen wünschte ich, dass ihm der Bissen im Hals stecken bleiben würde. Hoffnung durchzuckte mich, als er sich tatsächlich verschluckte und begann, nach Luft zu ringen. Ich fixierte ihn, doch schon nach kurzer Zeit räusperte er sich und aß seelenruhig weiter.

In ohnmächtiger Wut sah ich mich um. Mein Blick fiel auf ein langes Messer. In einem heißen Luftstrom schoss ich darauf zu. Ich wollte es ihm in den Leib rammen, sehen, wie sich das weiße Hemd scharlachrot färbte, ich wollte ihn in Stücke hacken, seine bluttriefenden Organe auf den Küchenfliesen zertreten. Doch meine Finger fanden keinen Halt an dem Schaft.

Entmutigt kauerte ich mich in eine Ecke. Mit aller Kraft sehnte ich ein Beil herbei. Und da schwebte es plötzlich vor mir! Ich riss es an mich, und ich konnte es fühlen. Deutlich spürte ich den Holzgriff in meiner Hand, sah das Metall des Blattes in der Morgensonne aufblitzen.

Mit einem Satz war ich bei Müllejahns und hieb auf ihn ein. Ich kreischte, während das Beil wieder und wieder auf seinen Schädel niedersauste. Doch er zuckte nicht einmal und goss sich eine weitere Tasse Kaffee ein.

Ich ließ das Beil fallen. Noch ehe es den Boden berührte, verflüchtigte es sich. Aber nun wusste ich, dass meine Gedanken schöpferische Kraft hatten. Irgendwann würde ich es schaffen, mir dies zunutze zu machen.

Müllejahns warf einen Blick auf die Uhr und stand auf. Ich heftete mich an seine Fersen, folgte ihm wie ein böser Schatten.

Das gelbe dreistöckige Gebäude, auf das er zusteuerte, kannte ich nur allzu gut. Ich hatte es einige Male betreten, damals, als sie meine Sonja … bis sie …

„Guten Morgen, Herr Müllejahns." Die übertrieben freundliche Stimme einer Lehrerin schnitt mir ins Ohr. Lächelnd bleckte sie die Vorderzähne. Er nickte ihr jovial zu.

Wie ein Pfau stolzierte er den Gang entlang, der zu seinem Büro führte, grüßte huldvoll nach allen Seiten, ein erbärmlicher Herrscher in seinem armseligen Reich. Der Hass in mir blähte sich auf, strömte aus mir heraus und umfloss ihn. Mit Widerwillen beobachtete ich, wie er an seinem imposanten Schreibtisch Platz nahm. Ich hockte mich direkt vor ihn auf die Tischplatte und sammelte mich. Meine Gedanken schufen ein Feuer, das in einer Ecke des Raumes aufloderte. Ich sah die züngelnden Flammen, den schwarzen Rauch, roch den Brandgeruch, hörte das Knistern und Krackeln. Rasend schnell fraßen sich die Flammen auf Müllejahns zu.

Doch mein Freudenschrei erstickte, als er mitten in das Feuer hineingriff und ein Dokument zur Hand nahm, das lichterloh brannte. Mit einem Schlag waren die Flammen verschwunden und ich begriff: Mein Gedankenfeuer konnte Müllejahns nichts anhaben. In hilflosem Zorn jaulte ich auf und ballte die Fäuste. Doch nein! Ich würde nicht aufgeben. Nie, nie, niemals! Müllejahns sollte büßen. Ich musste es nur stark genug wollen.

Seine Auftritte waren widerwärtig perfekt. Er mimte den engagierten Schulleiter, den Pädagogen aus Leidenschaft, dem das Wohl seiner Schüler über alles ging. Aber mich konnte er nicht täuschen, mich nicht! Ich wusste genau, wen ich vor mir hatte: einen Selbstdarsteller und Blender, eine durch und durch jämmerliche Kreatur. Es war so ungerecht! Er lebte weiter, als wäre nichts geschehen, und meine Tochter war tot. Durch seine Schuld. Durch seine große, große Schuld. In diesem hässlichen Schulgebäude hatte man sie verhöhnt, beschimpft, verspottet, hier war sie gejagt, verfolgt, gequält worden, und alle, alle ließen es geschehen. Vor allem Müllejahns. Er half nicht, ließ mein kleines Mädchen allein in seiner Not. Und hinterher, da log er und leugnete, um über sein Versagen hinwegzutäuschen. Er ging über Leichen, im wahrsten Sinne des Wortes, nur um seinen Ruf und den dieses elenden Schlangenlochs zu schützen.

Als Müllejahns mittags von der Schule nach Hause ging, stellte ich ihm wieder nach. Mit aller Kraft, die ich aufbringen konnte, wünschte ich ihn unter einen heranrasenden Bus, stellte mir vor, dass nichts von ihm übrig blieb als eine breiige, blassrosa Masse auf dem Asphalt. Wie das, was von meiner Sonja übrig geblieben war. Ein Unfall, hatte die Polizei gesagt. Aber ich weiß es besser. Vierzehn war sie, als sie sich vor einen Bus warf, um ihren Verfolgern zu entkommen. Weil sie die Verachtung, die Fausthiebe und Fußtritte, diese tägliche Angst nicht länger ertragen konnte.

Vom Friedhof habe ich Müllejahns gejagt wie einen räudigen Köter, als er es wagte, zur Beerdigung zu erscheinen. Die geheuchelte Betroffenheit im Gesicht dieses Feiglings war mehr als ich ertragen konnte.

Drei Jahre ist das nun her. Schon lange spricht niemand mehr von Sonja. Als ob es sie nie gegeben hätte. Aber mich gibt es noch. Und ich habe nichts vergessen. Nichts!

In der Nacht stand ich wieder an seinem Bett. Er schlief seelenruhig. Der Hass in mir zerriss mich fast. „Sonja!", keuchte ich, „Sonja!"

Mit einem gewaltigen Satz sprang ich auf Müllejahns Brust und begann auf ihn einzudreschen. „Hilf mir", hechelte ich, „hilf mir, mein Kind!"

Unmenschliche Kräfte wuchsen in mir. Ich steigerte mich in einen rasenden Trommelwirbel, meine Fäuste prasselten auf ihn nieder. „Du sollst sterben, du sollst sterben ..."

Zunächst nahm ich das dumpfe Stöhnen nur am Rande war. Erst als er die Nachttischlampe einschaltete, hielt ich für einen Moment inne. Schweiß perlte auf seiner Stirn, er griff sich ans Herz, rang nach Luft. Mit hervorquellenden Augen starrte er mich an. Konnte er mich sehen? Ich blickte an mir herunter. Feuer loderte in meinem Innern und erfüllte die nebelhaften Umrisse meiner Gestalt mit einem roten Flackern.

Ein heiseres Bellen entrang sich meiner Kehle. Wieder ballte ich die Fäuste, hämmerte auf ihn ein.

„Hilfe", röchelte er, „Hilfe!"

Ich lachte. Flammen leckten aus meinem Mund.

Einmal bäumte er sich noch auf, dann brach er unter mir zusammen.

Mit einem wilden Triumphschrei riss ich die Arme hoch.

Und plötzlich war sie da, meine Sonja, ganz dicht an meiner Seite. Sie glühte von innen, genau wie ich. Wir fassten uns an den Händen. Gemeinsam sahen wir zu, wie Erwin Müllejahns starb und sich aus seinem Körper erhob.

Wir stellten uns ihm in den Weg: zwei Wesen, aus Feuer gemacht, und er eine leere Hülle, dünn und durchsichtig wie eine Wasserblase.

Wir blickten uns in die blutunterlaufenen Augen. Und dann, dann hetzten wir ihn.

IRREALES
IN DER NACHT

Nachtgeschöpfe

- Von Konrad Herfurth -

Nun, irgendetwas war schief gelaufen. Eigentlich hatte Frank nur auf eine nette Party gehen und sich dabei gut amüsieren wollen. Stattdessen hatte alles in einem Desaster geendet. Was eigentlich im Detail passiert war, wusste er nicht so genau. Er hatte einen merkwürdigen Filmriss, der den Großteil der Zeit umfasste, nachdem er sich mit einer äußerst hübschen Dame unterhalten hatte. Ansonsten waren nur einzelne, zusammenhangslose Fetzen in seinem Gedächtnis hängen geblieben und sie waren alles andere als angenehm.

Nun, zunächst galt es, die Lage zu prüfen und wie er am besten aus der peinlichen Lage heraus kam. Dazu musste er erst einmal aufstehen. Das jedoch stellte sich als gar nicht so einfach heraus. Irgendwie fühlten sich seine Knochen so an, als ob jemand darauf Schlagzeug gespielt hätte. Und zu allem Überfluss brummte ihm der Schädel, als hätte sich ein Schwarm Hummeln in seinem Kopf häuslich eingerichtet. Vorsichtig hob er die Hand und befühlte seinen Kopf. Er tastete seine Stirn ab, seinen Hinterkopf und schließlich sein Gesicht. So weit so gut: Er war immer noch – oder wieder? – er selbst. Und an seinem Hinterkopf entwickelte sich eine fette Beule. Anscheinend war er hintenüber hingefallen und hatte sich dabei übel den Kopf angeschlagen. Mit extremer Willens- und Kraftanstrengung – begleitet von gequälten Ächzlauten – stand er schließlich auf – nur, um sich gleich darauf gegen die nächste Wand zu stemmen, weil er sonst dank eines Schwindelanfalls gleich wieder umgefallen wäre. Alles drehte sich vor seinen Augen. Nachdem sich seine Augen endlich beruhigten und sich sein Gleichgewichtssinn langsam wieder zurechtfand, betrachtete er das Chaos, das sich ihm bot. Überall lagen umgeschmissene Stühle herum, einigen fehlten ein oder zwei Beine. Das Sofa, auf dem er vor ein paar Stunden noch gemütlich mit einer hübschen Dame gesessen hatte, war nun kaputt. Die Polster waren aufgerissen und die Füllung kam heraus. Auf dem Fußboden lagen jede Menge Glas- und Porzellanscherben und viele, nun völlig unappetitlich aussehende Essensreste. Ein Bücherregal war umgefallen. Die Bücher, die vorher schön sortiert darin gestanden hatten, lagen wild umher. Bei diesem Chaos wunderte es ihn ein wenig, dass er nirgendwo Blutspritzer oder dergleichen finden konnte. Er war natürlich froh darüber, denn es hätte seine Lage nur verkompliziert. So konnte man als Außenstehender irgendwie noch davon überzeugt sein, dass hier eine exzessive Party stattgefunden hatte, bei der die Gäste ein wenig über die Stränge geschlagen hatten. Inzwischen fühlte er sich auch in der Lage, sich ein wenig mehr zu bewegen. Er beschloss, sich in die nächsten Räume vorzuwagen. Wie sich herausstellte, hatte er sich zu früh gefreut. Bereits der aufsteigende Gestank kündigte das an, was Frank bereits gefürchtet hatte. In den nächsten Räumen fand er nicht nur noch mehr Chaos und Zerstörung vor, sondern auch jede Menge Blut. Und er fand auch die dazugehörigen Opfer. Er saß also tief in der Scheiße! Es bestand für ihn kein Zweifel, dass diese Blutorgie auf sein Konto ging. Und zwar deshalb, weil es nicht das erste Mal war. Dummerweise hatte Frank solche Momente schon öfter hinter sich und bisher war er immer wie durch ein Wunder äußerst glimpflich davongekommen. Möglicherweise lag das an seinem gut ausgeprägten Instinkt. Er konnte Gefahr praktisch riechen – wenn er im Vollbesitz seines menschlichen Verstandes war. Er nahm sie auch wahr, wenn er diese Zustände hatte, doch dann ignorierte er sie meistens. Vielleicht lag es aber auch daran, dass die heutige Gesellschaft sich für aufgeklärt hielt und nicht an übernatürliche Dinge glaubte. Und jemandem, der nach seinen Zuständen, wie er sie nannte, noch überlebte und davonkam, nahm man die Geschichte nicht ab und erklärte ihn für verrückt. Wenn man so wollte, dann waren die Menschen des Mittelalters um einiges toleranter gewesen. Für die waren solche Phänomene, wie sie um ihn herum passierten, völlig verständlich. Allerdings hätten diese Leute dazu geneigt, ihn dann entweder als Ketzer zu verbrennen oder ihn als Monster zu jagen. In diesem Sinne war die Aufklärung für ihn einer wahrer Segen.

So, wie es aussah, waren alle tot. Das erleichterte die Sache natürlich. So war es für ihn umso leichter, einfach zu verschwinden. Das war im Moment auch das einzige, woran er dachte: von hier verschwinden, nie wieder hierher kommen und alle Spuren verwischen, dass er je hier gewesen war. Letzteres war natürlich sehr schwierig. Denn genau genommen hätte er dafür hier alles wieder fein säuberlich aufräumen müssen, inklusive dem Fortschaffen der Leichen. Doch das hätte viel zu viel Zeit in Anspruch genommen. Bis er damit fertig wäre, wäre die Polizei längst an Ort und Stelle und er wäre zweifelsohne hinter Gittern. Und das war so ziemlich das Letzte, was er wollte. Denn abgesehen von seinen gelegentlichen Zuständen war Frank ein durchaus unbescholtener und unauffälliger Bürger. Und er legte viel Wert auf Bildung. Das betonte er oft. Frank hatte wenig Freunde, was auf seine Zurückgezogenheit und seine gelegentlichen Zustände zurückzuführen war.

Wie dem auch sei, Frank machte sich aus dem Staub. Zumindest hatte er das vorgehabt. Dummerweise vernahm er, gerade als der die Klinke der Haustür herunterdrücken wollte, eine halb erstickte Stimme aus einer Ecke des Wohnzimmers: „Bleib mal schön hier und hilf mir gefälligst!"

Es war die Stimme eines Mannes mit wohlklingendem Bariton – abgesehen davon, dass sie sich ein wenig überschlug und halb erstickt klang. Offenbar hatte Frank diesen Mann übersehen. Er drehte sich um, um herauszufinden, wo dieser Kerl steckte, der seinen tollen Plan vermutlich völlig zunichte machte. Wie sich herausstellte, lag er hinter einem

Haufen Leichen, die kurioserweise übereinander gestapelt lagen. Und er lag nicht allein: Jede Menge Erbrochenes – in welchem dieser Kerl lag – zierte den mageren Körper dieses Mannes. Der Mann hatte Mühe sich aufzurichten. Er lag auf dem Bauch, mit dem Mund in seinem Erbrochenen. Seine Hände, mit denen er sich abzustützen versuchte, rutschten in der Kotze ständig weg. Abgesehen von dem äußerst unappetitlichen Anblick war der Gestank unerträglich. Frank war den Bruchteil einer Sekunde versucht, den Kerl einfach umzubringen, aber dafür hatte er dann doch zu viel Moral. Stattdessen packte er ihn kurzerhand unter den Achseln, sorgsam darum bemüht, nicht in Kontakt mit dem Erbrochenen zu kommen, und hievte den Kerl hoch. Er setzte ihn auf einen Stuhl, der noch heil war. Er sah, dass der Kerl nicht imstande war, aufrecht zu stehen. Bei näherer Betrachtung sah der Kerl zwar nett, aber wirklich mickrig aus. Er hatte ein leichtes, aber sichtbares Übergebiss und saß leicht zusammengekrümmt auf dem Stuhl, eine ungesunde Bleiche im Gesicht. Seine Arme waren dünn und hingen etwas ungelenk an seinem Körper herab. Er hatte kurzes, schwarzes Haar, das irgendwie ungekämmt aussah. Vor allem die Augen irritierten Frank. Irgendetwas an ihnen war nicht normal.

Er hatte das Gefühl, dass er eine Person auf einem Foto betrachtete, wenn er sie ansah.

„Danke für die Hilfe!", sagte der Fremde schüchtern.

„Gern geschehen!", erwiderte Frank. Er glaubte so etwas wie Furcht in den Augen und der Körperhaltung des Menschen vor ihm zu erkennen. Warum fürchtete der Kerl sich so vor ihm? Frank sah an sich herab und ihm wurde mit einem Mal bewusst, wie er auf den armen Kerl wirken musste: Seine Kleidung war völlig zerrissen. Sie musste aufgerissen sein, als er sich unerwartet verwandelt hatte. Eine unangenehme Nebenwirkung dieser Verwandlungen war, dass ihm dann seine Kleidung nicht mehr passte und infolgedessen aufriss, wenn er vergaß, sie vorher auszuziehen. Normalerweise legte er sich vor einer Vollmondnacht immer vorsorglich unbekleidet ins Bett. Das war nicht nur weniger schmerzhaft, sondern sparte zudem jede Menge Kleidung. Und Frank war nun mal dank seiner Zustände nicht gerade reich. Doch da er auf die Verwandlung der letzten Nacht nicht vorbereitet war, hatte er seine Kleidung anbehalten. So, wie er jetzt vor diesem Typen stand, musste er – in Anbetracht der ganzen Leichen – wie ein Lustmörder auf ihn wirken.

„Ich bin gleich zurück", meinte Frank. Damit wandte er sich schnell um und machte sich auf die Suche nach brauchbaren Klamotten. Glücklicherweise war dies das Haus eines Ehepaares, das die Party veranstaltet hatte. Im Kleiderschrank des Schlafzimmers fand er Kleider, die allerdings der Frau des Hauses gehörten. Er sah sich nach dem zweiten Kleiderschrank um und musste enttäuscht feststellen, dass dieser mitsamt Inhalt völlig zerfetzt worden war. Also suchte er in den Kleidern der Frau nach etwas Brauchbarem. Er fand tatsächlich sogar ein paar Hosen, jedoch schien die Dame des Hauses ein ausgeprägtes Faible für Rosa und Fliederfarben zu haben. Aber wenn er nicht halb nackt wie ein Penner durch die Gegend laufen wollte, musste er mit solchen Klamotten Vorlieb nehmen. Außer Blusen, die noch das am ehesten passende für ihn waren, wie er fand, hatte er sonst nur Tops, Pullover und andere Oberteile mit jeweils sehr weiblichen Ausschnitten gefunden, in denen er einfach lächerlich aussah. Wahrscheinlich sah er so schon aus, als ob er zu einem Tuntenball unterwegs war, doch es hatte kein Spiegel überlebt, mit dem er das hätte überprüfen können. Frank ging wieder nach unten und hoffte, dass der Kerl nun etwas gesprächiger wurde.

„Fang bloß nicht an zu lachen!", sagte Frank zu ihm. „Ich bin übrigens Frank. Und wie heißt du?", fügte er hinzu und hielt seinem Gegenüber die Hand hin. Der Gefragte zuckte vor der Hand zurück und starrte auf sie, als säße er gerade vor einer besonders gefährlichen Schlange.

„Keine Sorge, ich beiß dich schon nicht!", entfuhr es Frank, als ihm auffiel, dass der arme Kerl Franks Zustand vermutlich mitbekommen hatte. „Hey, ich bin ein ganz normaler Mensch wie du, okay?", fügte er hinzu und sah seinem Gegenüber dabei fest in die Augen.

„Das nennst du also normal, ja?", gab der verängstigte Mann mit zittriger Stimme zurück.

„Nun ja... Abgesehen von diesen gelegentlichen Zuständen... Ja", erwiderte Frank zögerlich.

„Zustände?", fragte ihn der Kerl mit einem zynischen Unterton.

„Wie würdest du es denn nennen?", fragte Frank.

Der Mann blieb stumm und sah Frank nur an. Frank wartete weiter und senkte den Blick nicht. Er wollte gerne wissen, ob der Typ vor ihm den Mut hatte, das Offensichtliche auszusprechen. Und tatsächlich: „Du bist ein Werwolf, stimmt's?"

„Ja", antwortete Frank schlicht. Was hätte er sonst auch noch dazu sagen sollen? Es war die Wahrheit.

Der Kerl wandte sich ab, blickte ins Leere und sagte zu sich: „Ich dachte immer, Werwölfe gibt es nicht!"

Frank antwortete nicht. Ihm war inzwischen aufgefallen, was ihn an den Augen seines Gegenübers so verwirrte: sie waren rot. Er hatte noch nie jemanden mit roten Augen gesehen. Außer Albinos. Aber der Typ vor ihm konnte kein Albino sein: Er hatte schwarze Haare! Nun ja, vielleicht waren sie gefärbt.

„Bist du ein Albino?", fragte Frank.

„Nein", erwiderte der Mann. „Meine Haare sind weder gefärbt, noch fehlt mir was in den Augen. Das mit den Augen und meiner Haut ist was anderes." Nach einer Weile fragte er: „Wie kann ich sicher sein, dass du nicht gleich wieder zu einem Monster wirst?"

„Schon vergessen, dass sich Werwölfe nur zu Vollmond verwandeln?", gab Frank zurück.

„Woher sollte ich denn wissen, dass es stimmt?", erwiderte der Unbekannte mit einer

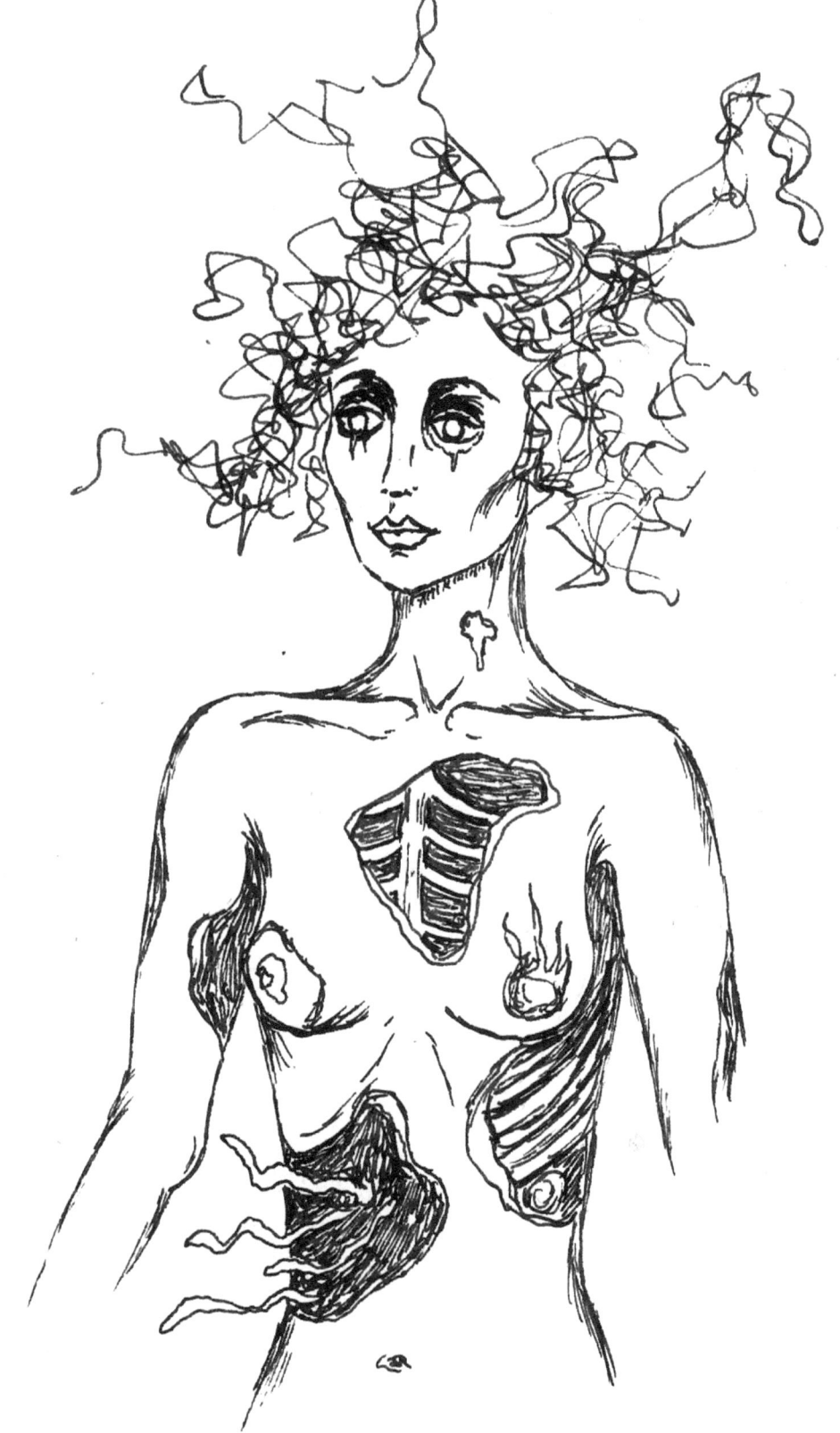

Gegenfrage.

„Es stimmt", antwortete Frank einfach.

„Bist du immer so wortkarg?", fragte sein Gegenüber weiter.

„Nicht immer."

Eine Weile lang sagte niemand etwas. Dann stellte sich der Mann vor: „Ich bin übrigens Michael."

„Gut", antwortete Frank. „Und jetzt sollten wir von hier verschwinden!"

„Warum hast du es denn so eilig?", fragte Michael.

„Vielleicht ist es dir ja noch nicht aufgefallen", meinte Frank sarkastisch. „Aber hier liegen jede Menge tote Leute herum. Was würdest du sagen, wenn du ein Polizist wärst und uns beide hier inmitten dieses Chaos fändest?"

Als Frank die toten Leute erwähnte, zuckte Michael zusammen, als wenn er geschlagen worden wäre. Etwas ängstlich sah er Frank an und nach einer Weile sagte er leise: „Ich schätze, ich verstehe, worauf du hinaus willst."

„Das wurde aber auch Zeit! Und jetzt lass uns von hier verschwinden." Damit drehte sich Frank um und machte sich auf, nach einer Hintertür zu suchen. Es wäre sicherlich unklug gewesen, zur Vordertür hinauszugehen, auch wenn das Haus, in dem die Party stattgefunden hatte, etwas weiter ab von den restlichen Häusern des Städtchens lag. Trotzdem konnte ja zufällig jemand zu diesem Haus unterwegs sein.

Als Frank durch das hintere Wohnzimmer ging, hinter dem eine Terrasse lag, sah er, dass es bereits wieder dunkel wurde. Anscheinend hatte er nach seinem Rausch den ganzen Tag über geschlafen. Das war ziemlich ungewöhnlich: Normalerweise kam er nach solchen Anfällen am nächsten Morgen wieder zu Bewusstsein, ohne dass irgendetwas Nennenswertes passiert war. Allerdings war er mit seinem Problem inzwischen vertraut und zog sich kurz vor Vollmond immer in eine einsame Bude zurück, die er sich weit weg von allen möglichen Ortschaften eingerichtet hatte. Doch als er damals im zarten Alter von 18 Jahren das erste Mal diese schreckliche Verwandlung durchgemacht hatte, konnte er sich am nächsten Morgen an nichts erinnern und war umringt von Leichen. Es war eine Geburtstagsparty eines Schulkameraden gewesen. Erst mit der Zeit – und durch Aussagen Überlebender, denen aber niemand glaubte – wurde ihm bewusst, was er war.

Plötzlich passierte etwas, dass Frank aus den Gedanken riss und seine schlimmsten Befürchtungen wahr machte: Die Tür klingelte.

Was jetzt? Er musste so schnell wie möglich hier raus, ohne dass der Besucher etwas merkte. Doch Michael musste mitkommen, er war sonst eine zu große Gefahr für Frank. Frank zweifelte nicht daran, dass Michael ihn anschwärzen würde, wenn man ihn richtig unter Druck zu setzen wusste. Dummerweise befand sich Michael in der Nähe der Tür, während Frank sich genau am anderen Ende des Hauses befand. Jedenfalls käme er nicht schnell genug zur Tür, ohne Lärm zu machen. Er musste Michael irgendwie erreichen.

„Mach auf keinen Fall die Tür auf!", rief Frank durch das Haus. Und bereits nachdem er dies gerufen hatte, hätte er sich selbst ohrfeigen können. Nun war es zu spät! Der Besucher hatte ihn bestimmt schon gehört. Und ja: es klingelte wieder. Schweren Herzens ging Frank wieder dorthin, wo er Michael gelassen hatte. Der sah ihn vorwurfsvoll und unschuldig zugleich an.

„Was machen wir jetzt?", fragte Michael leise.

„Uns bleibt wohl nichts anderes übrig, als die Tür zu öffnen", meinte Frank ebenso leise.

„Aber vielleicht ist der Besucher ja so dämlich und merkt nicht, wenn wir hinten über die Terrasse abhauen."

Michael nickte zustimmend. Damit schlichen sie leise durch das Haus ins hintere Wohnzimmer. So leise wie möglich schoben sie die Glastür zur Terrasse auf. Sie traten auf die Terrasse und schlichen sich leise herunter durch den Garten, der hinter dem Haus lag.

Bis hierhin war alles gut gelaufen. Die Terrassentür war geräuschlos wieder von Frank verschlossen worden und Michael hatte sich beim Klettern über das Terrassengeländer als recht geschickt erwiesen und hatte sich nicht verletzt. Dies beruhigte Frank. Anscheinend hatte er Michael unterschätzt, so mickrig dieser auch war. Schnell hatte Frank ihn eingeholt. Er fragte sich, wie Michael wohl mit sich selbst klar kam, so zierlich wie er war. Doch Michaels Agilität hatte ihm schon eine gewisse Ahnung davon gegeben. Vermutlich steckte hinter dem Kerl mehr, als es auf den ersten Blick den Anschein hatte. Frank nahm sich vor, aus dem Kerl sein wahres Ich hervorzukitzeln. Natürlich alles möglichst ohne dass Michael gleich etwas davon mitbekam. Frank war kein hinterhältiger Mensch, beileibe nicht! Aber manchmal war zu äußerster Vorsicht geraten, besonders wenn man es mit Menschen zu tun hatte, von denen man nie wissen konnte, was wirklich in ihnen steckte. Und Michael schien so ein Mensch zu sein.

Plötzlich knackte irgendwo ein Ast. Sofort drehte Frank sich um und versuchte etwas in der Dämmerung zu erkennen. Zum ersten Mal bereute er es, dass er nun kein Werwolf war und mit seiner Wolfsnase riechen konnte. Er versuchte sich im Dunkeln zu halten, damit niemand ihn so einfach sehen konnte. Er hoffte, dass Michael ebenso klug war und sich ein günstiges Versteck suchte.

Anscheinend war Michael tatsächlich so schlau gewesen, denn Frank konnte weder Michael noch den ungeliebten Verfolger entdecken. Aber nun roch er etwas und es war alles andere als ein angenehmer Geruch. Es roch nach – altem, vergammeltem Fleisch. Woher kam dieser Geruch? Hing er mit dem ungebetenen Gast zusammen? Doch wieso sollte derjenige verfaultes Fleisch mit sich herumtragen und so alle Aufmerksamkeit auf unangenehmste Weise auf sich ziehen? Wer – oder was verfolgte sie da? So sehr es ihm widerstrebte, ging Frank dem Geruch vorsichtig nach – und gelangte schließlich hinter einer äußerst übel riechenden Person an, die sich geschickt im Dunkeln hielt. Der Gestank war kaum noch auszuhalten und Frank musste sich wirklich sehr zusammenreißen, um nicht plötzlich sämtliche Essenreste rückwärts zu essen, die sich noch von gestern Nacht in seinem Magen befanden.

Dummerweise hatte er keine Waffe außer seinen bloßen Händen. Es widerstrebte ihm zwar, einen wehrlosen Menschen niederzustrecken, jedoch hätte alles andere bloß unangenehme Fragen mit sich gebracht. Also holte er so weit wie möglich aus und ließ seine zur Faust zusammengeballte Hand auf sein nichts ahnendes Opfer niedersausen.

Doch im entscheidenden Moment machte dieses einen größeren Schritt nach vorn und Frank schlug ins Leere. Und das mit solcher Wucht, dass es Frank direkt aus den Schuhen hob und er vornüber hinknallte. Er landete im Dreck, der merkwürdig matschig war und absolut Ekel erregend stank. Auf jeden Fall war der Aufschlag laut genug – ein Brechreiz erregendes Platschen –, dass sein Opfer sich umdrehte und sagte: „Ach, da seid ihr also! Aber wo ist der zweite?"

Michael hatte dieser Stinker also noch nicht entdeckt. Da war gut! Also hatte Michael noch die Chance, den ungeliebten Besucher niederzustrecken. Besucherin, korrigierte Frank sich. Es war eine weibliche Stimme. Aber sie klang merkwürdig brüchig.

„Ihr dachtet wohl, dass ihr so einfach abhauen könntet, nicht wahr?", sprach die Frau weiter. „Nur leider habt ihr die Rechnung ohne den Wirt gemacht! Ich kenne dieses Haus nämlich wie meine Westentasche. Ich hab mir schon gedacht, dass ihr über die Terrasse abhauen wolltet."

Plötzlich drückte ein spitzer Schuh Frank in die Seite und drehte ihn auf den Rücken. Anschließend setzte sich dieser Schuh, von dem ebenfalls ein äußerst unangenehmer Gestank kam, direkt auf seine Brust, so dass es für Frank geradezu unmöglich war einfach aufzustehen. Diese Frau schien viel Kraft zu haben. Frank musste sich eingestehen, dass er selten in so einer ausweglosen Lage gewesen war.

„Also, wo ist der andere?", fragte die weibliche Stimme weiter.

„Glaubst du, dass ich dir das etwa verrate?", presste Frank widerspenstig heraus. Auch wenn er gerade unterlegen war, würde er Michael nicht verraten. Zudem wusste er sowieso nicht, wo der Kerl sich gerade aufhielt, doch er hoffte, dass Michael sich etwas einfallen ließ.

Da vernahm er plötzlich Michaels Stimme direkt hinter der Frau: „Ähm, suchst du zufällig mich?", fragte dieser ungewöhnlich höflich.

Frank spürte, wie sich der Druck auf seiner Brust ein wenig lockerte. Anscheinend hatte sich die Frau zu Michael umgedreht. Im nächsten Moment hörte Frank einen spitzen Schrei, gefolgt von einem schmerzhaften Stich in seine Brust – der Schuh hatte sich für kurze Zeit ziemlich heftig in sein Brustbein gebohrt. Frank stöhnte vor Schmerz auf.

„Bitte tu mir nichts!", hörte er nun zu seiner Verwunderung die Frau wimmern. Warum hatte sie solche Angst vor so einem mickrigen Kerl wie Michael?

„Und wie stellst du dir das vor?", hörte er nun Michael. Sein Tonfall hatte sich verändert. Er klang alles andere als nett, nämlich ziemlich gefährlich.

„Du hast uns gesehen, du könntest uns verpfeifen!"

„Ich schwöre dir, dass ich nichts sagen werde, wenn du mich nur heil lässt!", wimmerte die Frau.

„Und das soll ich dir glauben?", fragte Michael. „Du warst doch schon im Haus, du hast die Leichen gesehen!"

„Ich schwöre dir, ich habe nichts gesehen außer euch!", antwortete die Frau, die nun immer ängstlicher klang. Doch dann schien plötzlich alle Angst einer Überraschung zu weichen: „Leichen?"

Frank biss sich auf die Lippen. Dieser Michael war doch echt ein Idiot!

„Heißt das, ihr habt da drin Leute abgemurkst?", ließ sich die Frau vernehmen, nun wieder völlig ängstlich. Vermutlich bangte sie schon um ihr Leben. „Wer...? Wen...? Wie habt ihr...?", stotterte sie mit zitternder Stimme und dann plötzlich brach es aus ihr heraus: „Das waren meine Freunde!"

„Hmmm, ja, nun... Tut mir leid!", erwiderte Michael. „Es war keine Absicht!"

„Was soll das heißen?", kreischte die Frau. „Ihr bringt mal eben aus Versehen irgendwelche Typen um?"

„Na ja, ab und zu kann das wohl mal passieren, ja...", kam es nun wieder etwas verlegen von Michael.

„AB UND ZU?", schrie die Frau, nun einem hysterischen Anfall gefährlich nahe.

„Hör mal", schaltete sich nun Frank ein, der noch immer auf dem Boden lag und nun hoch schaute, da wo er die Frau vermutete, „wir haben nicht vor, dich zu töten! Wir hatten auch nicht vor, diese Leute da drin zu töten. Es war ein schreckliches Versehen. Das Dumme ist nur, dass du uns gesehen hast und jetzt auch weißt, was wir getan haben. Verstehst du, wir können dich nicht einfach laufen lassen..."

„Ihr nehmt mich als Geisel?", unterbrach ihn die stinkende Dame panisch.

„Ja, das kommt dem wohl sehr nahe!", antwortete Frank. „Du musst entweder unsere Komplizin werden oder wir müssen dich tatsächlich töten. So ungern wir das auch tun."

„Ach und wie wollt ihr das anstellen?", fragte die Frau mit einer Spur von Mut in ihrer Stimme. „Du hast es ja nicht mal fertig gebracht, mich niederzuschlagen!", sagte sie zu Frank.

„Nun ja", schaltete sich nun wieder Michael ein. „Du hast ja mitbekommen, was wir da drin angestellt haben. Es dürfte uns nicht schwer fallen, auch dich zu töten. Wie, das kannst du dir ja vorstellen, nachdem du mein Lächeln gesehen hast."

„Oh nein, bitte tu mir nichts!", kam es nun wieder wimmernd von der Frau.

Frank nutzte die Gelegenheit und richtete sich auf. „Dann komm mit uns!", sagte er und reichte der Frau seine Hand. Inzwischen konnte er sie auch sehen, denn seine Augen hatten sich allmählich an die Dunkelheit gewöhnt. Den Gestank nahm er kaum noch wahr.

„Ich gehe nicht mit Mördern mit!", schrie die Frau wieder hysterisch und wich einen Schritt zurück. „Schon gar nicht mit einem Vampir!"

„Ich bin kein Vampir!", entgegnete Frank.

„Von dir redet ja auch keiner, Schwachkopf!", lamentierte die Frau.

Ruckartig drehte Frank sich zu Michael um. Bei näherer Betrachtung wurde ihm jetzt alles klar. Warum war er nicht schon vorher darauf gekommen? Rote Augen, blasse Haut, vorstehender Oberkiefer... Es passte plötzlich alles. Vielleicht lag es daran, dass Frank eigentlich nicht an Vampire glaubte.

„Keine Sorge, ich tu dir schon nichts, wenn du uns folgst!", antwortete Michael gekränkt.

„Wirklich?", fragte die Frau unsicher. Franks Augen hatten sich inzwischen so sehr an die Dunkelheit gewöhnt, dass er die Frau besser sehen konnte. Sie sah aus, als hätte sie sich mit ihrem Kostüm ziemlich viel Mühe gegeben. Es sah ziemlich blutig und schleimig aus und passte irgendwie besser zu Halloween. Und dem Gestank nach zu urteilen war es aus echtem, verfaulendem Fleisch! Frank fragte sich, wie eine Frau so etwas ertragen konnte.

„Probier's einfach aus!", erwiderte Michael. „Wenn du abhaust, tun wir dir weh, also komm einfach mit uns mit."

Die Frau überlegte. Anscheinend schien ihr Michaels Logik einzuleuchten, denn sie sagte schließlich „Ja, OK!"

„Nun, du kennst dich ja hier am besten aus!", sagte Frank nach einer Weile. „Wie kommen wir denn unbemerkt von hier weg?"

„Tja", sagte die Frau gedehnt. „Leider kommt ihr nur zurück, wie ihr hergekommen seid. Ansonsten kommt ihr nur zu anderen Häusern oder ihr landet im Sumpf."

„Na gut", antwortete Frank resigniert. „Dann lass uns halt so schnell wie möglich verschwinden, bevor uns noch jemand aufspürt!"

Er wollte sich in Bewegung setzen, doch die Frau blieb stehen.

„Was ist?", fragte Frank genervt. „Kommst du nun mit oder stirbst du lieber?"

„Meinst du nicht, dass wir uns mal vorstellen sollten? Ich hasse es, nicht zu wissen, mit wem ich es zu tun habe!", erwiderte die Dame.

„Können wir das nicht auf später verschieben?", fragte Frank gereizt. „Die Polizei könnte jeden Moment hier aufkreuzen und ich habe nicht vor, den Rest meines Lebens hinter Gittern zu verbringen."

„Tut mir ja schrecklich leid, aber da habe ich auch meine Prinzipien!", antwortete die Frau immer schnippischer. „Also, ich bin Ariadne!"

„Also gut!", antwortete Frank ungeduldig. „Wenn du es unbedingt wissen willst: Ich bin Frank, ich bin ein Werwolf und ich hab's eilig!"

„Ein Werwolf?", quiekte die Frau. „Aber wie soll ich dann sicher sein, dass du mir nichts tust?"

„Ich bin nur bei Vollmond ein Werwolf, ansonsten hab ich mich unter Kontrolle!", gab Frank ungeduldig zurück. Diese Frau schien nicht gerade besonders helle zu sein.

„Außerdem tun Werwölfe nur Menschen etwas an, so weit ich weiß!", warf Michael ein. Frank verstand zwar den Sinn dieses Einwurfs nicht, aber er hatte jetzt keine Zeit, darüber nachzudenken. Er wollte nur so schnell wie möglich hier weg.

„Oh, gut!", antwortete Ariadne. Frank fragte sich, was die beiden wussten, was er nicht wusste. Ariadne wandte sich an Michael: „Haben Vampire auch Namen?"

Seiner Stimme nach zu urteilen, hatte ihn diese Frage ziemlich verletzt. „Ja, auch wir haben Namen! Du könntest meinen vollständigen Namen vermutlich gar nicht richtig aussprechen, aber du kannst mich Michael nennen!"

Offensichtlich war Ariadne feinfühlig genug, um zu wissen, dass ihn ihre letzte Frage verletzt hatte. Sie sagte mit plötzlich sehr anschmiegsamem Tonfall: „Das tut mir leid, Michael! Ich hatte eben noch nie mit Vampiren zu tun. Bitte verzeih mir!" Ob Ariadne sich schnell anpassen konnte oder einfach schon wieder um ihr Leben bangte, war Frank nicht ganz klar, aber er vermutete eher das Letztere.

„Ja, ja, schon gut!", antwortete Michael ungeduldig. „Und jetzt lass uns endlich verschwinden."

Und so setzten sie sich dann auch endlich in Bewegung. Bereits auf dem Weg schien Ariadne immer zutraulicher zu werden.

„Hättest du mir wirklich nichts getan?", säuselte sie zu Michael, dem sie nun viel Beachtung schenkte. Dabei versuchte sie anscheinend, Michael so lieb wie sie nur konnte anzuschauen, doch irgendwie wollten ihre Augen nicht so wie sie. Sie kullerten ein wenig herum, ohne wirklich zu fokussieren.

Angeekelt antwortete Michael: „Ganz sicher! Ich beiße keine Zombies!"

Damit war auch die unausgesprochene Frage von Frank beantwortet. Eine Zombiefrau also. Kein Wunder, dass sie so roch, als hätte sie sich ein Jahr lang nicht geduscht.

„Was denkst du dir eigentlich?", rief Ariadne empört. Frank war schon drauf und dran, Ariadne den Mund zu stopfen, damit niemand auf sie aufmerksam wurde. Währenddessen lamentierte Ariadne weiter: „Zombies haben auch Gefühle! Und Zombiefrauen am allermeisten! Ist dir klar, dass du mir gerade das Gefühl gegeben hast, nicht begehrenswert zu sein? Nein, so was geht doch bestimmt nicht in dein kleines Hirn! Ihr Männer seid doch alle gleich! Kannst du dir vorstellen, wie schwer es ist, einen Kerl zu angeln, wenn man so aussieht wie ich? Und mein Geruch ist leider auch nicht gerade hilfreich. Ich kann auch fühlen! Ich habe ein Herz, das nach Liebe und Freundschaft schreit!"

Aber versuch mal, einen Kerl zu kriegen, wenn dir schon bei der Begrüßung ein Finger abfällt!"

„Tut mir leid!", antwortete Michael kleinlaut. „So war das nicht gemeint!"

„Ja, ja, das sagen sie alle! Du hast ja keine Ahnung!", gab Ariadne hitzig zurück. Vermutlich hätte sie noch weiter gezetert, wenn Frank dem nicht ein Ende gesetzt hätte. „Könnt ihr eure Streitigkeiten ein anderes Mal klären?", zischte er. „Vielleicht solltet ihr mal wieder daran denken, dass wir hier möglichst unauffällig abhauen wollten!" Das ließ Ariadne verstummen und den Rest des Wegs in das kleine Örtchen sprach keiner von ihnen mehr etwas. Bis auf Michael, der irgendwie noch den Drang hatte sich zu entschuldigen.

„Es gibt auch einen anderen Grund, warum ich dich nicht beißen würde.", meinte er leise zu Ariadne. „Weißt du, es ist mir etwas peinlich, aber ich habe eine Allergie gegen die Blutgruppen AB, A und B. Ich kann nur 0 trinken. Kannst du dir vorstellen, wie schrecklich das ist? Wir befinden uns in Mitteleuropa! Hier gibt's kaum Leute mit 0. Manchmal muss ich mich in ein Krankenhaus einweisen und mir eine Bluttransfusion geben lassen. Das ist einfach kein Leben für einen Vampir!"

Während Ariadne Michael ihr Mitleid versicherte, musste Frank sich ein Lachen verkneifen. Er war noch nie einem Vampir begegnet, und dann lernte er ausgerechnet einen mit einer Blutallergie kennen. Vermutlich hatte er daher in dem Erbrochenen gelegen: Er hatte etwas zu viel über den Durst getrunken.

Als sie schließlich in das Städtchen kamen, bot sich ihnen ein merkwürdiger und doch recht unangenehmer Anblick. Es schien so, als habe sich die gesamte Bevölkerung der Stadt hier eingefunden, um eine kleine Hetzjagd zu veranstalten. Und den Mienen der Gesichter nach zu urteilen, waren die illustren Drei die Gejagten. Frank sah von Michael zu Ariadne und dann wieder zu Michael. Ihre Blicke verrieten ihm, dass sie dasselbe dachten wie er. Just in diesem Moment stieg der Mond auf. Es war immer noch Vollmond. Und bevor Frank sich verwandelte, dachte er das, was alle drei dachten: Sie hatten eine ganze Partygesellschaft auf dem Gewissen. Auf ein paar Leute mehr oder weniger kam es jetzt nicht mehr an.

prora oder die oberleitung nach moskau. ein nachtstück.

- Von Sophia Doms -

„Treten Sie näher, meine Damen und Herren, bestaunen Sie mich – ich lebe in Prora! Um genauer zu sein: Ich nächtige dort!

Sie treten einen Schritt zurück? Was denken Sie von mir!? Sehen Sie an mir irgendeine Uniform? Glauben Sie, ich hätte unter meinem schwarzen Umhang, den ich als großer Impressario selbstverständlich trage, eine solche verborgen?

Ich bitte Sie, überzeugen Sie sich selbst, sehen Sie nach, da ist nichts. Überhaupt nicht viel an mir, was man Leib nennen könnte. Drum nenn' ich mich Seele. Ja, da staunen Sie, meine Damen und Herren, und denken: Was für ein mutiger Mensch, sich nach etwas zu nennen, das nicht existiert, da hätt' er sich doch auch gleich Geist nennen können, ein Gespenst somit.

Und ich muss Ihnen sagen, Sie haben es getroffen, genau dies bin ich, so wie ich vor Ihnen stehe, ein Gespenst – mir wäre es lieber zu sagen: eine tote Seele. Obwohl tot – in dem Zustand, in dem ich mich befinde, lernt man so allerhand über die Relativität dieser Begriffe, man wird klug, meine Herren, klug genug für die Relativitätstheorie, meine Damen, die allgemeine und die spezielle, meine holden Knaben und süßen Mäderl und piccoli bambini, ich weiß, das passt alles nicht recht zusammen, aber wie soll denn was zusammenpassen, wo doch auch bei mir nichts mehr zusammenpasst, seit ich eben dort, wo ich bereits zugab zu nächtigen, meine Nächte verbringe!

Für einen warmen Händedruck und einen heißen Hauch, geb' ich viel, geb' ich viel von mir, was niemand hören will. Ich genieße Ihren Beistand hier, Ihre Versammlung, bleiben Sie stehen, sammeln Sie sich, verschwinden Sie nicht, bedenken Sie doch, besser stünd's mir zu, zu verschwinden, mich in Luft aufzulösen, nicht eben in heiße, in kalte eher. Es ist nicht viel Wärme in mir, Freundlichkeit schon eher, bei der Wärme bin ich auf andere angewiesen. Und in Prora heizen sie nicht mehr, der Lack springt ja schon von den Heizungsrohren, sobald er nur einmal ein paar Stunden in der lauen Luft oder im Nachtfrost liegt.

Ob ich den Friedhof nicht vermisse, werden Sie fragen, auf dem unsereins normalerweise zu liegen kommt? Die Totenruhe für den ausbleichenden Knochenmann? Nun ja, muss ich Ihnen antworten, was wollen Sie mir von Ruhe erzählen, wissen Sie nicht, wie's da unten zugeht! Alles verwest, Tag und Nacht. Da merkt man es gar nicht, wenn man mit einem Mal nicht mehr unterirdisch, sondern oberirdisch der Verwesung zusieht, oder um genauer zu sein: dem kilometerlangen oberirdischen Verfall von fünf

Gebäudeblöcken, drei südlich und zwei nördlich, die Ruinen, die noch dahinter und dazwischen kommen, gar nicht miteinrechnend.

Wenn Sie auf den Friedhof noch einmal zu sprechen kommen, mit den, ich weiß schon, gut gemeinten Worten ,Wie idyllisch', dann werde ich dagegenhalten: ,Wie hygienisch!' Denn hier oben ist's das in der Tat, ein wenig Schimmel hier und da, auf blauen Badezimmerfliesen, Schwämme vielleicht in Fugen und Ritzen, aber, und hierin ist ein großer Vorteil meines Loses zu sehen, keine Leichen! Keine Leichenstarre, kein Leichengift, keine Leichenflecken, keine Leichenfledderei, noch nicht einmal Leichen im Keller.

Kein Leichenschmaus, leider. Das bekenn' ich unumwunden, dass mir der lieb wäre, willkommene Abwechslung, wenn auch pietätlose Gefräßigkeit. Dabei kann mir doch nichts mehr im Halse stecken bleiben. Kein Hühnerknochen und keine Fischgräte (und Fisch gäbe es hier reichlich).

Vom Restaurant ist nichts hoffen. Vom Tag her werden Sie es kennen, oberhalb eines Durchgangs zum Strand liegt es, bei Licht besehen steht diese Bezeichnung deutlich mit blauen Buchstaben auf die Fenster geklebt, und alle sind noch da, man kann das ganze Wort also lesen. Fast stelle ich es mir nachts manchmal vor, wie es wäre, wenn wir die alten Möbel zurückhätten und Tischplatten studieren könnten wie Seekarten, wie Speisekarten. Dort hatte so ein kleiner, so ein halber, inoffizieller Pazifist in den weißen Lack (oder was für eine Oberfläche, pflegeleicht und abwaschbar, das gewesen sein mag), eine kleine rostige Maschinenpistole geritzt, nur so, als Telleruntersatz, als Tischdeckenornament.

Es war nicht mehr rauszubringen, weder die Einritzung, noch wer's war. Sie haben alle geschwiegen und den kleinen, halben Pazifist, der sich entzog, wo man sich entziehen konnte, der in seinen Nachtträumen immer barfuß ins Meer watete (und dann, Sie kennen das ja, mit heftigem Harndrang hinaus und vor die Toilettenwand, die blaugeflieste), diesem kleinen Pazifisten haben sie alle, die zumeist einen halben Kopf größer waren, zwischenmenschlich Deckung gewährt. Und später hat er Chemie studiert und ist dann in seinen Nachtträumen immer im Bobschlitten um den Benzolring gekreist, und was er dann, wenn er aufwachte, tat, entzieht sich meiner Kenntnis, vielleicht hat er seine Freundin gestreichelt, die neben ihm lag, oder den Freund oder den Hund im Körbchen zu seinen Füßen.

Wir haben ja kein Licht mehr nachts, es fließt ja nirgends mehr Strom bei uns in Prora. Vor der Toilettenwand (vor die wir uns ohnehin nicht stellen müssen, aus leicht nachvollziehbarem Grunde) könnten wir ihre Farbe gar nicht erkennen. Und wenn sich noch Tische und auf diesen noch Einritzungen fänden, müssten auch die nach menschlichem Ermessen ungelesen bleiben.

Nach menschlichem Ermessen funktioniert es aber bei uns nicht, sondern nach dem

Ermessen, das in unseren schweren, leeren Geisterschädeln liegt. Und, wenn Sie, wozu ich Sie herzlich ermuntern möchte (das mit dem Herzen ist bei mir natürlich auch nicht mehr so recht glaubwürdig), einmal eine Nacht bei uns verbringen, dann werden Sie selbst merken, dass es eben nicht nach menschlichem Ermessen funktioniert, hier zu sein. Wenn Sie da nämlich mit dem Metermaß anrücken, dann werden Sie haushoch scheitern, ich verspreche es Ihnen. Genauso gut könnten Sie einem Drogenspürhund eine Fährte aus gewöhnlichen, geruchlosen Backoblaten legen und warten, dass er ihr folgt. Es geht also, ich wiederhole mich als guter Lehrer, der Wichtiges gewöhnt ist mehrfach zu sagen und Kernsätze rosenkranzartig herunterzubeten, hier nicht nach menschlichem Ermessen zu. Wer könnte Prora mit dem Metermaß ausmessen?

Wenn Sie nicht weitergehen, sondern eine kleine Weile noch bei mir stehen bleiben, dann haben Sie mein Vertrauen soweit erworben, dass ich Ihnen eine Kostprobe aus nächtlicher Proraexistenz geben werde. Gehen Sie also nicht weiter, meine Damen und Herren, ich mache es nicht nur spannend, es ist so.

Ah, meine Damen und Herren, ich sehe, neue Zuhörer, neue, ahnungslose, haben sich eingefunden, nachwendezeitige, die Prora nicht kennen, weltberühmtes, niegenutztes KDF-Feriendomizil, vor der Welt verschwiegenes, vielgenutztes Lager von mancherlei Schicksalen und allerlei Militär. Ich deute nur an. Als ausgewiesen Herzloser (greifen Sie zu, unter meinen Umhang, überzeugen Sie sich selbst, dass dort kein Herz mehr ist, geschweige denn schlägt) wäre es unrecht von mir, mehr zu sagen. Jetzt Archiv des Verfalls, Mauerstein für Mauerstein, verputzt oder unverputzt.

Ich komme nun zur Kostprobe, meine Damen und Herren, die Sie mir von den Lippen saugen werden, wie ich Ihnen Ihre Lebenswärme, die mir mangelt, die mir abgeht, fehlt, die ich entbehren muss, auf die ich verzichten muss, von der ich ausgeschlossen bin, an der ich keinen Anteil habe – um es noch einmal zu sagen: ein Herzloser. Treten Sie näher meine Damen und Herren, ich begrüße, ich begehre Ihr warmes Interesse an meinem Bericht, meinem nächtlichen Bericht.

Ich annonciere, zum dritten Mal bereits, da, wie ich sehe, noch einmal Menschen nachdrängen, eine Kostprobe aus meiner nächtlichen Existenz in Prora. Ich preise sie an, als Unerhörtes, Novellistisches geradezu. Sehen Sie, wo es nichts zu sehen gibt, das Nichts mit meinen Augen. Ich schildere es Ihnen genau und Sie werden erleben, wie schnell es sich mit Gehalt füllt.

Passen Sie auf, es gab da einmal einen kleinen, halben Pazifisten, der pflegte, um die Mittagszeit...

Sie unterbrechen, Sie ermahnen mich zurecht, in beiden Vorwürfen stimme ich vollauf zu: Erstens: Diese Geschichte scheint nicht von der Nacht zu handeln (ich sagte ja ‚Mittagszeit‘), zweitens, Sie haben ja bereits von dem halben Pazifisten gehört. Nun, dann erzähle ich Ihnen von seinem Bruder, da wird's Ihnen gleich nächtlicher werden. Er war rothaarig – bei Nacht könnten Sie das niemals erkennen und anzutreffen ist er heute auch nicht mehr dort, wenn ich meine Nächte da verbringe. Er war rothaarig und träumte gewöhnlich von einer schnurgeraden, endlosen Oberleitung, die sich von der Ecke seines Hauses (Sie wissen, dass manchmal, in alter Zeit, Oberleitungen an Häuserecken festgemacht waren, mit isolierenden Porzellanspulen versehen, die Sie, genauso wie ich, jetzt sehr exakt vor Augen haben werden, ohne dass ich Sie Ihnen mit meinen Krallen in der Luft umreiße). Besagte Oberleitung jedenfalls führte von der Ecke seines Schlafzimmerfensters geradewegs nach Moskau, soviel war sicher, so viel war ihm klar, so klar wie die Flugrichtung der Störche und der Schwalben und anderer, mit Moskau keineswegs verbundener Tiere ihm klar war. Aber auf das Ziel dieser Oberleitung kam es nicht an. Wenn er von ihr träumte, dann war Eines ganz besonders bemerkenswert, auf das Sie jetzt nicht und überhaupt niemals kommen werden. Er besaß nämlich in seinem Traum – Neueingetroffene, treten Sie gerne näher, es handelt sich hier um einen authentischen Bericht aus dem Prorer Nachtleben – die sonderbare Fähigkeit, es zu hören und zu sehen, wann immer sich auf der ganzen langen Strecke nach Moskau irgendwo ein Vogel auf die besagte Oberleitung setzte. Jedes Mal, wenn das geschah, bekam er im Traum einen kleinen Stromstoß und zuckte zusammen, streckte die Hand aus dem Bett und kitzelte seinen Zimmernachbarn im Gesicht oder auf dem Hinterhaupt, so dass dieser, im Schlaf und ohne zu erwachen, niesen musste.

Dergleichen unerhörte Begebenheiten trugen sich nächtlich in Prora zu, bevor ich dort mein Domizil aufschlug. Sie lassen sich heute noch, in den Nächten, die ich dort verbringe, auf das Genaueste rekonstruieren, lassen sich abspulen wie ein altes Abhörband, das jemand in einem endlos weiterlaufenden Kassettenrecorder unglücklicherweise vergessen hat. Der junge Mann mit der Oberleitung in seinem Kopf, die sich durch Polen und zahlreiche Sowjetrepubliken bis nach Moskau erstreckte, hatte weder eine Vogelnase noch eine Vogelstimme, er konnte nicht zwitschern, noch nicht einmal besonders gut pfeifen und am Tag konnte er einen Kuckuck nicht von einer Nachtigall unterscheiden und den Umriss einer Schleiereule hätte er sowenig in den weißen Lack der Restauranttische gebracht wie den eines Adlers. Aber bei Nacht hing er sehr an dieser Oberleitung, er hing an ihr und er litt unter ihr und unter all den hunderten und tausenden von Kilometern, die sie sich über das freie Feld entlangzog und über weitere freie Felder und immer vorbei unter vogelschweren Himmeln, die drohten, auf die Oberleitung niederzufahren und damit ihm nicht einen, sondern einige hundert jener berühmten kleinen Stromstöße zu versetzen, unter denen sein kitzliger Zimmernachbar so litt.

Sie sehen, dass ich an ihm, dem kleinen Soldaten mit der Oberleitung in seinem

Gehirn, einen weitaus größeren Narren gefressen habe, als an dem barfuß in der geträumten Ostsee herumwatenden Pazifisten, der ein MG auf die Tischplatte brachte und zwischenmenschlich dafür gedeckt wurde. Ich bin mehr für den Oberleitungsträumer, weil ich mich immer fragen muss – und das kann ich auch Sie fragen, mein wertes Publikum –, was es mit ihm auf sich hat.

Ich höre, höchst erwartungsgemäß, keine Antworten und kehre daher zurück zu ihm und seiner Vorstellung, die er in einem kilometerlangen Gebäude von einer kilometerlangen Oberleitung entwickelt, und frage mich, zum Teufel, vor allem eines: Warum träumt er in der Nacht immer von einer Oberleitung unter einem tageshellen Himmel? Wär's nicht gemütlicher für ihn, es schiene über den Feldern, die sich da spannen über LPGs und Kolchosen, ein gelegentlicher Mond. Nun, dann würden sich Katzen unter seiner Oberleitung zusammenfinden und zu jaulen beginnen, bis die Vögel erschrecken und wieder aufflattern von ihrem nächtlichen Ruheplatz und, wer weiß, das Aufflattern wäre vielleicht ein weiterer kleiner Schlag für den armen Träumer, auch wenn er's so herum noch nie geträumt hat. Man kann nicht nur zweierlei träumen, wenn man hier nächtigt, sondern vielerlei. Ich bleibe da mit aller Subjektivität außen vor, denn ich selbst träume nicht vor, sondern allenfalls nach, genauer als jede Nacherzählung, träume gewissermaßen zeitversetzt mit, weil sich in meinem eigenen Schädel nichts anderes mehr abspielen kann als die Imitation.

Da gibt es einen, der steht in seinem Traum immer auf der Kippe, nicht auf der Müllkippe, sondern auf der Kippe zu dem, was wir Wende nennen. Und der träumt, er habe eine Fahrradklingel gefunden, wenn er mit der ganz an die Südspitze des äußersten Gebäudeblocks gehe, dorthin, wo ein paar Jahre später und nur für ein paar Jahre, eine Fischbude stehen wird, wenn er sich mit dieser unscheinbaren Fahrradklingel an die Südspitze des kilometerlangen Prorahauses begebe, dorthin, wo sich heute die meisten Tannen und Birken vor die Häuser festgewurzelt haben und in raschem, natürlichen Wachstum den Naherholungswert dieses völlig unbewohnten und unbewohnbaren Flügels erheblich steigern... Ich breche den Satz ab, damit die Neuhinzugekommenen auch noch etwas von dieser wunderbaren, ich möchte fast sagen traumhaften Geschichte haben, die ich aus dem nächtlichen Prora chronikalisch berichten kann. Ich rede also gerade von einem Zukunftsträumer, der in seinen Prorer Nächten von einer Fahrradklingel träumt, mit der er ans Ende des südlichsten Gebäudekomplexes des längsten Gebäudes Europas (also an das südliche Ende von Prora) geht. Dort läutet er mit ihr einmal kurz und kräftig.

Und was geschieht? Ganz an der Nordspitze, das heißt jenseits der für zehntausend Menschen konzipierten Versammlungshalle, ganze fünf Gebäudekomplexe weiter, am letzten Block des letzten Blocks, der noch unverputzt ist, hört man ihn klingeln. Und daraufhin lässt ein kleines Kind einen Luftballon steigen, dessen Farbe Sie sich jetzt aussuchen können, denn er träumt ihn mal so, mal so. Und dann öffnet ein blauer Eisstand einer großen, westlichen, weißbeschrifteten Eismarke, der dort mit einem Mal steht, seine Klappfenster und klingelt fröhlich und kräftig zurück. Und aus den großen Eisschalen werden kleine Kugeln gewühlt und das Kind mit dem Luftballon bekommt gleich die erste und schleckt sie ganz niedlich und mit großem Publikum in sich hinein (damit alle was zu lachen haben, ist es Schokoladeneis). Und noch etwas geschieht: Irgendwo, ein paar Blöcke neben dem Eisstand, schreiben sich Holzschilder, die handgemalt und in gelber Schrift Diskotheken anzeigen und Partys annoncieren. Und sie werden kommen, die jungen Menschen aus Rügen und von jenseits des Rügendamms, ein paar Jahre lang. Solange man es ihnen erlaubt. Sie werden kommen und Holzbrettvernagelungen von den Wänden reißen, als man es ihnen nicht mehr erlaubt wegen der Einsturzgefahr. Sie werden dann (und das verschweigt sein Traum eisern), eines Tages, nicht mehr kommen, auch wenn der blaue Eiswagen weiter nicht schlecht verdient. Immerhin werden sie dagewesen sein. Einen Sommer lang. Zwei. Und den Anpfiff hat er gegeben. Der Große mit seiner im Traum gefundenen Fahrradklingel, die ihn schrill hochschrecken lässt, als Wecksignal, sobald er die Hand nach dem Schokoladeneis ausstreckt. Auch einen Luftballon bekommt man als großer Junge nicht mehr.

Und dann treibt es auch ihn vor die blaue Toilettenwand, die bei Nacht und bei gespartem Strom alles andere als blau ist. Dort finden sie sich wieder, der halbe Pazifist, der barfuß im Meer watet, der Stromgepeitschte mit seiner Oberleitung im Kopf, und er, mit – oder vielmehr im wachen Zustand ohne – seine Fahrradklingel.

Wenn Sie erst jetzt zu mir gestoßen sind, meine Damen und Herren, bitte ich Sie, sich keine Sorgen zu machen, die Geschichte vom halben Pazifisten und von der Oberleitung trage ich gerne nach, auch die von der Fahrradklingel, wenn es sein muss, sie sind, ohne zu übertreiben, alle drei meine Lieblingsgeschichte. Seit ich in Prora nächtige, erzähle ich sie mir jede Nacht und komme weder zum Ende (denn das Ende habe ich ja, wie Sie deutlich sehen, längst hinter mir), noch zu einem Ergebnis. Ohne diese drei kann ich meine Rechnung nicht machen, wie andere das nicht ohne den Wirt können.

Ich werde es auch eines Tages nicht können, eines Tages, nämlich dann, wenn ich diese Geschichte andernorts noch einmal erzähle, an höherer Stelle. Bis dahin habe ich mir aber noch viel Zeit zu vertreiben – Sie glauben nicht, wie lang die Nächte im längsten Gebäude Europas, mit dem Rücken zur blaugefliesten Toilettenwand, sind.

Umso kürzer aber sind die Tage, ich gestehe es, schauen Sie sich doch nur um, wie schnell die Zeit vergeht, es wird ja schon beinahe dunkel und nur ein Zug, bedenken Sie, bringt sie heute noch zurück nach Binz, nach Sassnitz oder gar – unvorstellbar für mich, der ich hier in der insulären Schwebe gehalten werde – auf das Festland.

Sie sollten ihn nehmen. Wohl kaum werden Sie ein Nachtsichtgerät dabei haben und erst Recht keines, das geeignet wäre, mit mir meine nächtlichen Vergnügen zu teilen. Denken Sie auch an ihre menschlichen Bedürfnisse. Blaue Toilettenwände, so marode wie diese, sind nichts für Sie. Und Sie werden sich verkühlen. Bewahren Sie sich Ihre Wärme, auf die nämlich komme ich, ein andermal, gerne noch zurück."

Im Bann des Lichts

- Von Janina Schreckenberger -

Leise senkte sich die Dunkelheit über das Land am Nil. Die ersten Sterne zogen auf und der Mond schwebte zum Himmelszelt hinauf. Die Nacht nahm alles in Besitz und erstickte selbst den kleinsten Lichtschimmer im Dunkeln. Sie schlich weiter, durch die Gassen von Theben und verdichtete die Schatten, wo sie ihr noch nicht dunkel genug waren. Weiter jagte sie nach Licht, dass sie aufsaugen konnte. Die Nacht war eine Jägerin. Und sie jagte das einzige, das sie niemals würde bekommen können. Den Tag. Die prachtvolle Sonne, die ihre goldenen Strahlen über die Ebene schickte. Das Licht. Doch diesmal würde die Nacht nicht aufgeben. Diesmal würde sie ihre Dunkelheit nicht vom alten Ägypten nehmen, bis sie den Tag gefunden hatte. Die Menschen würden es nicht merken, wenn die Nacht länger verweilte als sonst. Denn die Nacht bestand nicht nur aus der Dunkelheit, dem Mond und den Sternen. Nein. Die Nacht brachte auch den Schlaf mit sich.

Sie wollte den Tag. Doch sobald der Tag kam, würde sie gehen müssen. Und wenn sie wieder kam, würde der Tag gehen müssen. Ein Teufelskreis. Undurchdringbar.

Die Nacht blieb seufzend über Theben. Aus ihrem Seufzen wurde eine kühle Brise, die angenehme Linderung in den stickigen Straßen brachte.

Sie folgte der Brise bis zu einem kleinen Häuschen in einem heruntergekommenen Stadtteil Thebens. Vorsichtig schlüpfte ein Teil von ihr durch die Tür. Eine alte Frau, schön wie der Sonnenaufgang, mit langen, schlohweißen Haaren, kam hinter einem Vorhang hervor. Sie lächelte leise. In der Hand hielt sie eine kleine Kerze, die zwar fast keine Helligkeit verstrahlte, aber die Nacht trotzdem auf Abstand hielt. Ihre mit Kohl umrandeten Augen leuchteten im Licht der Flamme.

„Ich wusste, dass du irgendwann kommst!", sagte das Orakel mit kaum wahrnehmbarer Stimme.

„Folge mir." Sie winkte mit ihrer kleinen Hand. Ihre Haut war so blass, dass sämtliche Adern dunkelblau zu sehen waren. Die Nacht folgte ihr.

Ich wusste, dass du irgendwann kommst. Folge mir. Die Nacht verdreht innerlich die Augen. Orakel hatten schon seit Anbeginn der Zeiten Wert auf ein solches Getue gelegt. Die Nacht hatte schon viele Orakel kommen und gehen sehen. Und selbst zu solch aufgeklärten Zeiten wie dieser, in der die Astrologen der Pharaonen Mondfinsternisse voraussagen und Baumeister solche wunderlichen Dinge wie Pyramiden und Leuchttürme bauen konnten, war der Mythos um einen selbst für ein Orakel ausgesprochen wichtig.

Die Nacht folgte dem Orakel durch einen dunklen Gang und in ein kleines, vom Mond beschienenes Zimmer. Dort löschte das Orakel die Kerze und die Nacht konnte sich ungehindert ausbreiten.

„Aha. Du findest mein Getue langweilig, nicht wahr?", fragte das Orakel und kichere. Eins musste die Nacht dem Orakel lassen. Es war eines der Besten seit es Orakel gab. Die alte Frau hatte wohl keine Antwort erwartet, denn sie setzte sich. Dann schaute sie die durchdringende Finsternis in der Ecke an. Die Nacht wandte sich unter dem forschenden Blick.

„Ich kann dir sagen, wie du den Tag bekommst. Zumindest für eine kurze Zeit. Aber es ist nicht einfach."

Das Orakel kicherte.

„Oh nein, gar nicht einfach. Und du hast nur wenige Stunden. Denn wenn du nicht schnell genug bist, ist dein Geist für immer verloren und das, was du warst, wird zu einem schrecklichen, schwarzen Ungetüm ohne Geist und Seele. Also überlege dir gut, ob du das Risiko eingehen willst."

„Wie?", seufzte der Wind, die Stimme der Nacht.

„Die einzige Möglichkeit besteht darin, dich in einen Menschen zu verwandeln. Nicht für immer", sagte sie, als die Nacht leise aufstöhnte, „nur bis du wieder hierher kommst. Doch du musst kommen, bevor der erste Sonnenstrahl über dem Horizont aufleuchtet. Ansonsten kann ich nichts mehr für dich tun."

„Wie soll ich den Tag in Menschengestalt finden?", wisperte die Nacht.

„Oh, der Tag liebt die Menschengestalt. Gerne geht er, bevor er aufbrechen muss, in der Dämmerung als Mensch spazieren. Nur so kannst du ihn finden."

„Und wo geht er spazieren?", fragte die Nacht.

„Am liebsten ist er in den Palmenhainen nahe der Stadt Abydos unterwegs. Aber ich kann für nichts garantieren." Das Orakel kicherte und glättete die Falten seines blütenweißen Kleides, dass die Standestracht einer jeden Ägypterin war. Nur die Feinheit des Stoffes trennte die Armen von den Reichen.

Die Nacht seufzte. Der Geruch von Lotosblüten traf sie bei dem leichten Windhauch. Abydos. Sie war die älteste und heiligste Stadt Ägyptens. Angeblich beherbergte der große Osiris-Tempel dort auch das Grab des Osiris. Und Osiris war der Gott der sterbenden und wieder auflebenden Vegetation und der Gott der Unterwelt. Die Nacht hatte Osiris gekannt. Schließlich war sie selbst eine Göttin. Die Ägypter nannten sie Nut. Andere Völker hatten andere Namen für sie. Bei den Babyloniern war sie Ischtar, bei den Chinesen Chang Xi und bei den Inkas Kilya. Doch in Ägypten gefiel ihr am besten, wie man sie verehrte.

Ihre Gedanken kehrten zu dem zurück, was das Orakel gesagt hatte. Als Mensch konnte sie den Tag finden. In einem menschlichen Körper eingesperrt zu sein, bereitete ihr Angst, doch andererseits konnte sie so ein einziges Mal den Tag sehen. Es war ein großes Risiko. Das wusste sie. Und trotz allem, würde sie alles dafür tun, den Tag einmal zu sehen. Das wusste auch das Orakel, denn es kicherte wieder.

„Manchmal seid ihr Götter schlimmer als die Menschen. Ich weiß doch, wie du dich entscheidest. Also komm schon. Sag es."

„Ich möchte Menschengestalt annehmen", flüsterte die Nacht. Hätte sie eine richtige Stimme gehabt und nicht durch den Wind gesprochen, dann hätte sich ihre Stimme rau und bang angehört.

„Gut." Das Orakel kicherte wieder. Konnte es denn nicht einfach mal den Mund halten?

„Dann folge mir."

Das Orakel zündete die Kerze wieder an. Es roch nach Wachs und Talg. Die alte Frau wusste, dass sie die Nacht mit dem Licht auf Abstand hielt und es bereitete ihr ein diebisches Vergnügen, ein wenig Macht über eine Gottheit zu haben.

Sie liefen durch die Straßen Thebens in ein weiteres, ärmliches Viertel. Vor der Schänke zum Falken blieben sie stehen. Drinnen war es hell erleuchtet und laut.

„Bleib hier!", befahl das Orakel und grinste unverschämt.

Die Nacht sandte einen Stoßseufzer aus. Wie konnte sie auch in eine lichtdurchflutete Schänke gehen, ohne sich in die dunkelsten Ecken verdrücken zu müssen?! Das Orakel wusste das natürlich und zog die Nacht damit auf.

Kurz darauf kam das Orakel mit einem kleinen, alten Männchen zurück.

„Dies ist Sahure. Er kann dir helfen", sagte sie nur. Dann drehte sie sich um und verschwand in der Dunkelheit. Die Nacht folgte der alten Frau noch ein Stück mit ihrem Bewusstsein, dann ließ sie von ihr ab und wandte sich dem Greis zu, der vor ihr stand. Er war dürr und wirklich sehr klein. Seine weißen Haare standen wie ein Heiligenschein von seinem Kopf ab und seine weißen Schendjti wirkten grau und ungewaschen. Nach Halt suchend stützte er sich auf einen knorrigen Stock.

„Bei der Feder der Maat, ich hätte nie gedacht, dass ich wirklich einmal einen Menschenkörper für eine Gottheit erschaffe! Also komm. Wir haben noch viel zu tun heute Nacht."

Er packte seinen Stock fester und humpelte los. Sie bogen in mehrere Seitenstraßen ein. Es stank nach verschimmeltem Obst und Urin. Kurz darauf hielten sie vor einer Töpferwerkstatt. Der erdige und feuchte Geruch von Ton wehte der Nacht entgegen. Sofort breitete sie sich in der dunklen Werkstatt aus. Doch Sahure hinkte zu einer kleinen Öllampe und zündete sie an. Die Nacht wich in die dunkelsten Ecken zurück und beobachtete Sahure, der nun an die Arbeit ging. Er nahm einen großen Klumpen Ton und knetete ihn durch. Dann setzte er sich an die Drehscheibe und fing an, das Pedal zu treten. Dabei stimmte er einen Lobgesang auf Chnum an. Nach kurzer Zeit hatte er eine menschenähnliche Skulptur entworfen. Vorsichtig stoppte er die Drehscheibe und fing an, den Menschen zu modellieren.

Die Nacht schlüpfte aus der Tür, sah zu ihrem sternenüberzogenen Körper hinauf und stellte mit Erschrecken fest, wie weit die Nacht schon fortgeschritten war. Behutsam drängte sie sich zurück, um die Stunden, die sie schon verloren hatte, wieder gut zu machen. Sie musste bedächtig sein, ansonsten würden die Menschen unruhig werden. Vorsichtshalber ließ sie noch etwas Schlaf über Theben herabrieseln. Der Schlaf glitzerte golden in dem wenigen Licht und überdeckte die Stadt mit einer hauchdünnen Schicht.

Beruhigt schlich sich die Nacht in den Raum zurück. Überrascht stellte sie fest, dass der Töpfer fast fertig war. Er setzte nur noch den letzten Schliff. Soweit es der Lichtkreis der Lampe zuließ drängte die Nacht zu der Figur.

Doch... das konnte nicht sein. Die Figur maß kaum mehr als eine Elle. Und ein richtiger Mensch war viel größer.

„Die Figur ist sehr klein", bemerkte die Nacht taktvoll.

Der alte Mann schreckte hoch, als hätte man ihn aus dem Schlaf gerissen. Seine weißen Haare zitterten.

„Du musst die Figur größer machen", sagte er, nachdem er sich einigermaßen beruhigt hatte.

„Wenn du das Licht ausmachst", antwortete die Nacht, denn der Bannkreis des Lichts schloss die Figur unweigerlich ein.

„Bei der Feder des Maat, ist ja schon geschehen", brummte Sahure. Dann löschte er die Lampe und gewährte der Nacht zutritt zum ganzen Raum.

Die Nacht drang in den Ton ein und zwang ihn in die Höhe. Dann formt sie die Extremitäten und die Gesichtzüge nach. Als sie die Figur vollendet hatte, trat sie einen Schritt zurück.

Vor ihr stand eine schöne Ägypterin, kaum älter als siebzehn Sommer. Sie war schmal und lange, dunkle Locken umrahmten ihr vollendetes Gesicht. Sie trug das typisch ägyptische Leinenkleid. Der Stoff sah aus, als wäre er von feinster Qualität und das Gürtelband hatte eine wunderschöne und dezente Stickerei.

Die Figur sah so lebensecht aus, dass Sahure erstaunt die Luft einsog. Dann fasste er sich und nickte.

„Gut. Ich werde jetzt noch zu Amun beten, damit er Leben in den Körper einhaucht."

Der Greis schloss die Augen und fing an, unverständliches zu murmeln.

Die Nacht lachte leise in sich hinein. Die Menschen waren doch immer noch ein abergläubisches Pack. Selbst in so aufgeklärten Zeiten wie diesen, in denen die Astrologen des Pharaos Mondfinsternisse voraussagen und Baumeister Pyramiden bauen konnten.

Leise, um den alten Mann in seinen Gebeten nicht zu stören, drang die Nacht in die Statue ein.

Sie verschmolz mit dem Ton, nahm Quadratzentimeter ein und füllte jeden Winkel mit Leben.

Plötzlich brach das monotone Gemurmel Sahures ab. Die Nacht öffnete die Augen und sah die Welt zum ersten Mal aus der Sicht eines Menschen. Sie spürte ihre Haare an den Ellenbogen kitzeln und bewegte die Zehen in den feinen Ledersandalen. Dann blickte sie den alten Töpfer an. Langsam sank er auf die Knie und beugte den Kopf.

„Ich danke dir", sagte sie mit einer Stimme, die nun nicht mehr wie der Wind, sondern sanft und melodiös klang. „Könntest du mir den Gefallen tun und mir einen Spiegel bringen."

„Sofort, himmlische Göttin, sofort", stotterte er.

„Nenn mich doch einfach..." Ihr fiel auf die schnelle kein Namen ein, den sie nehmen konnte. Nut? Das wäre hier in Ägypten nicht sonderlich passend. Ischtar? Das klang nicht sonderlich ägyptisch. Und Chang Xi schon gar nicht. Die anderen Namen gefielen ihr nicht sonderlich gut. Dann lachte sie leise. Warum war sie nicht schon früher darauf gekommen?

„Nenn mich doch einfach Nyah."

Nyah entstammt der Sprache der Götter und bedeutete Nacht. Sie lachte wieder leise und ihr Lachen perlte von den Wänden ab, wie Wassertropfen von einem Lotosblatt. Sahure verschwand schnell und tauchte kurz danach wieder aus dem Schatten auf. In der Hand hielt er einen Kupferspiegel. Nyah sprang vom Tisch herunter und riss ihm den Spiegel förmlich aus der Hand. Dann schaute sie in den Spiegel. Obwohl es, für menschliche Verhältnisse, ziemlich dunkel war, konnte sie sich genau erkennen. Sie hatte schmale Augenbrauen, eine gerade Nase und hoch angesetzte Wangenknochen. Noch dazu den typischen, bronzenen Teint einer Ägypterin. Das einzige, was sie grundlegend von allen Ägyptern unterschied, waren ihre Augen. Sie waren wie bei allen Ägyptern mit Kohl umrandet und dennoch vielen sie besonders auf. Denn sie waren groß und von so einem kräftigen und durchdringenden Azurblau, dass sie selbst in der Nacht strahlten, wie die Sterne am dunklen Himmel.

Langsam legte sie den Spiegel zurück auf den Tisch. Die Menschengestalt gefiel ihr gut. Trotzdem vermisste sie den sternenüberzogenen Körper, der ihr als Göttin eigen war. Sie drehte sich um und sah Sahure an.

„Ich danke dir, Alter. Mögen deine Wege gesegnet sein."

Sie lächelte leise in sich hinein, als Sahure vor ihr auf die Knie fiel und die Stirn auf den lehmigen Boden drückte. So hatte der alte Mann sich bestimmt sie als Göttin vorgestellt. Jung, atemberaubend schön und so dunkel und geheimnisvoll wie die Nacht. Sie lächelte wieder. Dann kniete sie sich hin und legte dem alten Mann, der sich mittlerweile auf die Knie aufgerichtet hatte, eine Hand auf die Stirn. Sahure zuckte kurz vor ihren kühlen Fingern zurück, dann schloss er die Augen.

„Mögest auch du gesegnet sein. Möge dein Ka die Zeiten überdauern, alter Mann."

„Ich danke Euch, heilige Nut, himmlische Göttin der Nacht. Möge Euch gelingen, was immer Ihr vorhabt. Doch eine Warnung muss ich aussprechen: Ihr seid zwar eine Göttin, aber die Göttin der Nacht. Also kommt hierher zurück und legt eure menschliche Hülle ab, bevor der erste Sonnenstrahl über den Horizont strahlt."

„So möge es geschehen. Bevor der erste Sonnenstrahl über den Horizont bricht, bin ich zurück."

Dann erhob sich Nyah und lief in die Nacht hinaus. Sie musste nach Abydos kommen. Am einfachsten ging das den Nil abwärts mit einem Boot.

Nyah wusste, wo das Hafenviertel lag. Oft genug hatte sie Theben von oben betrachtet und ihre glitzernde Schönheit im Nil beobachtet.

Sie bog in einige Straßen ein und folgte dann dem Verlauf einer großen Straße. Kurz darauf stand sie im Hafen. Der Geruch von morschem Holz, feuchten Tauen und brackigem Wasser schlug ihr entgegen. Die Maste der Schiffe knirschten und die Segel flatterten in einem leichten Wind.

Wachsam sah Nyah sich nach allen Seiten um. Schnell hatte sie ein Schiff erspäht, dass in wenigen Minuten ablegen würde. Es war durchaus nicht ungewöhnlich, dass Schiffe nachts ablegten. Immerhin brachte die Nacht eine Linderung von der Hitze des Tages. Und das Ablegen und Wegfahren aus einem Hafen war das schweißtreibendste Unterfangen bei einer Nilschifffahrt.

Nyah sah sich noch einmal den Himmel an und verlangsamte den Lauf der Nacht um ein weiteres. Dann lief sie auf das Schiff zu.

Die *Windbraut* war voll beladen und war zum Auslaufen bereit. Nyah lief schnell den schmalen Steg zum Schiff hoch und ging an Deck. Der Kapitän brüllte seinen Männern Befehle zu. Noch hatte er sie nicht bemerkt. Wenn sie einfach schnell und lautlos wie die Nacht verschwand, würde er sie auch niemals bemerken. Lautlos schlich sie auf einige Ballen Tuch zu und verschwand hinter mehreren Fässern, die mit köstlich duftendem Dattelwein gefüllt waren. Dann lauschte sie den Befehlen des Kapitäns und dem Murren der Besatzung.

Zwei Matrosen schleppten ein weiteres Fass Dattelwein genau auf ihr Versteck zu. Sie drückte sich so gut es ging in die dunkelste Ecke und zog ein Stück Tuch über sich. Mit einem lauten Poltern stellten die beiden Männer das Fass hin und lehnten sich erschöpft dagegen.

„Dieser Leuteschinder!", fluchte der eine. „Will heute Nacht noch nach Abydos, obwohl das ganze eine Strecke von mindestens vier Tagen, wenn nicht sogar einer Woche ist." Nyah hielt die Luft an. So weit! Das hatte sie nicht gedacht. Ewig konnte sie die Nacht auch nicht verlängern.

„Wir werden rudern müssen, wie die Galeerensklaven", stimmte ihm der andere zu.

„Schweinehund!", fluchte jetzt wieder der Erste.

„Raschid! Djascha! Ihr faulen Hunde. Wir wollen ablegen!", brüllte der Kapitän, als er die beiden entdeckte. Sie standen murrend vom Weinfass auf und verschwanden aus Nyahs Blickfeld.

Erleichtert atmete sie tief durch und ließ das Stoffstück los. Der Kapitän war scheinbar kein sehr freundlicher Mensch, aber sie hatte auch nicht vor, ihm zu begegnen. Er würde sicherlich nicht sehr erfreut sein, zu erfahren, dass er einen blinden Passagier an Bord hatte, selbst wenn dieser noch so hübsch war und noch so blaue Augen hatte. Das einzige was zählte war, dass der Kerl noch diese Nacht nach Abydos wollte. Und das würde er schaffen. Sie würde ein bisschen nachhelfen und den Schlaf vom Boot fernhalten. Noch dazu würde diese Nacht länger dauern als alle Nächte je zuvor. Auch wenn das kein Mensch bemerken würde. Sie zuckte die Achseln und verkroch sich vor der Kühle der Nacht noch tiefer in den Stoffballen.

Es war schon befremdlich. Sie war nicht nur die Nacht, die ihren sternenüberzogenen Körper über ganz Ägypten gelegt hatte, sie war auch als Mensch in der Nacht unterwegs. Ihr Bewusstsein und ihre Empfindungen befanden sich gefangen in dem Körper eines jungen Mädchens, während der Körper der Nacht wie schlafend und ohne Seele über Ägypten lag. Das war ein ebenso verwirrender, wie beunruhigender Gedanke. Doch danach machte sich ein ganz anderes Gefühl in ihr breit. Ein Gefühl, dass sie persönlich noch nie verspürt hatte, aber dass sie immer mit sich brachte. Es war eine schwere, warme Müdigkeit. Sie durfte nicht schlafen, aber sie konnte nichts gegen die dunklen Wogen des Schlafes machen. Vorsichtshalber verlangsamte sie den Lauf der Nacht noch einmal mit einer knappen Handbewegung und einigen Worten aus der Sprache der Götter. Dann sank sie in einen tiefen Schlaf.

Nyah schlug die Augen auf. Ein Blick in den Himmel sagte ihr, dass die Nacht erst wenige Minuten vorangeschritten war, und dennoch hatte sie stundenlang geschlafen. Erst wusste sie nicht, was sie geweckt hatte, doch dann fuhr sie erschrocken zusammen. Keine zwei Meter von ihr entfernt stand der Kapitän und unterhielt sich mit einem Matrosen. Ihre heftige Bewegung hatte die Stoffballen über ihr zum Rutschen gebracht. Langsam, wie in Zeitlupe rutschten die Ballen immer mehr über die Kante, bis sie zu Boden fielen. Nyah sah grade noch, wie die beiden Männer sich alarmiert umdrehten, dann wurde sie unter den Stoffmassen begraben und konnte sich nicht mehr bewegen.

Es war nur eine Frage von Minuten, bis der Matrose, welcher die Stoffe wieder ordnete und wegräumte, sie unter dem Leinen fand.

Sie zögere keine Sekunde lang, sondern schälte sich schnell aus den restlichen Bahnen, sprang auf und flitzte davon. Doch weit kam sie nicht. Der Mann, der sie gefunden hatte, zögerte auch nicht lange, sondern setzte ihr nach. Nyah war keine fünf Meter weit gekommen, als der Matrose sich auf sie warf und sie beide zu Boden gingen. Stumm und verbissen rollten sie sich herum. Nyah versuchte sich zu befreien, doch seine Hand war fest wie Eisen um ihre Taille geschlungen. Sie trat und kniff ihn, doch nichts lockerte seinen Griff. Er bekam ihre beiden Hände zu fassen und hielt sie hinter ihrem Rücken fest. Dann stellte er sich hin und zog Nyah auf die Füße. Er ließ ihre Hände los, zog sie aber an sich und wickelte sich ihre langen Haare wie ein Strang um seine Hände. Dann zog er ihren Kopf nach hinten. So festgehalten, konnte sie sich keinen Zentimeter bewegen.

„Bei der Feder der Maat", flüsterte er dicht an ihrem Ohr. „Eine Wildkatze wie dich habe ich auch noch nie kennen gelernt."

„Lass mich los!", fauchte Nyah.

Was für eine Schmach. Die mächtige Göttin der Nacht ließ sich doch nicht von einem einfachen Matrosen in den Schwitzkasten nehmen. Tja, scheinbar schon. Ansonsten würde sie jetzt nicht in dieser misslichen Lage sein. Zu allem Überfluss rief der Matrose auch noch lautstark nach dem Kapitän. Nyah schloss die Augen und atmete tief durch. Dann rammte sie dem jungen Mann mit voller Kraft ihren Ellenbogen in die Rippen. Er sog schmerzerfüllt die Luft ein und ließ Nyah los. Sie nutze die Gelegenheit, sprintete los und wollte an der Kapitänskajüte vorbei zwischen die geladenen Waren laufen. Nur leider hatte sie die Rechnung ohne den Kapitän gemacht, der gerade aus seiner Kajüte kam. Sie rannte direkt in ihn rein und er hielt sie fest.

Nicht schon wieder, dachte sie und schloss verzweifelt die Augen. Sie hörte, wie sich hinter ihr die Besatzung versammelte. Alle wollten sofort erfahren, weswegen es mitten in der Nacht einen solchen Tumult gab.

Der Matrose, sie hatte mittlerweile mitbekommen, dass es Raschid war, erzählte halblaut, was vorgefallen war. Der größte Teil der Besatzung fand alles ziemlich witzig. Nur der Kapitän war nicht sonderlich erfreut. Er drehte ihr brutal die Hände auf den Rücken und schob sie so, dass die Mannschaft sie anblickte. Weil sie nicht wusste, wohin sie schauen sollte, sah sie sich ihre Sandalen an.

„Wir haben hier wohl einen blinden Passagier, der uns ins Netz gegangen ist", sagte der Kapitän.

„Ich kann bezahlen", murmelte Nyah.

„Das will ich auch hoffen.", schnauzte der Kapitän, „also, her mit dem Geld!"

„Aber erst, wenn ich in Abydos bin", beeilte sich Nyah zu sagen.

„Ich kenne dort jemanden, der mir Geld geben wird. Dann kann ich für die Fahrt bezahlen."

„Jaja. Und du willst natürlich, dass wir dich in Abydos einfach so gehen lassen. Natürlich wirst du mit dem Geld auch zurückkommen, ehrlich, wie du bist. Nein, nein, Kleine, mich kannst du nicht übers Ohr hauen."

„Ich werde natürlich nicht alleine gehen. Du kannst mir einen deiner Matrosen mitgeben. Sie werden schon dafür Sorgen, dass ich mit dem Geld zurückkomme."

Der Kapitän ließ sie los. Sie machte einen Schritt nach vorne, dann drehte sie sich um und sah dem Kapitän ins Gesicht. Doch der wurde kalkweiß und wich zurück. Dann machte er schnell das Zeichen gegen das Böse.

„Sie hat den Bösen Blick", flüsterte er tonlos.

Nyah grinste in sich hinein. Da hatte jemand Angst vor ihren blauen Augen. Raschid stellte sich neben den Kapitän und sah sie an. Er war noch jünger, als sie gedacht hatte. Nicht unbedingt älter als sie. Plötzlich fing er lauthals an zu lachen.

„Sie hat doch nur blaue Augen", lachte er und schlug dem Kapitän freundschaftlich auf die Schulter. Auch die Mannschaft kicherte über ihren abergläubigen Kapitän. Der warf ihnen einen vernichtenden Blick zu. Dann wandte er sich an Nyah.

„Hey du da!"

„Nyah", sagte sie.

„Dann halt Nyah. Wir dürften in zwei Stunden in Abydos sein. Dort gehst du mit Raschid an Land und bringst mir das Geld. Und versuch nicht, mich noch einmal zu täuschen." Dann drehte er sich um du stapfte in seine Kajüte, wobei er es sich nicht nehmen ließ, Raschid noch einmal einen finsteren Blick zuzuwerfen.

Nyah schlenderte zu ihrem Versteck zwischen den Stoffballen zurück und ließ sich auf ein Dattelweinfass fallen. Raschid war ihr gefolgt und setzte sich ihr gegenüber.

„Nekonkh ist kein nachtragender Mann, weißt du", sagte er, „sobald du ihm das Geld gibst ist alles vergeben und vergessen."

Sie nickte. Nur, sie hatte nicht vor, ihm jemals das Geld zurückzugeben. Geistesabwesend sah sie Raschid an. In ihrem Kopf drängte sich ein Gedanke und wurde zu einem Plan.

„Bei der Feder der Maat, Lotosauge, du bist wirklich ein hübsches Mädchen, aber an deinen blauen Augen kann man sich nicht satt sehen."

Nyah lächelte. Er hatte sich grade selbst seine Grube gegraben, aber das wusste er nicht. Dann fing sie an, ihren Plan in die Tat umzusetzen.

„Du bist auch nicht unansehnlich", sagte sie und lächelte schüchtern. Der Köder war ausgeworfen. Hoffentlich biss er an.

„Danke. Aber nicht mit dir zu vergleichen."

Er hatte angebissen. Dann sah sie ihn erschrocken an.

„Du solltest lieber an die Arbeit gehen. Nicht dass der Kapitän noch sauer wird!", sagte sie erschrocken.

„Ja, du hast Recht. Wir sehen uns, wenn wir an Land gehen." Er sprang von seinem Fass, winkte ihr zu und schlenderte betont lässig davon.

Nyah kicherte. Das lief ja wie geschmiert. Er war total in sie vernarrt. Und das würde sie nutzen, um sich in Abydos davon zu schleichen.

Sie lehnte sich an die Wand der Kapitänskajüte und schaute zum Himmel. Die Nacht war wieder nur um wenige Minuten fortgeschritten. Mit einer kurzen Bewegung ihrer Hand und einigen Worten drehte sie die Uhr um zwei Stunden zurück. Dann entspannte sie sich und dachte an den Tag. Wie prächtig die Welt doch in dem goldenen Licht der Sonne aussehen musste. Wirklich erfahren würde sie es nie, doch noch diese Nacht würde sie dem Tag begegnen. Wenn er in Menschengestallt unterwegs war. Und wenn er in Abydos war. Und wenn sie ihn fand. Wenn...

Sollte das alles nicht geschehen, würde sie weiter nach ihm suchen, ihn weiter jagen. Nacht für Nacht. Bis sie bekam, was sie wollte. Nicht umsonst war sie eine Jägerin.

Nekonkhs Stimme riss sie unsanft aus ihren Gedanken.

„Alles fertig machen zum Anlegen! Und das junge Fräulein Lotosauge kommt bitte mit."

Nyah erhob sich. Sie war in Abydos angekommen. Wilde Erregung packte sie. Dann ging sie hinter Raschid den schmalen Steg hinunter an Land. Zielsicher lief sie aus der Hafengegend weg und steuerte eins der feineren Viertel von Abydos an. Kurz hinter dem Osiristempel blieb sie stehen. Raschid wäre fast in sie hinein gerannt.

„Was ist?", fragte er fürsorglich, denn sie zitterte und drängte sich an ihn. Dann blickte sie ihn aus glitzernden, blauen Augen von unten an.

„Als ich das letzte Mal hier in dieser Straße war, bin ich von zwei unangenehmen Männern bedroht worden. Aber mein Freund wohnt dort. Kannst du nicht mal nachschauen, ob alles frei ist. Bitte."

Sie sah Raschid aus großen Augen an. Er legte beruhigend einen Arm um sie.

„Mach ich, ok. Aber du wartest hier und rührst dich nicht von der Stelle, ja."

„Natürlich nicht. Danke!", hauchte Nyah und küsste ihn auf den Mund. Raschid sah sie verzückt an, dann verschwand er hinter der Ecke.

Kaum war er weg, rannte Nyah die Straße entlang und bog in die nächstbeste Gasse ein. Sie kannte sich in Abydos gut aus. Genau genommen kannte sie sich in jeder Stadt auf der Welt gut aus.

Bald war sie aus Abydos draußen. Sie wurde langsamer und steuerte den Palmenhain an, der keine zwei Meilen von Abydos entfernt zwischen den Äckern lag. Genau im Zentrum befand sich ein kleiner Teich mit kristallklarem Wasser, der von einer Quelle gespeist wurde. Dort setzte sie sich auf einen Stein, zog ihre ledernen Sandalen aus und hängte die Füße in den Teich. Das Wasser umspielte neckisch ihr Zehen. Jetzt hieß es warten. Denn den Lauf der Zeit verlangsamen konnte sie zwar, die Zeit aber schneller voranschreiten lassen lag außerhalb ihrer Fähigkeiten. Ein sanfter Wind ging und ließ die Palmen flüstern. Der Vollmond spiegelte sich in dem kleinen See und überzog die Oase mit einem mystisch silbernen Glanz.

Im Westen sank der Mond langsam gen Erde, während im Osten das Licht immer heller wurde.

Und dann hörte Nyah Schritte. Sie setzte sich grade hin und strich ihr weißes Leinenkleid glatt. Ihre schwarzen Locken fielen ihr über die Schultern und die Spitzen berührten fast den Stein, auf dem sie saß.

Dann betrat jemand hinter ihr die kleine Lichtung. Sie sprang auf, bereit, jederzeit wegzulaufen. Ihr gegenüber stand ein junger Mann, mit ägyptischen Gesichtszügen, dunkeln Augen und – blonden Locken. Er war mit dem typischen *Schendjti* bekleidet und führte ein weißes Pferd am Zügel.

Als er ihre angespannte Mine sah, lächelte er entwaffnend.

„Ich werde dir nichts tun. Keine Sorge."

Er hob beide Hände, wie um zu zeigen, dass er keine Waffen trug. Nyah entspannte sich und stellte sich aufrecht hin.

„Wer bist du?", fragte sie vorsichtig.

„Du kannst mich Saschay nennen."

Saschay war, wie auch ihr Name *Nyah*, der Sprache der Götter entlehnt und bedeutete Sonne. Sie hatte es geschafft. Sie hatte den Tag gefunden. Denn niemand sonst konnte dort vor ihr stehen.

„Und du bist?", fragte Saschay.

„Du kannst mich Nyah nennen", antwortete Nyah.

Langsam breitete sich erst Verstehen und dann Entsetzten auf Saschays Gesicht aus.

„Aber das... das ist unmöglich!", flüsterte er fassungslos. „Du kannst nicht hier sein, wenn ich hier bin."

„Du hättest nicht kommen können, wenn dem so wäre", wisperte Nyah.

„Aber du musst gehen, wenn die Sonne kommt."

„Noch wird die Sonne nicht kommen."

Saschay sah sie an.

„Bist du ein *Khefti*, oder was?"

Nyah schüttelte nur den Kopf. Sah sie vielleicht aus wie ein *Khefti*??? Nein, tat sie bestimmt nicht.

„Ich habe dich solange gesucht", sagte sie leise. „Ich hatte die Hoffnung schon aufgegeben. Schließlich ist es ja unmöglich, dass wir uns treffen."

Sie lachte bitter.

„Nichts habe ich mir sehnlicher gewünscht. Vor nichts habe ich mich mehr gefürchtet. Nichts und niemanden habe ich mehr gehasst. Und nichts und niemanden habe ich mehr geliebt", fuhr sie fort. „Und nichts ist unmöglich."

Sie sah Saschay an. Die Bitterkeit und Leidenschaft in Nyahs Stimme hatten ihn erschreckt. Und trotzdem verstand er sie. Oft sehnte er sich nach der dunkeln Kühle der Nacht und einigen Stunden allein auf der Welt, wenn alle Menschen schliefen. Saschay band sein Pferd an und die beiden gingen in der Dämmerung spazieren.

Weder in der Welt des Tages noch in der Welt der Nacht. Die Zeit wurde zu einer kleinen Ewigkeit, aber ewig währen konnte auch die Dämmerung nicht. Und so rückte das erste Licht des Tages immer näher an den Horizont heran.

Nyah und Saschay blieben bei Saschays Pferd stehen. Noch wollte keiner von beiden gehen. Sie hatten jeweils ihre Gegenstücke gefunden. Und einander zu verlieren war schmerzhaft.

„Ich werde diese Begegnung für immer in Erinnerung behalten", versprach Saschay.

„Ich auch." Nyah lachte leise auf.

Dann zog sie ein Teil ihres Bewusstseins aus ihrem menschlichen Körper heraus und gab ihn als kleine, schwarze Kugel an Saschay weiter. Er lächelte.

„Dann möge auch der Tag einen Teil der Nacht in sich tragen."

Dafür gab er Nyah eine golden glänzende Kugel.

Und dann, ganz vorsichtig, zog Saschay Nyah an sich heran und küsste sie. Seine Lippen waren weich und warm, wie das Licht. Das erinnerte Nyah daran, dass sie vor dem ersten Sonnenstrahl zurück in Theben sein musste.

„Es ist zu spät", seufzte sie.

„Was ist zu spät?", hakte Saschay nach.

„Es ist zu spät, um nach Theben zurück zu kehren. Ich werde meine menschliche Gestalt behalten müssen und die Göttin der Nacht wird sterben."

Auch wenn der Gedanke schrecklich war, war es ihr regelrecht gleichgültig. Denn als Mensch würde sie Saschay jeden Tag sehen können. Sie würde den Tag sehen können! Und zwar nicht nur in der Dämmerung als Mensch, sondern den Tag, wie er sein Licht über Ägypten vergoss. Den richtigen Tag.

„An so etwas solltest du noch nicht einmal denken", sagte Saschay mit zusammenge-zogenen Augenbrauen und schmalen Augen, als hätte er Nyahs Gedanken gelesen.

„Du kannst Sturm haben. Mein Pferd. Es wird dich schnell genug nach Theben brin-gen."

„Ich danke dir, Saschay. Ich danke dir für alles."

Dann schwang Nyah sich auf Sturm und presste ihm die Fersen in die Flanken.

Weniger als zwei Minuten später raste sie durch die Straßen von Theben. Sie musste Sturm nicht lenken, als wisse er, wo sie hin musste. Vor der Töpferei von Sahure blieb das Tier stehen. Nyah rutschte schnell von seinem Rücken runter und lief in den lehmigen Raum.

Sahure saß auf einem Stuhl und schlief. Nyah ging zu ihm und schüttelte den alten Mann leicht an der Schulter. Er sprang überrascht auf.

„Bei Amun!", rief er. „Beeil dich!"

„Ich habe noch eine Bitte an dich, Sahure. Bring diese Statue in den kleinen Palmenhain in der Nähe von Abydos und stell sie dort an den kleinen Teich in der Mitte. Ich danke dir für alles, was du getan hast."

Dann stellte sie sich grade hin und sog ihr Bewusstsein aus dem Ton. Kurz darauf ließ die Nacht Nyah und Theben hinter sich zurück. Und als sie ein letztes Mal über ihre sternenbesetzte Schulter zurückschaute, sah sie, wie der erste Sonnenstrahl in strahlender Schönheit über den Horizont im Osten brach. Sonnenlicht ergoss sich über die weite Wüste und das lange, grüne Niltal. Die Nacht verschwand und für Ägypten brach ein neuer Tag an.

Am nächsten Abend erschien vor allen anderen Gestirnen ein unbekannter Stern, so leuchtend und schön wie die Sonne. Es war der Stern, der als erster erschien und als letzter unterging.

Die Ägypter hoben ihre Gesichter zum Abendhimmel und sahen den fremden Stern erstaunt mit ihren kohlgeschminkten Augen an.

Und Jahrhunderte später, als das erste Teleskop erfunden wurde, mit dem man sich die Sonne anschauen konnte, stellten Gelehrte fest, dass die Sonne nicht von reiner, goldener Schönheit war, sondern an einigen Stellen dunkle Flecken hatte, die sich keiner erklären konnte.

Worterklärungen, Gottheiten und geographische Begriffe:

Theben: Hauptstadt und religiöses Zentrum im neuen Reich; am Ostufer des Nils lagen die Tempel, am Westufer der Pharaonenpalast und die Nekropole (Totenstadt)

Kohl: Schwarze Augenschminke; schütz die Augen vor der hellen Sonne und vor Insekten.

Abydos: Älteste und heiligste Stadt Ägyptens

Osiris: Menschengestaltiger Gott mit Mumienkörper, Gott der sterbenden und wieder auflebenden Vegetation, Gott der Unterwelt; gilt als Schöpfer der ägyptischen Zivilisation. Er wurde von Seth, seinem Bruder erschlagen.

Nut: Himmelsgöttin, Göttin der Nacht, Schutzgöttin der Schwangeren und Wöchnerinnen

Schendjti: Lendenschurz (Pl.: Schendjtiu)

Maat: Göttin der Wahrheit, Ordnung und Gerechtigkeit, dargestellt in Menschengestalt mit einer Feder auf dem Kopf

Chnum: Widdergestaltiger Schöpfergott, erschuf den Menschen auf der Töpferscheibe; Schutzgott der Töpfer

Amun: Haupt – und Reichsgott Thebens, wurde mit der wichtigsten Gottheit des Alten Reiches, Ra, verbunden zu Amun – Ra, dem König der Götter und Herr der Krone beider Länder (Ober – und Unterägypten). Meist als Mensch mit Krone aus aufrecht stehenden Straußenfedern dargestellt.

Ka: Die „göttliche" Seele, die schöpferische Lebenskraft, der Geist, der „Schatten" des Menschen.

Khefti: Böser Geist, Dämon, in 42 Gestalten existent (Pl.: Kheftiu)

Ausgeträumt

- Von Eszter Váci -

Robert gähnte.

Die Tür wurde einen Spalt breit geöffnet, und Schwester Anne steckte den Kopf herein.

„Doktor Zacharias?"

„Ja, was denn?"

„Sie sollten lieber wieder reingehen, der Proband schläft uns sonst noch im Sitzen ein."

„Bin schon unterwegs." Er kippte den letzten Schluck Kaffee runter und schnappte sich das Klemmbrett.

Als er den Raum betrat, sprach ihn der Wachmann, der neben der Tür stand, an.

„Dem da geht's gar nicht gut", sagte er und wies mit dem Kinn auf den Wartenden.

„Ich hab' versucht ihn wach zu halten, aber der kann kaum noch sitzen."

„Machen Sie sich darum mal keine Gedanken. Er ist gesund und wird gut dafür bezahlt, dass er hier sitzt."

Damit ließ er den Wächter stehen und wandte sich dem Mann zu, der mit dem Rücken zu ihm auf dem Stuhl hing. Robert zog sich den anderen Stuhl heran und setzte sich vor den Dösenden.

Der schreckte hoch und riß die Augen auf. „Oh! Ich habe nicht geschlafen, ich", stammelte er, doch Robert unterbrach ihn mit einer Handbewegung.

„Sie sind nur kurz eingenickt, das ist nicht weiter schlimm. Sie haben doch nicht geträumt, oder?"

„Nein, habe ich nicht."

„Gut. Ich gehe mit Ihnen nur schnell ein paar Fragen durch. Also, wie fühlen Sie sich?"

„Total gerädert, als hätte ich seit Tagen kein Auge mehr zugetan. Dabei habe ich letzte Nacht zwölf Stunden geschlafen."

„Das liegt an der fremden Umgebung. Wissen Sie, was Sie geträumt haben?"

„Nein. Es war eine Menge wirres Zeug, aber an etwas bestimmtes kann ich mich nicht erinnern."

Robert machte sich Notizen.

„Na, immerhin haben Sie durchgeschlafen. War für Sie heute irgendetwas anders als sonst?"

Der Mann, den er nur als Nummer 27 kannte, setzte sich gerade hin und rückte seine Krawatte zurecht.

„Nun ja, da war diese Sache mit der Bahn."

„Was für eine Sache?"

„Normalerweise komme ich mit der U-Bahn hierher, aber als ich vorhin die Treppe zum Bahnsteig runtergegangen bin, bekam ich Herzrasen. Es klingt kindisch, aber ich hatte Angst davor in den Tunnel runter zu gehen, also bin ich die Treppe wieder rauf und zum nächsten Taxistand gelaufen."

Robert antwortete nicht und gab sich nach außen hin unbeeindruckt, machte sich aber wieder Notizen.

Als er danach von seinem Klemmbrett aufblickte, trocknete sich der Proband die Stirn mit einem großen Stofftaschentuch. Seine Hand zitterte.

„Das soll uns erst einmal reichen. Ich bringe Sie runter, Sie bekommen Ihre Dosis und haben dann hoffentlich einen erholsameren Schlaf als gestern."

Die nächste Versuchsperson saß schon auf dem Stuhl, als Robert aus dem Labor zurückkam. Er erkannte den Rücken und sein Herz machte einen Hüpfer: Es war die Brünette mit den braunen Augen und den Sommersprossen auf der Nase, die in der Beobachtung die Nummer 19 hatte.

Leider war sie genauso schüchtern wie hübsch und hatte auf seine Hinweise bisher nicht reagiert. Sollte er ihr heute einen deutlichen Wink geben?

Er setzte ein Lächeln auf, ging um ihren Stuhl herum und wollte gerade eine Bemerkung machen, als er ihren Blick auffing: Sie blitzte ihn an.

Dazu umspielte ein Ausdruck den Mund der Frau, den Robert noch nie zuvor an ihr beobachtet hatte.

Er setzte sich und nestelte an seinem Klemmbrett herum, um etwas Zeit zu gewinnen.

„Hallo, Doktor."

„Ja, hallo. Guten Tag. Wie fühlen Sie sich?"

„Wunderbar."

„Wie haben Sie geschlafen? Erinnern Sie sich, ob Sie etwas geträumt haben?"

„Ich habe ausgezeichnet geschlafen und meine Träume waren - sagen wir – sehr befreiend."

„Sie können sich daran erinnern?"

„Oh ja." Sie schlug die Beine übereinander, verschränkte die Arme vor der Brust und schmunzelte.

„Interessiert es Sie? Ich schreibe Ihnen gerne alles auf, woran ich mich erinnere." Er räusperte sich.

„Sie sollten das Präparat selbst testen, Doktor. Sie sehen ganz müde und abgespannt aus."

Robert schluckte. Mach' Schluß, bring' sie runter ins Labor, ermahnte er sich innerlich. Doch er konnte sich nicht losreißen und hörte sich sagen: „Ich bin tatsächlich müde. Jeden Tag die vielen Befragungen."

„Sie finden es ermüdend, mich zu befragen?"

„Aber nein! Sie sind mein einziger Lichtblick."

Du Idiot, schoß es ihm durch den Kopf.

Sie quittierte seine Äußerung mit einem weiteren Lächeln. Dann stand sie auf und sagte: „Es ist schon spät. Bringen Sie mich ins Bett, Doktor?"

Nach zwei weiteren Befragungen war sein Tagespensum erfüllt und er ging in die Kneipe an der Ecke.

An der Theke waren nur zwei Plätze besetzt, einer davon mit seinem Kollegen Jens Steinkamp.

„Hallo! Darf ich?"

„Hallo, Robbi. Klar, setz' dich." Jens machte der Frau hinter dem Tresen ein Zeichen und deutete auf sein Glas. „Noch mal zwei."

„Wie war es heute bei dir?", fragte er Robert.

„Ehrlich gesagt, irgendwie unheimlich."

„Wie können Befragungen denn unheimlich sein?"

„Nicht die Befragungen, sondern das Verhalten von zwei meiner Probanden. Hast du schon mal erlebt, dass eine Testperson sich von einem Tag zum anderen völlig anders verhält?"

„Du meinst launisch?"

„Nein, das waren keine Launen. Also – ich habe in der Gruppe einen Geschäftsmann, der ist sonst die Ruhe selbst. Letzte Nacht hatte der einen so fiesen Albtraum, dass er heute beim bloßen Gedanken daran beinahe einen Herzinfarkt bekommen hätte!"

Jens runzelte die Stirn. „Was ist mit dem anderen?"

„Der anderen. Es ist eine Frau."

„So wie du das sagst, wohl eine hübsche Frau!"

Robert fuhr sich mit der Hand durch die Haare, trank einen Schluck Bier und sagte: „Okay, ich erzähle es dir, aber du mußt mir versprechen, dass es unter uns bleibt. Kein Wort zu den Kollegen."

„Schieß' los."

„Ich würde sie sehr gerne kennen lernen. Du weißt, dass ich nicht einmal die Namen der Testpersonen kenne, ich stelle nur die Fragen zu den Auswirkungen des Produkts. Na ja, jedenfalls hat sie sich bis gestern nicht mal getraut, mir in die Augen zu sehen. Und heute war sie ein richtiger Vamp - wie Sharon Stone in ‚Basic Instinct', fehlte nur noch der Eispickel!"

„Dann hat sie es sich wohl anders überlegt."

„Nein. Sie hat gesagt, sie habe letzte Nacht gut geschlafen und ihre Träume seien ,befreiend' gewesen. Verstehst du?"

„Nicht wirklich."

„Der Geschäftsmann war auch völlig neben der Spur wegen seiner Träume, wobei er sich an nichts genaues erinnern konnte und sich sehr schlecht gefühlt hat. Ich glaube, es liegt an dem Präparat."

Jens grunzte. „Robbi, du siehst Gespenster! Da unten wird ein harmloses Schlafmittel getestet, die Leute pennen in ihren Kabinen und werden dabei beobachtet. Sag' mal, du langweilst dich wohl, hm? Kannst es kaum noch abwarten, bis du dein eigenes Projekt starten kannst, alter Streber!"

Robert hob sein Glas. „Das wird es wohl sein. Prost, das Nächste geht auf mich."

Zwei Stunden später lag er im Bett, wälzte sich herum und versuchte einzuschlafen. Doch wenn er die Augen zumachte, sah er das Gesicht der Brünetten.

Schließlich stand er auf und zog sich wieder an.

Er war noch nie zuvor nachts im Keller gewesen und hatte die Räume tagsüber auch nur dann kurz betreten, wenn er die Testpersonen runterbrachte. Er fühlte sich fremd, wie ein Eindringling, während er durch die Gänge zum Arztzimmer schlich, wo er den diensthabenden Kollegen anzutreffen hoffte. Vielleicht konnte der ihm seine Fragen beantworten, auch wenn das von den Projektleitern nicht vorgesehen war: Er sollte nur seine Befragungen durchführen und den Rest den anderen überlassen.

So lautete die Abmachung.

Robert klopfte, horchte und stieß dann die Tür zum Dienstzimmer auf, doch es war niemand drin. Ein Summen erfüllte den Raum und auf langen Tischen standen Monitore nebeneinander.

Robert ging näher an die Geräte heran und sah, dass auf einigen Filme liefen.

Wozu das denn? Langweilten sich die Kollegen in der Nachtschicht ebenso wie er tagsüber?

Die Bilder waren verzerrt und überdeutlich zugleich, außerdem waren die Farben der Monitore falsch eingestellt, denn auf einem leuchteten Neontöne, während auf einem anderen alles in Grauschlieren verlief.

Robert machte noch einen Schritt auf einen Monitor zu, auf dessen Rand in Großbuchstaben ,Jochen' stand. Auf dem Bildschirm sah er … die junge Brünette, seine Nummer 19!

Sie war in schwarzes Leder gekleidet, und saß auf einem Motorrad. Ihre Haare bauschten sich im Wind und sie ließ den Motor der Maschine immer wieder aufheulen.

Was zum Teufel war hier los?

Hinter ihm lachte jemand, und er fuhr herum.

Das Lachen steigerte sich zu einem Kreischen, und er hastete von Tisch zu Tisch, um die Quelle zu finden. Da fiel sein Blick auf einen Monitor, an dem ‚Diana' stand – das Geräusch kam von dort.

Auf dem Bildschirm war nur ein großes Loch zu erkennen, in dessen Mitte sich ein heller Fleck bewegte. Ein Ruck ging durch das Bild und der Fleck wurde größer und größer, näherte sich immer schneller, während das Gekreische ständig lauter wurde.

Ein Schrei aus der anderen Richtung.

Robert wirbelte herum: Auf dem Jochen-Monitor war Nummer 19 zu sehen, die heranpreschte – ein Schwenk - und der Eingang eines schmalen Tunnels war zu sehen.

Noch ein Schwenk – und die Maschine raste heran, wobei das Gelächter den Motor übertönte. Plötzlich überzogen blinkende Linien und Wellen den Bildschirm und ein Piepen kam aus dem Gerät.

Auf dem Gang waren Stimmen und Fußgetrappel zu hören, doch Robert rührte sich nicht. Er starrte auf den Bildschirm bis jemand hinter ihm fragte: „Na, Robbi – kannst du nicht schlafen?"

Robert gähnte.

Er war müde und die immer gleichen Fragen langweilten ihn.

Die Tür wurde einen Spalt breit geöffnet und Schwester Anne steckte den Kopf herein.

Gleich darauf stellte sie ihm die erste Frage des Tages: „Guten Morgen, Nummer 27. Haben Sie gut geschlafen?"

Die Party

- Von Anna Kassaras -

Ich zog mein schwarzes Kleid an, das ich immer zu festlichen Anlässen trug, frisierte meine Dauerwelle und nahm das Geschenk mit. Ich stieg in mein Auto und machte mich auf den Weg zu meiner Freundin Anke, die mich zu ihrer Einweihungsparty ihres neuen Domizils eingeladen hatte: einem Schlösschen, das sie vor kurzem erworben hatte. Ich orientierte mich an der Wegbeschreibung, die sie mir zugeschickt hatte. Die Route führte mich durch eine relativ spärlich bewohnte Gegend, nur ab und an kam ich an einem Dorf vorbei. Nach einiger Zeit erreichte ich den Ort. Es dämmerte bereits. Es war ein recht großes Schloss, dessen Baustil an eine alte römische Kirche erinnerte. Die Fenster des Schlosses waren bogenförmig zugespitzt, eine mächtige Holztür bildete den Eingang. Ich klingelte. Mir fiel das eingerostete Türschild auf, auf welchem der Name Familie Ampiro zu lesen war.

Da öffnete sich die Türe und ein etwas müde aussehendes junges Mädchen ließ mich eintreten. Es führte mich in einen prachtvollen Saal, in dessen Mitte eine gedeckte Tafel stand. Ringsum konnte man durch viele Bogenfenster in einen Park sehen. Bewundernd schaute ich mich um.

„Da bist du ja!" Anke kam freudestrahlend in den Saal gelaufen und begrüßte mich herzlich. „Wie ich sehe, hat dich Angelina eingelassen. Sie hilft mir während der Party aus. Willkommen in meinem neuen Zuhause! Setz dich und stärk dich erstmal, die Fahrt war bestimmt anstrengend."

Sie wies mich an den großen Tisch, auf dem ein delikates Büffet stand.

„Meine Glückwünsche!", sagte ich. „Ein schöneres Örtchen hättest du nicht finden können."

Ich war sprachlos, solchen Luxus hatte ich wirklich nicht erwartet.

„Ja, ich weiß." Anke war etwas verlegen.

„Wo sind denn die anderen Gäste?", fragte ich neugierig. „Ich bin doch wohl nicht die erste?" „Die anderen feiern schon in meinem Turm, der liegt zum Park hin."

„Wow, ein eigener Turm..." staunte ich. Dann fiel mir ein, dass ich das Geschenk ganz vergessen hatte. Ich überreichte es ihr. Sie packte es aus und freute sich. Es war ein Holz-Buddha, den ich auf einem Flohmarkt erstanden hatte. Sie bedankte sich freundlich und erinnerte mich daran, zuzugreifen. Ich bediente mich und während ich aß, erzählte sie: „Ich hab das Schloss durch Zufall gefunden. Ein Makler hat es mir angeboten, der dafür einen Spottpreis wollte." Anke war schon immer finanziell gut gestellt gewesen, was mir manchmal zu schaffen machte. Aber sie konnte nichts dafür, sie hatte einfach Glück. Sie hatte einen reichen Mann geheiratet, sich scheiden lassen und – wie es schien– eine Menge davon gehabt.

„Ist doch wirklich fantastisch!", stieß ich kauend hervor.

„Ja, ich musste aber einiges renovieren. Der Zustand war teilweise ziemlich heruntergekommen. Es stand schon viele Jahre leer. Die ehemaligen Besitzer sollen plötzlich allesamt verschwunden sein."

Ich verschluckte mich. „Wie - einfach so?"

„Von einem Tag auf den anderen. Das heißt- so genau weiß man es nicht, sie lebten wohl recht abgeschlossen und hatten kaum Kontakte. Wie du vielleicht gemerkt hast, ist die Gegend hier auch nicht sonderlich bewohnt."

„Das ist ja rätselhaft," murmelte ich.

„Ja", meinte Anke bedeutungsvoll: „Ich für meinen Teil finde das äußerst strange. Aber das ist schon über vierzig Jahre her und andererseits, was soll's, vielleicht haben sie sich einfach nach Italien abgesetzt und sind zu Verwandten gezogen."

„Wieso nach Italien?", fragte ich.

„Es waren Italiener, Ampiro war ihr Name."

Ich erinnerte mich an das Türschild.

„Wahrscheinlich liefen die Geschäfte da besser oder sie hatten Kontakte zur Pater Nostra," mutmaßte ich, aber, wie ich merkte, selbst nicht ganz überzeugt davon.

Anke lachte. „Darauf bin ich noch gar nicht gekommen! Vielleicht hat es sie wirklich wieder in die Heimat gezogen. Na ja, lassen wir das. Heute wird gefeiert bis die alten Wände wackeln!"

Ich hatte fertig gegessen und Anke führte mich durch das Schloss. Überall standen schöne, antike Möbel, die sich als ehemaliges Mobiliar der italienischen Familie erwiesen. Von nahezu jedem Zimmer aus konnte man in den Park sehen, der hinter dem Wohnsitz lag. Wir standen nachdenklich am Fenster und schauten hinaus.

Im Park befand sich ein kleiner Hügel, der mir schon vorher aufgefallen war. Er hob sich vom restlichen Gelände ab. Auf ihm stand eine Trauerweide, deren belaubte Äste sich in der Abenddämmerung neigten.

„Sag mal, ist dir das nicht etwas zu einsam hier?", fragte ich Anke.

„Ein wenig vielleicht. Aber ich sehne mich so sehr nach einem ruhigen idyllischen Leben. Du weißt, mein Leben war bis jetzt recht turbulent," erwiderte sie. „Außerdem ist die Lage genau das richtige für ausschweifende Partys! Da hat man keinerlei Probleme mit Nachbarn. Außerdem habe ich einen Schäferhund."

Sie zog mich mit sich und wir gingen zu ihrem Party-Turm, der nur von außen erreichbar war, da er einen separaten, vom Schloss abgetrennten Eingang besaß. Draußen angelangt, stürzte uns ihr eifrig mit dem Schwanz wedelnder Hund entgegen, der frei im Park umherlief. Wir stiegen eine alte Wendeltreppe hinauf. Wilde Rockmusik dröhnte uns entgegen. Ein paar Gäste standen im Treppenhaus und tranken. Anke stellte mich einigen ihrer Freunde vor. Viele hatten sich in den Turmzimmern verteilt, tanzten oder standen in Grüppchen zusammen und unterhielten sich.

Plötzlich erblickte ich unter all den fremden Leuten ein mir bekanntes Gesicht. Es war mein Verflossener, der sich gerade angeregt mit einer hübschen Frau unterhielt. Ich tat so, als sehe ich ihn nicht, und machte kehrt, um in ein anderes Zimmer zu gehen. Ich hatte keine Lust ihm zu begegnen. In der Hinsicht war ich nicht besonders locker. Das ganze war zwar schon eine Weile her, aber trotzdem kam ich nicht gegen die Befangenheit an. Plötzlich tippte mir jemand auf die Schulter.

Ich drehte mich um – und blickte IHM in die Augen. Etwas überrascht und peinlich berührt begrüßte ich ihn, war jedoch innerlich verärgert, dass ich meine Gefühle nicht so gut verbergen konnte.

„Grüß dich Ina! Das ist ja eine Überraschung!", säuselte er mit seinem für ihn typischen Lächeln, mit dem er alle um den Finger zu wickeln wusste. Aber das funktioniert nicht bei mir, schwor ich mir. Er schlug vor, an ein ruhigeres Örtchen zu gehen, um sich in Ruhe mit mir zu unterhalten. Das behagte mir überhaupt nicht, jedoch machte ich keine Einwände, um ihm nicht das Gefühl zu vermitteln, dass er mir noch etwas bedeutete.

Wir gingen in ein leeres Zimmer, dass mit einem großen Kamin ausgestattet war, und setzten uns dort auf eine Couch. Ankes Hund folgte uns und lief im Raum umher. Er ließ sich schließlich vor dem geräumigen Kamin nieder.

„Wie geht es dir denn mittlerweile?", fragte mich mein Ex. Ich betonte, dass es mir sehr gut gehe, mein Job liefe bestens und ich sei durch und durch zufrieden. Er erzählte, dass es ihm ebenfalls gut gehe und dass er eine neue Freundin habe. Ich versuchte neutral zu wirken und tat so, als freue ich mich für ihn. In Wirklichkeit machte mir das aber zu schaffen. Es war die Frau gewesen, die ich mit ihm zusammen gesehen hatte. Er rückte etwas näher und wollte wohl seine Wirkung auf mich testen, vielleicht hatte er jedoch auch meine Unsicherheit verspürt und genoss diese. Mir war das zu nah und ich stand abrupt auf und ging ans Fenster. Verdutzt sah er mir nach, folgte mir dann aber und stellte sich zu mir.

Wir sahen hinaus in den Park, der jetzt sehr dämmerig war. Nur der Hügel mit der Trauerweide hob sich gegen den Abendhimmel ab. Der Mond ging auf, tauchte halb hinter dem Hügel auf und warf sein Licht durch die Äste der Weide.

„Wunderschön," murmelte ich verzaubert. Er stimmte mir seufzend zu und strich mir über die Schulter. Diese Geste war mir sehr vertraut.

„Aldo?", rief plötzlich eine Stimme. Es war seine Freundin, die sichtlich eifersüchtig war. „Wo bleibst du denn die ganze Zeit?" Sie warf mir einen eisigen Blick zu, über den ich mich insgeheim freute.

„Du entschuldigst mich?", fragte er, ohne eine Antwort abzuwarten und ging zu ihr. Das Paar entfernte sich. Ich blieb allein am Fenster zurück.

Die Äste der Weide wiegten sich im Abendwind, hinter den dunklen Umrissen funkelte das geheimnisvolle Licht des Mondes. Ich fühlte mich ein wenig fehl am Platz, hier im Turm, zwischen den lärmenden, wild durcheinander redenden Leuten, mit denen ich nichts zu tun hatte. Eben hatte ich für einen Moment vertraute Nähe gespürt- doch sie war flüchtig und nicht real. Wie ein Schatten. Ich beschloss, mir ein wenig die Beine zu vertreten. Die Party war nun in vollem Gang, einige tanzten zur Musik. Ich griff mir ein Glas Wein und stieg die Treppen des Turms hinunter. Ankes Hund, der drinnen geblieben war, witterte seine Chance und folgte mir.

Auf dem Weg nach unten sprachen mich noch ein paar Kerle an, „Na, gehst du schon wieder?" und „Hübsches Kleid!" Ich lächelte bedeutungsvoll und wandte ihnen kühl den Rücken zu. Als ich die schwere Turmtür öffnete, flog mir milde Sommerluft entgegen. Tief sog ich sie ein. Ich liebte diesen würzigen, frischen Duft, den man nur zu dieser Jahreszeit riechen konnte.

Der Hund drückte sich rasch an mir vorbei und hastete hinaus. Ich folgte ihm, schritt durch das weiche Gras, zog meine Schuhe aus und nahm sie in die Hand. Einige wenige waren auch draußen und unterhielten sich.

Ich nahm einen Pfad, der weiter in den Park hinein führte, vorbei an kniehohen Büschen und vereinzelten Bäumen. Der erleuchtete Turm wies mir noch ein Stück weit den Weg, bis es etwas dämmeriger wurde. Ich musste mit den Füßen etwas vorsichtiger auftreten und mir den Weg ertasten. Eine leichte Brise brachte Musik zu mir herüber, es lief gerade „Boulevard of broken Dreams". Summend nahm ich die Melodie mit mir. Der Hund war verschwunden. Ich genoss die Ruhe, die sich allmählich ausbreitete. Und einfach nur für mich zu sein. Vereinzelt zirpten Grillen und hier und da raschelte es.

Manchmal fand ich es anstrengend länger mit vielen Leuten zu sein und Small Talk schien mir sowieso oft sehr unnötig. Wenn man über lauter Belangloses redet, kann man genauso gut schweigen.

Die Begegnung mit meinem Ex schwirrte mir noch im Kopf umher. Sein Blick. Seine zärtliche Geste. Weshalb hatte er das getan? Aus alter Vertrautheit? Nein, er war sicherlich immer noch der Alte. Er wollte bloß jeder gefallen. Bei jeder wollte er ankommen. Ich versuchte zu vergessen.

Vom Glas Wein nahm ich zwischendurch einen Schluck, blieb kurz stehen und sah dabei in den Abendhimmel. Klar war er. Dennoch etwas bewölkt. Die Sterne kamen immer deutlicher zum Vorschein und funkelten zaghaft.

Als ich mich umsah, merkte ich, dass ich mich schon tief im Park befand und dazu hatte ich, ohne es zu merken, mich dabei der Weide genähert, die ich zuvor nur von Ferne betrachtet hatte. Sie stand ein paar Meter vor mir, mit langen, sehnigen Ästen. Mir war als blickte sie von ihrem Hügel aus auf mich hinunter. Sie schien schon lange dort zu stehen.

Irgendwie faszinierte sie mich. Sie war so anders als die anderen Bäume, hob sich von ihnen ab und strahlte etwas aus. War es Alter, war es Weisheit? Dass sie schon einiges erlebt haben musste? Falls das in dieser ruhigen Gegend überhaupt möglich war. Oder einfach die Tatsache, dass sie durch den Mond so wunderschön in Szene gesetzt wurde? Ich nahm nochmals tief Luft, um den Sommer zu verinnerlichen. Bis auf das kleinste Detail in mich aufzunehmen. Eins zu werden mit ihm. Was ich schon so oft mit einigen männlichen Wesen versucht, aber nie mit völliger Zufriedenheit geschafft hatte.

Mitten im Zug hielt ich den Atem an – ich war nicht allein.

Einige Schritte von mir entfernt stand jemand. Ich war sehr überrascht, da ich überzeugt gewesen war allein zu sein. Etwas ertappt fühlte ich mich auch, ich hatte nämlich zwischendrin gesungen. Das Lied, das der Wind mir zugetragen hatte. Vielleicht war ich gehört worden.

Es schien ein Mann zu sein, der wohl wie ich etwas Ruhe gesucht hatte. Er war groß und schmal, halb verdeckt vom Schatten der Weide, den der Mond warf. Er stand mit dem Rücken zu mir, das Gesicht der Weide zugewandt. Ganz still und in sich ruhend.

Mich fröstelte ein wenig. Ich hatte nicht damit gerechnet, so weit draußen noch jemandem zu begegnen. Es war merkwürdig, dass er ebenfalls von dem Baum gebannt zu sein schien.

Da der Mann scheinbar keinen Kontakt wollte, denn sonst hätte er sich sicher umgedreht als er mich singen hörte, wollte ich ihn nicht weiter stören – rücksichtsvoll wie ich war – und ein Stück weitergehen. Ich hob behutsam meinen Fuß, um nicht zu viele Geräusche von mir zu geben. Ich war mir auch nicht ganz sicher, ob er mich überhaupt gehört hatte – da fiel mir vor lauter Aufregung das Glas aus der Hand. Es schlug auf einem Stein auf und sprang entzwei. Ein unüberhörbares Klirren.

Mein Herz klopfte. Jetzt hatte der Unbekannte mich sicherlich wahrgenommen.

Unangenehme Momente hatte ich schon genug in meinem Leben gehabt, da musste ich jetzt durch. Aber dieser Moment war nicht nur unangenehm, ich empfand ihn beängstigend.

Ich fühlte mich wie ein Eindringling, der unerlaubtes Terrain betreten hat und dabei ertappt worden ist.

Der Mann zuckte merkwürdigerweise nicht zusammen. Er hatte mich wohl schon vorher vernommen. Langsam drehte er sich um.

Das erste was ich von ihm sah, waren seine Augen. Sie funkelten wie die Sterne über mir. Dennoch waren sie von tief dunkler Farbe. Seine Haut wirkte fahl, bedingt durch das gleißende Mondlicht. Er hatte ein südländisches Profil.

Der Mond stand nun über der Weide. Es war nun schon sehr dunkel. Er sah mich unverwandt an. Es war ein anderer Blick, als die Art, wie mich Aldo angesehen hatte. Er hatte etwas Fixierendes. Er durchbohrte mich und ich konnte nicht anders als ihn ebenfalls anzusehen. Ich hatte das Gefühl in den schwarzen Tiefen seiner Augen zu versinken. Mir liefen eisige Schauer über den Rücken.

Der unbekannte Mann hatte sich mir auf unerklärliche Weise genähert. Plötzlich stand er direkt vor mir. Ich spürte seinen Atem. In seinen Augen spiegelten sich der Mond und die Weide. Er atmete ruhig. Ich dafür umso heftiger. Ich atmete so schnell vor Aufregung, dass mir nach einer Weile schwindelig wurde und es in meinem Körper anfing zu kribbeln.

Er schien mir die Luft zu nehmen. Die Zeit die verging, während wir uns ansahen, zog sich hin. Es kam mir vor als wären es Jahre.

Ich konnte mich nicht rühren. Ich war in seinen Bann geraten. Seine Anziehungskraft war stärker als die der Weide. Und während wir uns in die Augen sahen, erkannte ich etwas.

Es waren Bilder.

Die Weide sah ich. Von einer anderen Seite aus. Das Schloss lag dahinter. Und Menschen. Südländische Menschen, die sich auf dem Gelände befanden. Zwei Kinder spielten Ball. Sie freuten sich am Sommer. Eine alte Frau sah aus einem Fenster im Turm, die Szene beobachtend. Ihr weißes Haar wehte im Wind. Ich sah eine junge Frau in einem blauen Kleid, die hochschwanger war. Sie ging im Park spazieren, die Hand um ihren Bauch haltend.

Da erblickte ich einen jungen Mann. Er stand der Weide zugewandt. Auf dem Hügel unter der Weide stand noch jemand. Eine Gestalt in dunklem Mantel.

Sie sprach zu dem jungen Mann. Sie sah bedrohlich aus. Der Mantel wehte im Wind, das Gesicht verdeckt unter einem großen Hut. Der junge Mann hörte angespannt zu, die Augen weit aufgerissen, jedes Wort des Fremden, der nicht zu den südländischen Menschen zu gehören schien, in sich aufnehmend. Als habe er Sorge etwas Wichtiges zu überhören. Der Fremde hob warnend den Finger. Er wies auf den Hügel, auf dem er sich befand, sagte etwas und hob nochmals warnend den Finger.

Das Gesicht des jungen Mannes verfinsterte sich. Sein Körper verkrampfte sich, er presste seine Finger zusammen. Er zitterte. Mit angsterfülltem Blick sah er um sich. Als er merkte, dass die Frau auf dem Weg zu ihm war, machte er dem Fremden klar, dass er verschwinden solle.

Dieser machte kehrt, der Mantel hob sich hinter ihm wie eine schwarze Welle. Er verschwand zwischen den Bäumen.

Nun trat die Frau zum jungen Mann. Der Mann versuchte seine Fassung zu behalten, strengte sich an unbekümmert zu wirken, sank jedoch kurz darauf in sich zusammen. Die Frau stürzte erschrocken zu ihm, legte den Arm um ihn, redete auf ihn ein. Der Mann war in Tränen ausgebrochen. Sein Rücken zuckte. Die Frau umfasste nun ihren Bauch mit schmerzverzerrtem Gesicht. Sofort raffte sich der Mann auf, gewann seine Fassung wieder. Er stützte seine Frau und gemeinsam gingen sie Richtung Schloss.

Der Mann vor mir schloss die Augen. Ich wurde aus dem dunklen Strudel herausgestoßen. Es sah aus, als verweile er noch in diesen Ereignissen, die so fern waren. Und doch zeitlos. Es war an diesem Ort geschehen. Das Unglück, das die Familie ereilt hatte, nahm hier seinen Anfang.

Ich spürte eine Kühle, die von dem geheimnisvollen Mann ausging. Sie störte mich nicht. Ich war ihm so nah gewesen. Ich hatte an seinen persönlichsten Erlebnissen teilgenommen. Die Angst vor ihm wich einer Ehrfurcht. Und Neugier. Ich wollte wissen, was geschehen war. Weshalb war er nach dem Gespräch mit dem Fremden zusammengebrochen? Was hatte ihn so geschockt?

Ich war in gewisser Weise außer mir. Ich nahm nur wahr. Wie alles zustande kam, war unerklärlich. Es geschah einfach.

Plötzlich vernahm ich das Schreien kleiner Kinder. Ich sah mich überrascht um. Doch ich sah nichts. Die Dunkelheit hatte alles verschlungen. Vor den Mond hatte sich eine Wolke geschoben. Ein eisiger Windhauch fuhr mir ins Gesicht. Als der Mond wieder befreit sein Licht warf, stand ich allein. Der geheimnisvolle Mann war verschwunden.

Da hörte ich es im Park rascheln. Etwas war in Bewegung. Ich konnte es nicht lokalisieren, das Rascheln kam aus allen Richtungen. Mir wurde mulmig zumute und ich wollte mich in Sicherheit bringen. Rasch lief ich vorwärts, auf den Hügel zu. Die Äste der Weide schwankten im Wind. Ich wollte hinauf und suchte Halt an den Ästen, die sich mir wie helfende Arme entgegenstreckten. Das Rascheln schwoll an und ich taumelte etwas. Da spürte ich mit meinem nackten Fuß kalten Stein. Ich sah nach unten und erkannte im schwachen Mondlicht, dass ich auf eine Platte getreten war, die fast eins geworden war mit der Wiese. Der Weiden-Ast glitt mir aus der Hand. Als ich mich hinkniete, konnte ich darauf lesen:

Carlos Fiona Alessandro
Nostre amate bambini

Ich verstand, dass dies der Grabstein der Kinder der Familie Ampiro sein musste. Ich bekam eine Gänsehaut. Sie waren hier gestorben. Vielleicht war es der Hügel mit der Weide gewesen. Mir wurde klar, wovor der Fremde den Mann gewarnt hatte: Dieses

Gebiet sollte nicht betreten werden.

Das Rauschen im Park rief mich wieder in die Realität zurück. Als ich mich umsah, sah ich ein Meer von kleinen Lichtern, dass sich auf mich zu bewegte.

Da hörte ich Stimmen. Menschliche Stimmen, lautes Auflachen, Schnaufen und Ächzen. Da stürmte eine Gestalt aus dem nächstgelegenen Gebüsch und hechtete auf den Hügel zu.

Ich erkannte Anke. Sie war ganz verschwitzt und trug eine Fackel in der Hand.

„Oh Gott! Hast du mich erschreckt!", schrie sie nach Luft schnappend.

„Was machst du denn hier so alleine? Ich habe dich schon fast vermisst." Sie hielt an.

„Ich hatte eine interessante Begegnung", erwiderte ich.

„Soso. Wir spielen ein Spiel: Wer als erstes die Weide erreicht gewinnt. Machst du mit?"

Mir schwirrte der Kopf. Ich dachte an meine Überlegung bezüglich der Todesursache der Kinder und griff Anke am Arm.

„Geh da bitte nicht hoch! Der Ort ist gefährlich!", warnte ich sie aufgeregt.

„Aber wieso denn das? Wir haben sogar einen Preis für den Schnellsten ausgesetzt!"

„Ich flehe dich an, glaub mir! Ich weiß was mit der Familie, die hier wohnte, geschehen ist!"

„Das ist toll, kannst du mir ja später erzählen! Ich muss jetzt mal weiter, Liebes!"

Ich versuchte sie zu stoppen, doch ich schaffte es nicht. Sie eilte weiter, doch ein paar Meter weiter rutschte sie aus. Sie musste schon einiges getrunken haben.

Ein Busch in der Nähe teilte sich und ein Mann sprang heraus, die Weide fest im Blick, stürzte er auf sie zu. Anke versuchte sich wieder aufzurichten. Sie strauchelte und fiel erneut ins Gras. Ich schrie verzweifelt „Halt!" Der Mann achtete nicht auf mich. Er hechtete den Hügel hinauf. Oben angelangt reckte er sich und hob seine Fackel in die Höhe. Ein wenig erinnerte mich diese Pose an einen Helden aus der Antike, der gerade eine schwierige, Mut erfordernde Tat vollbracht hat. Unter ihm versammelten sich nun die restlichen Leute, die aus allen Richtungen herbeiströmten. Ein Meer von Fackeln umringte kreisförmig den Hügel und die Weide. Ich war wie gebannt. Die Weide schimmerte golden im Licht des Feuers. Ihre Äste sahen nun aus wie die langen Haare einer uralten Frau. Vornüber gebeugt. Stolz blickte der Mann auf die Menge zu seinen Füßen. Da ging ein Ruck durch die Masse.

Sie wich nach hinten zurück. Die Weide hatte sich bewegt. Sie hob ihre langen dünnen Äste, die zuvor noch schwer herunterhingen, über den Mann. Wie eine drohende Wand richteten sie sich hinter ihm auf. Einige Zeit blieben sie in dieser Stellung. Ich konnte nicht atmen. Ich hielt die Luft an. Alle waren erstarrt. Nur die Fackeln flackerten. Plötzlich fuhr ein heftiger Windzug durch den Park. Die Feuer erloschen. Alles war dunkel und unangenehm kühl. Nur noch kaltes Mondlicht.

Die Umrisse der Weide zeichneten sich scharf gegen den Mond ab. Ich konnte dieses Bild nicht mehr sehen. Sosehr mich dieser Baum anfangs fasziniert hatte, sosehr schreckte er mich nun ab. Es war kein friedlicher Anblick mehr. Er war grausam. Das konnte ich nicht mit ansehen. Ich hatte versucht Schlimmes zu verhindern, doch es war mir nicht geglückt. Ich sog einmal tief Luft ein, wendete mich ab und lief so schnell ich konnte. Barfuß durch die Sträucher und das Geäst. Weg von der Weide. Unterwegs traf ich auf Ankes Hund, der als Einziger mit mir floh. Zwischendrin schaute ich mich noch einmal um.

Die Äste der Weide schlugen nun wie eine schwarze Welle peitschend auf den Mann nieder.

Der Mond und seine Langeweile
Für das Kind im Erwachsenen

- Von Anant Kumar -

Der Mond war mit sich selbst sehr unzufrieden. Er langweilte sich. Etwas mehr als 14 Tage lang schien es ihm schlecht zu gehen. Etwas mehr als 14 Tage lang schien es ihm gut zu gehen. So war seine erste Hälfte hell. Und die zweite Hälfte dunkel. Jea wenig zu. Und in der zweiten Hälfte nahm er ein wenig ab. So war er ein Mal im Monat so schön groß, rund und hell. Dafür blieb er wiederum einen Tag im Monat verschollen. Das wiederholte sich. Zwölf Mal im Jahr.

Mit diesem gleichbleibenden Wechselspiel wurde der Mond von Tag zu Tag immer trauriger, bis er eines Tages die um ihn herum funkelnden Lichter etwas genauer und aufmerksamer wahrnahm. Die kleinen Lichter waren unterschiedlich und unzählig. Der Mond betrachtete einige, die ihn anlächelten. Dann sah sich der Mond noch welche an. Die Lichter waren besonders schön und sanft. Sie trösteten den traurigen Mond:

„Lieber Mond, du bist nicht alleine. Wir sind doch um dich."
Dann gab es Lichter, die äußerst stark funkelten. Dabei wünschte sich der Mond:
„Ach, wenn ich nur noch ein wenig mehr Licht hätte."
Der Mond betrachtete weiter einige Sternenlichter, die ihn immer wieder ansprachen:
„Onkelchen Mond, wir möchten zu dir kommen ..."
„Aber wir möchten von dir viele Süßigkeiten haben ... Die bunten Bonbons: gelb, rot, lila ..."
„Und dann wollen wir auf deinem Pferderücken reiten. Ja, du bist so groß und stark! ..."
Ein Sternchen wollte vom Mond ein indisches Elefantchen als Geschenk. Ja, ein richtiger indischer Elefant aus Chattisgarh mit kleineren Ohrläppchen..
„Was? Den wollte ich haben!", begann sein Brüderchen zu nörgeln.
„Es ist gemein. Du hattest mir den Elefanten versprochen, Onkelchen!"
„Was? ... Hatte ich dir das versprochen?", fragte der Mond ein wenig verdutzt zurück.
„Klar, versprachst du mir den indischen Elefanten mit kleinen Ohrläppchen. Genau vor drei Monaten. Es war so hell. Du warst so gut gelaunt, Onkelchen Mond."
„Ja, stimmt", erinnerte sich jetzt der Mond daran. Und er schämte sich ein wenig dabei.

„Ach, du Himmel! Wieso kann ich so vergesslich sein? ... Wie blöd bin ich?"

„Und erinnerst du dich auch an die schöne Geschichte von den Kindern aus Chattisgarh und Motihari, die du uns damals erzählt hast?"

„Welche Geschichte?", fragte das neuangekommene Sternmädchen, das vor drei Monaten in die andere Richtung unterwegs war.

„Das war eine sehr schöne Geschichte von den Kindern aus Chattisgarh und Motihari. Jene Kinder, die unseren Mond allzu sehr lieben und verehren."

„Ich möchte sie auch wissen. Bitte erzähl sie mir auch!"

„In Motihari und in Chattisgarh, wo der Sommer ewig lang ist, verehren die Kinder den Mond immer. Sie schlafen auf den Hausdächern oder im Freien, auf ihrem Haushof. Die Nächte sind weniger heiß als die Tage. Und in klaren Nächten bewundern die Kinder uns alle am Himmel, aber sie mögen Onkelchen mehr als uns."

„Wieso denn? Wir funkeln so unterschiedlich und so anders. Im Gegensatz zum Onkelchen Mond, dessen Abläufe sich langweilig wiederholen", sagte klug der große Sternjunge, der in den nächsten Tagen Schulprüfungen hatte.

„Klar haben die indischen Kinder uns gerne. Aber ihren Onkel Mond mögen sie halt mehr. Weiß der Geier warum."

„Aha!"

„Vielleicht liegt es auch an ihren Müttern, deren Brüderchen auch unser Onkel ist. Sie, die schönen indischen Frauen mit Kuhaugen, singen jede Nacht ihren Kindern Loris vom Onkelchen Mond!"

„Häh! Was sind die *Loris* bitte schön?"

„*Lorris* sind die zuckersüßen Gutenachtlieder!"

„**Chandaa Maama**

Aasmaan mein nikle taare
Chandaa maama kitne pyaare.
Sabke man ko bahlaate hai
Nayi chandani chhitkaate hai.

Dekho inki shaan niraali
Soorat kitni bholi bhaali.
Roj savere chhip jaati hai
Jaise humse sharmati hai.

Aao chandaa maama aao
Apne ghar ki baat sunaao"

„**Onkelchen Mond**

144

Im Himmel gehen die Sterne auf.
Wie süß ist unser Onkelchen Mond.
Er unterhält jeden von uns.
Er wirft frische frohe Lichter auf uns.

Schau, wie eitel er ist.
Und dennoch hat er ein so unschuldiges Gesicht.
Morgens versteckt er sich immer.
Vielleicht schämt er sich vor uns.

Komm, Onkelchen Mond, komm!
Erzähl uns Geschichten von deinem Haus ..."

„Aber wieso kriegt unser Onkelchen Mond den Elefanten aus Chattisgarh mit kleinen Ohrläppchen?"

„Das schenken sie, die indischen Kinder, ihm ein Mal im Jahr. Am Tag des *Buddha Purnima*. An jenem Tag wurde der Gott Buddha geboren, und er fand auch seine Erleuchtung an einem Vollmondtag", sagte Shubha, das klügere Sternmädchen.

„Erleuchtung? ... Hmm!"

„So etwa, der Buddha wurde halt an jenem Tag weise. Er fand die Antworten auf seine großen Fragen! ... Ja, Kleines, du hast auch jetzt jede Menge Fragen, die wir dir antworten", erklärte ihm Shubha weiter.

„Hmm!"

„..."

„Und das war mein Geschenk, und das doofe Onkelchen hat jetzt auch ihm das versprochen. ... Oh weh!"

„Ja, es ist irgendwie ungerecht!", stimmten einige andere zu.

„Hmm! ... Ach, es ist ja nicht einfach!"

„Selber schuld! ... selber schuld!"

Der Mond schwieg. Die Sternenkinder schauten ihm gespannt zu.

Nach einer Weile fing er langsam an zu lächeln. Er sprach:

„Jetzt fällt mir eine gerechte Lösung ein. Ihr wisst ja, dass ich ein Mal im Jahr zu den indischen Kindern fahre, um meine Geschenke abzuholen. Dieses Mal nehme ich auf meinem Rücken einen von euch mit."

„Wao, ich möchte nach Indien!"

„Nein, ich möchte zu den Elefanten!"

„Nein, nimm mich bitte mit!"

„Nein, mich bitte! Ich bin der Schlankere und habe Rehaugen wie die indischen

Kinder. Sie werden sofort meine Freunde. Nicht deine Freunde, du Fettklotz! Du frisst ja die ganze Zeit."

„Hi! Hi! Hi!"

„Was? Schau dich selber! Siehst so wie ein Ausländer aus!"

„Hi! Hi! Hi!"

„Häh! Hast du sie nicht alle, Fettklotz? Wie sieht denn ein Ausländer aus?"

„Schon gut! Schon gut! Wir haben ein wenig Zeit. Bis dahin macht Ihr untereinander aus, wer was möchte. Die beiden Geschenke sind einmalig."

Der Mond lächelte und er hörte den Sternenkindern immer weiter zu. Die Eindrücke vermehrten sich, und der Mond wurde immer aufgeregter. Seine Langeweile war ab jetzt fort, und der Mond drehte sich weiter in seiner Laufbahn. Etwas mehr als 14 Tage lang nahm er zu, und etwas mehr als 14 Tage lang nahm er ab – fröhlich.

Ja, so geht es unserem Onkelchen Mond heute noch. Immer wenn er viel an sich selbst denkt, wird es ihm langweilig. Dann schaut er notgedrungen oder freiwillig den funkelnden Sternenkindern zu. Und sie necken ihn und erzählen ihm Geschichten. Viele Geschichten.

Und was, wenn der Mond dennoch muffig bleibt? Ja, gute Frage! Dann geben dem Onkelchen die Kinder einen Klaps – auf seinen Hintern.

Lethargie

- Von Moritz Klein -

Wenn ich aufstehe, ist es draußen schon fast hell. Im Sommer wird es früh hell morgens; manchmal dämmert der Morgen draußen vor den Fenstern schon kurz nach fünf Uhr. Im Winter dauert es länger; aber spätestens um neun ist es hell draußen, komme was wolle. Selbst wenn ich es halbwegs hinkriege, aufzustehen während es noch dunkel ist, ist die Nacht für mich gelaufen, ich brauche gar nicht erst aus dem Haus zu gehen. Die verbleibenden Stunden Dunkelheit kann man nicht mehr als Nacht bezeichnen: Bereits zwischen drei und fünf Uhr gibt es so eine Art Loch, in dem gar nichts passiert, und ich meine gar nichts; das ist die 'Stunde' (eigentlich sind es ja zwei Stunden), in der es nirgendwann ist – wenn eine andere Zeit die Welt beherrscht, die nichts mit unseren gewohnten Minuten und Sekunden zu tun hat – da ist einfach gar nichts los, es ist immer gleich dunkel, man kann eine Minute unmöglich von der nächsten unterscheiden. Aber das fällt mir sowieso immer schwerer in der letzten Zeit... Nach fünf Uhr ist schon morgens, beginnt der Morgen langsam zu dämmern; okay, im Winter ist es ab fünf noch einige Stunden lang dunkel, aber das ist nicht DIE NACHT, so wie *ein Wesen wie ich* sie definiert... wie ich sie definieren *sollte* ... wie ein Wesen wie ich, *so wie es sein sollte*, sie definieren würde ... Ach, zum Teufel damit! Jedenfalls: so richtig Nacht, Nacht im eigentlichen Sinne, im mystischen Sinne!, ist es eigentlich nur von zwölf bis zwei, maximal drei Uhr; das ist die Blüte der Nacht, die goldenen Stunden. Als *Die Nacht* noch eine mystische, eine symbolische Bedeutung hatte... Aus einer Zeit... ach, was mache ich mir vor! Ich bin ein Wesen der Dunkelheit, sicher, und ich stehe erst auf, ich kriege meinen gottverdammten Hintern erst aus dem Bett, wenn es draußen schon fast hell ist! Und selbst *wenn* ich es schaffen würde, ein paar Stunden früher aufzustehen: dann wäre es immer noch zwei, drei Uhr. *Mitternacht* ist die goldenste aller goldenen Stunden, die dunkelste aller düsteren Stunden, Mitternacht ist *die* Stunde – Geisterstunde. Wer die nicht mitkriegt, ist sowieso Schnee von gestern, da braucht man sich gar nicht mit Definitionen und Erbsenzählen aufzuhalten, ob *Die Nacht* jetzt eine Stunde früher oder später zu Ende ist; ein Vampir, der die Geisterstunde verpennt, ist ein Taugenichts, ein Verlierer, ein Loser, eine Niete, und die Nacht wartet nicht auf einen. Draußen, auf den Straßen, den Dächern, in den düsteren Straßenschluchten, in der Kälte findet die Party statt, und wer auf eine Extra-einladung wartet, der wird eben nur noch die besoffen, hässlichen Weiber abkriegen, die die anderen übriggelassen haben... aber das ist es ja gerade: die Kälte! – Es ist einfach so verflucht kalt da draußen, so ungemütlich! Ich habe Satin-Bettwäsche, da überlegt man sich eben zweimal, ob man abends aufsteht...

Da fängt es ja schon an! Dass ich immer noch in einem Bett schlafe. Der Sarg, er steht daneben, natürlich habe ich mir einen gekauft, aber dabei ist's dann auch geblieben – ich konnte mich bisher einfach nicht an ihn gewöhnen...

Man sieht, es ist nicht so, als wären meine Probleme Kinkerlitzchen! Wenn ein Fisch nicht schwimmen kann, ein Vogel nicht fliegen kann, ein Zebra nicht... Meine Gedanken! Ich verliere den Faden, ich ... man sollte meinen, wenn einer den ganzen Tag schläft und noch die halbe Nacht mitverpennt, sollte er ausgeruht und bei Kräften sein. Aber es ist ja kein Geheimnis, dass man auch *zuviel* schlafen kann... dass man gar nicht mehr hochkommt! Ein Vogel muss fliegen und ein Fisch schwimmen, natürlich, und ein verdammter Vampir muss eben Punkt Mitternacht auf der Matte stehen und Blut saugen.

Wenn ich wenigstens scharf drauf wäre, Blut zu saugen: Vielleicht könnte ich mich dann hoch raffen! Aber wenn ich schon ein Jammerlappen bin und ein Versager, dann will ich wenigstens kein Lügner sein: Ich habe mich noch nicht damit anfreunden können. Mit dem Blutsaugen. Ich bin erst seit ein paar Monaten ein Vampir, sicher, das könnte noch kommen... vielleicht muss man sich erst gewöhnen daran; aber andererseits könnte man auch sagen: Mittlerweile ist es fast ein Jahr her, dass ich ein Mensch war, ein Normalsterblicher, und mir will das Blut immer noch nicht so recht schmecken. Ach! Beschönigung! ... 'noch nicht so recht'... Wie damals in der Schule... statt wenigstens Würde zu bewahren und zuzugeben, dass man noch nie gefickt hat, noch nie auch nur nah dran war! 'Na ja, einmal fast, aber nicht so richtig...' Beschönigung! - Es schmeckt mir ganz und gar nicht! Ich *kann* mich einfach nicht mit dieser klebrigen Plörre anfreunden! Ich habe früher gerne Steak gegessen... Niemals durch, ich hab' mein Steak *rare* bevorzugt – fast roh: die Pfanne gut heiß machen, bis das Öl spritzt, dann das Steak einmal kurz reinfallen lassen, umdrehen, brutzeln, rausnehmen – das *war* blutig, sag' ich euch. Aber heute – es ist nicht zum Aushalten! Das ist echt was anderes, dieses Zeug *literweise* zu trinken... Womit ich am wenigsten zurechtkomme ist der Durchfall: Wenn man nur Blut zu sich nimmt, bekommt man nicht gerade viele Ballaststoffe, nichts, das irgendwie ... fest werden könnte.. Und wie dieses Zeug aussieht! – *schwarz*, durch und durch schwarze, klebrige, dickflüssige Masse, so ölig, wie *Teer*, ja, verdammte Scheiße, TEER, so sieht es aus! Und IMMER, immer Durchfall habe ich, das ist so sicher wie das Amen in der Kirche.

Aber irgendwann muss man eben einfach trinken. Das merkt man ganz von alleine. Das ist dann schon eine Art Verlangen - aber mehr ein physisches Verlangen als ein kulinarisches; kein Appetit, sondern vielmehr ein existenzieller DURST...

Ich bestelle mir dann meistens eine Pizza. Ich stehe nämlich häufig vor einem größeren Problem: Ich habe Durst, nur blöderweise hab' ich mal wieder verpennt und draußen wird es hell... Es ist nicht, dass ich Angst hätte, einen am helllichten Tag auszusaugen. Mir ist inzwischen scheißegal, was die Leute von mir denken. Nur, wenn ich vor die Tür gehe, wenn ich ins Sonnenlicht trete, fange ich an zu dampfen und zu schmelzen und so, und das ist echt nicht lustig. Also bestelle ich mir eine Pizza... Mittlerweile sind die misstrauisch geworden, weil ihre ganzen Pizzaboten nicht wieder zurückgekommen sind. Beim ersten Mal kamen sie nicht auf die Idee, das Verschwinden ihres Botenjungen in irgendeiner Weise mit dem Empfänger der Pizza in Verbindung zu bringen - ich hab' sogar angerufen und mich beschwert, wo meine Pizza bleibt. So ein Typ hält länger als ein, zwei Tage - meistens friere ich sie einfach ein und zapf' sie an, wenn ich Durst kriege. Ich taue dann ein Stück Arm oder ein Stück Lunge in der Mikrowelle auf... Jedenfalls: So nach dem dritten sind die dann auf den Trichter gekommen und haben mal nachgesehen, wohin all diese Pizzas gegangen waren... Die beiden Polizisten, die dann vor meiner Haustür standen, landeten in der Tiefkühltruhe... Das war im Sommer. Ich habe mir Eis am Stiel gemacht.

Natürlich blieb es nicht bei diesen beiden Polizisten. Ein Haufen Typen, ein Sondereinsatzkommando oder so was, stürmten meine Wohnung. Zuerst dachte ich mir, dass das eigentlich ein ganz netter Service war - kostenloses Essen frei Haus. Aber es erregte doch zu viel Aufsehen, und ich musste meine Wohnung schließlich aufgeben; außerdem wurde es zusehends anstrengender, diese Typen abzuwehren; und in der Tiefkühltruhe war kein Platz mehr. Ich bin also nachts aus dem Hinterfenster rausgeklettert und in diese Gruft hier umgezogen.

Das ist ja auch so ein Punkt! Die Gruft – sie ist wirklich geräumig, aber doch ziemlich renovierungsbedürftig, und ich bin nicht gerade handwerklich begabt. Mir Handwerker herzubestellen ist nicht besonders realistisch... so blöd sind die ja auch nicht. Die würden Verdacht schöpfen oder mich wenigstens für einen absoluten Spinner halten... einen, der in 'ner Gruft wohnt. Und kalt ist dieses Loch überhaupt... es ist wirklich kein aufregendes, tolles Leben – als *Geißel der Nacht*, als majestätisches Wesen der Unterwelt... Ein abgetakelter Blutsauger mit permanentem Dünnpfiff, der sich von Pizzaboten und Ratten ernährt, so sieht's aus! Zum Glück war einer der benachbarten Friedhofszombies in seinem früheren Leben Elektriker und wusste noch, wie man das Stromnetz anzapft.... seitdem hab' ich wenigstens Fernsehen und kuck mir Videos an, wenn ich mal wieder verschlafen habe. Die 24-Stunden-Videothek kann ich ohne Schmelzgefahr zu Fuß erreichen...

Oh man hat Zeit zum Lesen, zum Philosophieren, zum Grübeln! ... Jedenfalls: Mittlerweile bin ich ein bisschen vorsichtiger, was die Pizzajungs betrifft: Ich rufe von einer

Telefonzelle aus an, wechsle jedes Mal den Pizzaservice oder variiere auch mal mit einem Asiaten oder Griechen und ich empfange die Herren auch nicht bei mir zuhause, sondern fange sie auf dem Weg ab... Leider sind es ziemlich selten Frauen. Ich glaube, die arbeiten alle in Kindergärten oder als Ärztinnen. So war es zumindest früher immer, in der Schule: das wollten die alle werden... Ein Vampir sollte schöne Frauen aussaugen, nicht bloß Aushilfsjungen und Studenten mit 'Heimservice'-Mützen. Manchmal verfluche ich den Typen, der mich gebissen hat („erschaffen" sagt man in Vampirkreisen dazu)... den Vampir, der mich gebissen und zum Vampir gemacht hat, meine ich. Manchmal verfluche ich diesen Kerl, aber dann fällt mir ein, dass er schon hinreichend verflucht ist... mit Dünnpfiff! Ich komme nicht wirklich zurecht mit diesem Leben, mit allem, was es mit sich bringt. Ich habe früher wirklich gerne Knoblauch gegessen - ... Zur Hölle, ich habe überhaupt gerne gegessen! *Feste Nahrung*, nicht dieses warme, klebrige Zeug, von dem die Zunge so pelzig wird...

Früher habe ich manchmal Gott verflucht. Als ich noch ein Mensch war, meine ich. Da hab' ich Gott verflucht. Also auch den Kerl, der mich erschaffen hat. Falls es ihn *gibt*... allerdings hab' ich auch immer gedacht, es gäbe keine Vampire. Touché, würde ich da sagen... Es sieht eigentlich so aus: Ein Vampir zu sein bringt gewisse Dinge mit sich, da muss man eben durch, Blutsaugen, Tageslicht meiden, Dünnpfiff und, dass man die furchtbare Qual mit dem Zähnebekommen ein zweites Mal durchmachen muss... ein Mensch zu sein brachte auch Pflichten mit sich: alles furchtbar kompliziert machen zu müssen, Steuern zahlen, Einkaufen im Supermarkt, ständig irgendwem irgendwas erklären, Ämtern zum Beispiel, und alles immer irgendwo registrieren, dokumentieren, aufschreiben, Wohnortwechsel, Berufswechsel, jeden kleinsten Scheiß, nichts geht verloren... so gesehen ist es eigentlich sogar einfacher, ein Vampir zu sein; wenn man als Vampir überleben will, muss man eigentlich nur nie vergessen, dass man am helllichten Tag nicht vor die Haustür gehen darf; und Blut muss man trinken; das muss man nicht mal lernen, man sieht jemanden, beißt ihn und trinkt, so schwer ist das nicht. Wenn man als Mensch überleben will, muss man mit allerlei hochkomplizierten, undurchschaubaren Regeln fertig werden, jedenfalls dort, wo ich herkomme - man muss Formulare ausfüllen, immer wieder, man muss sich was einfallen lassen, einen Beruf erlernen, oder studieren... Einen Vampir sucht keine Behörde auf, wenn er irgendeine Registrierung versäumt. Dafür gibt es für Vampire allerdings auch keine Sozialversicherung oder dergleichen. Wenn du's nicht auf die Reihe kriegst, früh genug aufzustehen und kein Mensch mehr auf der Straße ist, wenn du endlich den Arsch hochkriegst, kümmert sich eben auch keiner um dich. Dann musst du in die Blutbank einbrechen oder dir 'ne Pizza bestellen... Ich habe studiert. Früher. Ich wollte immer die Welt sehen. Ich bin auch ein paar Breitengrade weit gekommen...

nach Frankreich, England... aber ich hab's zum Beispiel nie über den großen Teich geschafft. Ich wollte noch so vieles sehen. Jetzt kann ich mir alles höchstens bei Nacht angucken... Jedenfalls muss man ja Geld verdienen. Das ist eine der Bürden, wenn man ein Mensch ist. Das ist scheinbar im Menschsein inbegriffen. (Zumindest haben wir vergessen, wie's ohne geht.) Manche Tiere haben's auch nicht leicht. Bei manchen Spinnenarten frisst das Weibchen nach der Paarung ihren Geschlechtspartner. Die Männchen müssen also eine Entscheidung treffen: Entweder, sie lassen sich von ihren Geschlechtspartnerinnen fressen - oder sie bringen's zu nichts und können ihren Samen nicht verbreiten..

Lachse sterben direkt nach der Fortpflanzung. Dito Kraken. Männliche Igelwürmer leben ihr ganzes Leben lang am Rüssel ihrer Mutter und schmarotzen ihr Kleinstpartikel von den Lippen. Wenn sie alt genug sind, spritzen sie, im Beisein all ihrer ebenfalls ejakulierenden Geschwister, einfach ins Wasser ab und befruchten ihre eigene Mutter. Das ist eine harte Bürde. Die müssen nichts tun, ihr Leben lang, nur rumhängen und schmarotzen und dann einmal abspritzen. Das ist, für meinen Geschmack, ein bisschen zu wenig. Menschen hingegen müssen arbeiten und sich ständig Sorgen machen, müssen Smalltalk machen, müssen ständig Versuchskaninchen für neue Ideen irgendwelcher selbsternannter Weltenlenker spielen: Ständig sagt man ihnen was anderes. Für einige heißt das, dass man ihnen heute erzählt: „Ihr seid jetzt frei und - nebenbei erwähnt - übrigens auch Kommunisten", und morgen heißt es dann: „Ihr seid jetzt frei von den Kommunisten und damit endlich überhaupt frei und übrigens ab jetzt Bürger einer *demokratischen* Republik unter dem *vorerst von uns eingesetzten Führer*..."; für andere heißt das, dass man ihnen heute sagt: „Man wünscht höflicherweise ‚Gesundheit!‘, wenn jemand bei Tisch niest", und einen Knigge später: „Man überhört ein Niesen bei Tisch und wünscht höflicherweise gar nichts." Beides ist ein hartes Los. Viele müssen eine Menge ertragen... Sie müssen sich fast schon zu *viel* merken. Ein Zwischending hätte ich für mich persönlich nett gefunden. Mir *etwas weniger* merken müssen... aber auch nicht nur so dahindümpeln! Ein gutes Dasein: etwas *weniger* Verantwortung als das eines Menschen und etwas *mehr* Komplexität als das eines Igelwurms. Ich glaube, ich hätte ein Prachtexemplar werden können, wäre ich als Leopard geboren worden oder als Seehund, auch einen netten Elefanten hätte ich bestimmt abgegeben. Ein Affe, sagt man ja immer, sei das Bindeglied zwischen dem hochkomplizierte, komplexe Gesellschaftsstrukturen und bizarre Ideen entwickelnden Menschen und dem primitiveren, archaischen Tier. Ja, ein Affe, das hätte mir Spaß gemacht, ich denke, als Affe hätte ich mich nicht beschwert. Aber wer weiß, vielleicht hätte ich ja doch. Jetzt als Vampir tue ich es ja auch, dabei dachte ich früher immer: „Wenn ich mich nicht mehr um Geld und Stichtermine und Formatierungskataloge scheren muss, dann halt ich den Mund und bin wunschlos glücklich!" Jetzt saufe ich

Blut und schlaf in 'nem Sarg (zumindest theoretisch...) und muss mich um sonst nicht viel kümmern, aber ich verfluche jeden Tag, dass ich nicht etwas anderes bin. Jedenfalls muss man ja nun mal Geld verdienen als Mensch – genau, das wollte ich erzählen! – und da musste auch ich mich fügen in dieses System, in das ich nun einmal hineingeboren worden bin... Es gibt eine Leguanart – die gibt es nur auf Galapagos – die sich von Algen ernährt. Diese Echsen liegen also ab Sonnenaufgang den halben Tag in der Sonne und wärmen sich auf, sind ja kaltblütig, tanken so lange Sonne, bis ihr Blut warm genug ist, um sich richtig bewegen zu können – sie tauen regelrecht auf. Wenn sie warm genug sind, stürzen sie sich sofort ins eiskalte Wasser und tauchen nach Algen. Dabei müssen sie auch noch ständig auftauchen, um zu atmen, und unter Wasser müssen sie dann ganz schnell machen, einfach soviel runterschlingen, wie sie können. Nach zwei Stunden sind sie so abgekühlt, dass sie es kaum mehr zurück an Land schaffen. Dort angekommen, haben sie nicht mehr die Energie, ist ihr Blut zu kalt, um ihr Essen zu verdauen. Also liegen sie noch mal den Rest des Tages in der Sonne, um warm genug zum Verdauen zu werden... Das ist eine ökologische Nische – jeder muss sich seinen Weg aussuchen. Die Galapagos-Meerechsen machen's eben so; Menschen schreiben Steuererklärungen, schreiben Dissertationen, reden mit komischen Ausdrücken, formatieren ihre Texte, halten Fristen und Termine ein (die Echsen haben auch Termine: Sonnenaufgang, Sonnenuntergang, Ebbe und Flut), zitieren nach genauen Zitierregeln. Das ist unsere Nische... jedenfalls die, mit der ich's damals versucht habe. Andere stempeln Fahrkarten oder schneiden anderen Leute die Haare oder stellen Papierkartons her. Manche finden das ganz toll, eine große Errungenschaft, die die Menschheit da gemacht hat, aber ich finde, diese Echsen haben die originellere, schönere und sympathischere Idee gehabt.
Ich musste also Geld verdienen, irgendwann mal, und ich wollte die Welt sehen. Außerdem hatte ich Abitur, und das will man ja nicht *wegwerfen*... Also dachte ich mir, ich studier' am besten mal, und zwar einen Beruf, bei dem ich die Welt zu sehen krieg. Ich schrieb mich für Geographie ein. Das ist auch in der Tat ein meistens sehr interessantes Fach. Nur, wenn ich manchmal so dasaß, in Computer starrte, oder nach genau festgelegtem Schema (AUTOR, Vorname (Jahreszahl): Titel des Aufsatzes. In: Titel der Schriftenreihe. Erscheinungsort) Literaturverzeichnisse erstellte... – wenn ich dasaß und statt Gletschern, Wolken, Küsten, Wüsten und Wäldern Buchstaben sah, *nur weiß und schwarz, nur Buchstaben*, wenn ich in fensterlosen Vorlesungsräumen und in nach einem bestimmten, idiotischen System geordneten Bibliotheken saß, die künstlich, gänzlich künstlich waren, die nichts mit der tatsächlichen, wirklichen Ordnung, mit der Beschaffenheit der Welt zu tun hatten, und ich mich von den Geheimnissen, die ich ergründen wollte, unendlich weit entfernt fühlte, dann wünschte ich mir, ich wäre mutiger gewesen, ich wäre einfach mit dem bisschen Geld, das ich hatte,

losgefahren, irgendwohin, und hätte mir die Welt einfach so angesehen, ohne Diplom in der Tasche! ... Oder ich hätte mich getraut, es jetzt noch zu tun. Wie viele von den armen Arschlöchern, mit denen ich damals studierte habe, wollten eigentlich nur ein bisschen was sehen von der Welt und hatten bloß nicht den MUT, auszuwandern, oder was sonst ihre Träume waren. Reiseführer, Polarforscher, Journalist, was wollten all diese Arschgeigen nicht alles werden, und jetzt sind sie vergraben, als Assistenten in irgendwelchen Laboren, in der Verwaltung irgendeines Stadtplanungsamtes oder hinter einer Resopaltheke, den Gestank von Plastikpalmen in der Nase, den ganzen Tag; sie sitzen dort und ich sitze hier, ich bin ein Scheiß-Vampir, und wir alle sehen das Sonnenlicht nicht mehr.

In der Tat ist es schlicht und ergreifend fehlender Mut, was so viele Menschen in genau die Situation treibt, die sie so unzufrieden macht. Warum man immer mit genau der Situation, in der man sich befindet, unzufrieden ist?... Vielleicht liegt es einfach in der Natur der Wesen, sich zu fragen, warum sie *gerade in diese* merkwürdige Existenz geboren wurden, die sie leben, warum sie *gerade diese* Strampeleien vollführen müssen, die sie vollführen, um nicht unterzugehen; ihre Gene zu hinterfragen. Man nimmt anscheinend die eigene Nische, den eigenen grotesken Weg als den unsinnigsten, bizarrsten und schwerfälligsten Weg von allen wahr. Das eigene angeborene Handeln wird, wenn man es einmal nicht aus bloßer Gewohnheit durchführt, sondern sich seiner bewusst wird, zu demjenigen, das man am wenigstens verstehen und nachvollziehen kann... Ich schätze, ich muss Blut trinken und mich an den Durchfall gewöhnen und daran, um elf Uhr aus der Kiste zu kommen. Wisst ihr, früher, noch nicht so lange her, als ich noch ans Tageslicht konnte, da bin ich manchmal aufgestanden, da war es schon später Nachmittag... Damals, als mir meine Gene befahlen, aufzustehen, wenn es hell wurde, da hab' ich so lange in meiner Satin-Bettwäsche gelegen, bis es draußen schon wieder dunkel wurde. Jetzt muss ich es schaffen, aufzustehen, bevor es schon wieder hell wird. Komisch, als ich es andersrum machen sollte, hatte ich damit kein Problem, mir eine Nacht um die Ohren zu schlagen. Ich hätte einfach in dem Rhythmus bleiben können, sollte man meinen!

Wirklich, es ist einfach Mut, was fehlt, letzten Endes passt es einem ja sowieso nie, aber es ist nicht so schlimm, so lange man *irgendjemandem* die Schuld geben kann.. *Irgendeine* Bürde hat man ja immer zu tragen, egal, wie es kommt. Vielleicht treibt mir bald einer einen Pflock in die Brust („Erlösen" sagen wir Vampire dazu), und im nächsten Leben komm' ich als Galapagos-Leguan wieder. Und dann werd' ich verdammt noch mal der beste im Tauchen, und der schnellste im Algenrunterschlingen und den fettesten Platz an der Sonne werde ich mir auch schnappen! Ist ja nicht so, als hätte ich nicht ein kleines Wörtchen mitzureden!

Oh, ich muss mal langsam Schluss machen... Ich erwarte noch eine Pizza.

Die Nacht und ihre Kinder
Schlaf und Tod

- Von Sophia Ding -

I
Schlaf

„Der Schlaf ist ein Zustand der äußeren Ruhe. Dabei unterscheiden sich viele Lebenszeichen von denen des Wachzustands. Puls, Atemfrequenz und Blutdruck sinken ab, auch die Gehirnaktivität verändert sich."

Dann, wenn der Himmel und die Erde sich stumm in die Augen blickten und ein roter Streifen Horizont sich wie ein wärmendes Band um die Welt legte. Wer ahnte schon, dass die Stille, die nachts um die Häuser zog und wie ein kalter Luftzug durch Fensterritzen und Türschlösser drang, ein Vorbote einer Dunkelheit war, die mehr verschlingen würde als nur das Tageslicht, an das sie sich zu sehr gewöhnt hatten.

Diese Mädchen mit ihren Zöpfen und den gelben Sommerkleidern, die sich nichts sagen ließen in ihrer Kindlichkeit, waren sie doch bereits so erwachsen, die Eltern für einige Nächte entbehren zu können. Sie, die Unschuldigen, die nichts vom Leben verstanden, weil sie erst vor kurzem einander bekannt gemacht worden waren. Es hatte nur geklopft an den Türen ihrer jungen Existenzen und würde sie erst wieder behelligen, wenn sie den Kontrast zwischen Licht und Schatten nicht mehr ertrügen. Wenn man ihren Gang nur malen könnte!

Diese federnden Schritte und fliegenden Arme, ganz ohne Schleifen im Haar, dafür waren sie scheinbar schon zu alt. Man konnte ihr Alter weder anhand ihrer Gesichter, die sie geschickt unter genug Farbe zu verstecken wussten, noch an ihren mit weiten, leichten Kleidern verhüllten Körpern abschätzen. Das Gelb umspielte ihre Figur so gut, dass sie die Augen aller Betrachter täuschten. So sah man immer nur strahlende Zwitterwesen, die erwachsen im Auftreten ihr junges Gemüt nur manchmal durchblitzen ließen, dann, wenn niemand zusah, zu Hause vor ihren Spiegelchen, die sie immerzu befragten.

Diese Mädchen, sie kamen aus so vielen Städten, hatten eine glorreiche Zukunft vor sich. Man sah sie bereits in schwarze Kostüme gezwängt und metallene Brillengestelle auf den ehemals sommersprossigen Nasen. Die Mütter organisierten Paraden, während die Mädchen lernen mussten, mit einem Bein den Rücken eines reinrassigen

Ponys wund zu stehen. Dies taten sie gerne und nur selten brach sich eines von ihnen manche Knochen. Die Väter hin-gegen hielten sich in ihrer elterlichen Fürsorglichkeit zurück. Sie waren ganz die stolzen Herren, die sich nur ab und zu an der Finanzierung der oft blonden, oft pausbäckigen Engelchen beteiligten, ohne je wissen zu wollen in welchen der weit geöffneten Kinderrachen das Geld fließen sollte. Sie hätten gerne Briefmarken mit Portraits ihrer Mädchen bedruckt, wären diese nicht bescheiden genug gewesen, sich zu genieren, sähen die Menschen sie nicht mehr nur im Rundfunk, sondern leibhaftig für die Ewigkeit auf Papier gebannt.

Es wäre eine schöne Welt geworden, in der diese Mädchen in ihren gelben Kleidern gelebt hätten. Der Himmel wäre strahlend blau gewesen, und ein Regenbogen begleitete jedes noch so kleine Unwetter.

Vielleicht war es schön und erstrebenswert, in einer Welt zu leben, in der sich alles nur um kleine Mädchen drehte. Doch eines nachts, dann, als ein warmes Band sich selbst in Brand steckte und nichts als schwarze, verkohlte Erde hinterließ, machte sich ein Mädchen auf, sie alle einzufangen und in einem großen Loch für immer zu vergraben. Die abschätzig verzogenen Kindermünder sollten auf ewig in der Dunkelheit des Vergessens verschwinden. Dieses Mädchen war nicht zufrieden mit ihrem Kleidchen und dem gelben Pony. Es allein bemerkte den Gestank des Pferdemists und nur ihm fiel das Atmen von Zeit zu Zeit etwas schwerer, weil das Kinderkleid ihm die Luft abschnürte, sollte es doch all die dicken Körper-teilchen in wohl proportionierte Formen bringen. Selbst am Abend legte es vor Scham sein gelbes Gewand nicht ab und da es unentwegt drohte im Schlaf zu ersticken, vermied es so gut es ging, ihm zu begegnen.

Auch in dieser Nacht legte es sich nach Luft ringend neben seine hübsch zurechtgemachten Schwestern ins warme, weiche Kinderbett und drückte sein Kuscheltier an sich, dessen Kopf es tags zuvor abgerissen hatte, um ihn mit Stahlwolle zu füllen.

es könnte mir trost spenden. es sollte nicht.

Als der Mond hoch am schwarzen Nachthimmel stand und sein Licht so unerträglich schön war, dass es selbst durch das Fensterkreuz aus dunklem Nussholz drang, wodurch es kaum mehr einen Schatten warf, nahm das Mädchen eine Rolle schwarzen Klebebandes und eine kleine Nagelschere. Mit ihr schnitt es drei lange Streifen ab und drückte sie an den Rand seines Schreibtisches, dessen eines Bein um ein Winziges kürzer war als die anderen. Beim Kauf hatte niemand gemerkt, dass man sich eine Fehlproduktion angeschafft hatte und das Mädchen wusste, den Schaden mit einem

Stück aus dem Buchdeckel seiner bunt illustrierten Kinderbibel zu beheben. Ganz so, wie es selbst acht gab, niemanden merken zu lassen, dass auch sein eigener Körper nur Mangelware war.

Sein kleines Herz, das so wild und unablässig in seiner Brust schlug, lag weiter rechts als gewöhnlich. Das hatte man herausgefunden, nachdem ihm die weißen Rippen auseinander gerissen worden waren, weil die Doktoren an der üblichen Stelle keinen Herzschlag hatten finden können. Die lange, dicke Narbe in Form einer roten Giftschlange, hatte es später stolz den anderen Mädchen gezeigt, die dort nichts weiter besaßen als glatte, weiße Haut. Das Mädchen bedauerte sie zutiefst. Sie, die noch unbeschrieben und voneinander durch nichts zu unterscheiden waren.

Als seinen Eltern die Nachricht zugetragen worden war, ihr Kind ähnelte nun nicht mehr seinen Artgenossen, waren sie in tiefe Verzweiflung gestürzt und hatten sich gegenseitig die Schuld zugewiesen, so lange bis das Kind eines Tages selbst den Raum betreten und ihnen seine blutende Wunde entgegenreckt hatte. Es war zu oft daran herumgespielt worden. Die Eltern waren sich so einig gewesen. Noch am selben Tage hatte man das Kind fortgebracht, dorthin, wo es endgültig verändert wurde, ganz nach dem Willen der Behörden. Nun musste es sich nicht mehr schämen, vor niemandem. Wie gut doch diese Eltern waren, die sich nur um das Wohl ihrer Tochter sorgten. Selbst in dieser Nacht dachte das Kind voller Dankbarkeit an seine Eltern, die es immer nur auf Händen getragen hatten, ohne ihm je in die Augen zu sehen.

Das Mädchen in seinem Kinderzimmer, das es mit seinen drei Schwestern teilte, erledigte sorgfältig alle Vorbereitungen für seine lange Reise: Es packte eine braune Ledertasche, die es sich über die Schulter hängte und füllte sie mit ein wenig Proviant für den langen Weg, den es vor sich hatte. Der Mond wanderte währenddessen auf seiner ihm zustehenden Bahn und warf wilde Schatten auf die im Wahn verzerrte rechte Gesichtshälfte des Mädchens. Die linke Seite blieb verschlossen, sie sollte sich auch nie wieder regen, war sie doch von Geburt an gelähmt.

blickt in mein auge, blickt!
abstoßend, nicht.
diese verlogenheit,
verlogenheit,
verlogenheit.

Es war beinahe früher Morgen, der Tagesanbruch zeichnete sich in den Farben des Himmels ab, die über den Rand der Welt liefen und die Sterne verblasst zurück ließen. Fehlte zu so früher Stunde doch nunmehr der farbliche Kontrast zur Projektionsfläche. Sturzbäche an schwarzer Tinte fanden sich in den Träumen von Mädchen in gelben Kleidern wieder. Sie schrieben damit ihre Liebesgedichte auf weißen Wolkengrund. Eines von ihnen hatte nie das Bedürfnis verspürt, sich auf diesen Kondensgebilden auszuruhen. Es strebte nach Großem, das es nie beschreiben konnte und kaum mehr finden würde.

vielleicht nennen sie es freiheit,
vielleicht sehne ich mich nur nach dem wahn. er macht mich rasend, ich schlafe so gut.
danach.
muss doch
schlafen,
schlafen,
schlafen.
kind, du träumst, schreist doch sonst nicht. es wird doch alles gut werden?
später, ja, später.

Das Mädchen musste sich beeilen, es blieben nur noch wenige Augenblicke, um unbemerkt das Haus verlassen zu können. Es hatte doch eine Mission. Eines Nachts war es aufgewacht, obwohl es mitten in einem Traum gesteckt hatte. Es war beinahe dem Irrglauben verfallen, die Welt könnte eines Tages tatsächlich dunkel und hässlich werden. In diesen Stunden hatte es sich geborgen gefühlt.

hasst ihr mich nicht?

seht ihr nicht?

glaubt ihr tatsächlich an das

gute.

mich.

ist das nicht nett, fragen sie.

ich sage, vielleicht sage sich ja.

ich weiß nicht, will noch nicht wissen.

habe noch zeit, glaube ich.

ist das nicht nett, drängen sie und deuten auf mein gesicht,

das sie mir gekauft haben.

musst dich nicht mehr schämen kind, musst nicht mehr. es wird alles gut, du bist doch gut,

ein gutes kind.

unser kind.

kleines, unser mädchen, bist doch wie wir, kleines. lass dich küssen, lass dich ansehen,

endlich. wir, endlich, wir.

hast ein hübsches lächeln,

hübsch, sagen sie.

ich versuche das, probeweise, die narben sind noch nicht verheilt. ich lächle trotzdem,

bin doch so hübsch, mädchen, bin doch so ein hübsches mädchen.

unsere jüngste, strahlen sie, meinen mich, strahlen weiter, wie viele watt, es tut weh,

es blendet, ist auch nicht echt. katzengoldzähne neben teuer erkauftem

elfenbein, gebaut. Sie bauen sich und mich und sich und mich und ich bin nur ihr

gebilde. ihr gesicht, mädchen, ihr lächeln.

Die Klebestreifen hingen gut dort an der Tischkante. Das Mädchen nahm sie und die Schere, befühlte die Ledertasche an seiner Hüfte und tastete darin nach den wenigen Dingen für seine Reise, die es weit weg von seinem Heim führen würde. Es war alles da.

jetzt.
jetzt.
jetzt.
ich trenne die naht zwischen dem geschwulst und mir durch.
es fällt, die familie fällt,
die hübschen schwestern.
hart ist der boden, mir ist die erde.
mir.
allein.
unablässig.
lachen werde ich,
bis ich keine tränen mehr habe,
sie werden nicht fallen. ich werde bleiben. die welt wird mich nicht los, bin sie auch nicht losgeworden. das ist nur fair.
seht ihr nicht, wie gerecht ich bin, wie selbstgerecht? ihr seid so gute lehrmeister, oh wie seid ihr gut und gütig. wie haben sie euch unrecht getan,
ihr armen,
ihr opfer.
wie konnte man nur, wie? ihr in eurer großmütigkeit habt euch nicht zur wehr gesetzt.
so gut, so gut. und ich hier? hier, bin nichts und falle nicht zur last.
die tränen werden nicht fallen.
kind, wir sind doch so gut zu dir, zahlen dir jedes gespräch mit jenen, die nur geld nehmen fürs sprechen.
ich habe geschwiegen.
kind, warum, warum nur?

ich schweige.

das ist nicht mein herz, das schlägt und pochend gegen meine geflickten rippen drückt, es ist der schmerz.

er bohrt sich von innen in meine brust, der linke lungenflügel ist schon ganz wund.

wie soll man da atmen?

atmen, sprechen, atmen, kind.

du entgleitest uns, wir kennen dich nicht mehr.

ich entgleite euch, ihr kennt mich nicht.

und dazwischen schmerz, weil atmen vegetativ gesteuert wird, weil das gesteuert wird, von irgendwem.

ich breche auf, hört ihr?

ich breche alles. es wird splittern unter meinen händen. blut wird fließen, flüsse.

der schmerz.

die unablässige.

suche.

unruhe.

ihr verliert euer kind.

ihr verliert mich.

das kleine.

ihr habt doch investiert. wie könnt ihr mich verlieren? ihr habt doch gezahlt. rate um rate. wolltet mich loswerden und durch euer kind ersetzen. eures.

ich bin doch das

kind?

seht ihr mich nicht?

seht ihr mich nicht?

ich werde schreien,

eine ewigkeit,

und ihr werdet mich hören.

ich schreie und schreie und schreie, bis ich weine und die tränen wieder fallen. ich habe so viel zeit, und zeit ist alles, was euch bleibt.

hört ihr mich schreien?

dann seht mich nicht mehr. mein gesicht wird verzerrt sein.

das ist nicht euer kind, nicht eures, werdet ihr sagen. das kleine. ihr habt nie geglaubt, dass. nie. ihr wisst nur und oh, ihr wisst so wenig. lebt weiter. doch. lasst euer kind.

es wird

auch hübsch seinen teller leer essen.

es wird

seinen ganzen porzellankrug voll blut trinken.

lasst es nur, lasst es.

und ich werde schreien, so lange, bis mein hass die erde umhüllt

und es wird nacht sein.

immer.

Die Tür zu dem Kinderzimmer, in dem das Mädchen neben seinen drei Schwestern schlief war weit geöffnet. Mondlicht fiel nur noch durch eine Ecke des Fensters, dessen Holzkreuz seinen Schatten nicht mehr auf die Gesichter der Mädchen warf. Sie waren frei von jeder Zierde, ganz die nackten, unschuldigen Kinder, die keine Schleifen mehr in ihren Haaren trugen. Erst bei näherem Betrachten konnte man erkennen, dass sich die Brustkörbe kaum mehr hoben und senkten, der Schlaf hatte auch ihr Atmen übermannt. Sie hielten sich an ihren kalten Händen, der nahende Morgen ließ ihre zarte Haut so blass erscheinen.

Ein Stück schwarzes Klebeband verdeckte die obere Gesichtshälfte der kleinen Mädchen in den gelben Kleidern vom Haaransatz bis zur Mitte der Nasenwurzel, die rechten Augen waren ausgestochen, Blut quoll aus ihnen hervor. Die Kindermünder waren zu einem nachsichtigen Lächeln verzogen.

II
Tod

„Der Tod ist der unumkehrbare Verlust der für ein Lebewesen typischen und wesentlichen Lebensfunktionen. Man unterscheidet zwischen natürlichen und unnatürlichen Todesursachen."

Ein Mädchen sieht mit großen Augen zu seinen Freunden auf, die es bewundert. Sie sehen so stark und glücklich aus, tragen ihre Herzen offen zur Schau und lassen sie dennoch nicht aufspießen. Das Mädchen trägt einen eisernen Ring um seinen Körper, der es umklammert und nicht loslässt. Es kann sich nicht mehr bewegen und verliert sein Gleichgewicht, von Zeit zu Zeit. Die Arme des Mädchens werden so fest an die Seiten gepresst, dass es ihm die Luft abschnürt. Doch es ist zufrieden mit der Welt, von der es nichts und doch gelegentlich zu viel weiß. Ein Mädchen mehr, das das Erwarten aufgegeben hat. Nun lacht und weint es zugleich. Warme Tränen fallen Tropfen für Tropfen auf ihre Seele und höhlen ein schwarzes Loch darin aus.
In diesem Salzsee badeten vor langer Zeit einmal seine vielen, immerzu lachenden Freundinnen.
Wie sehr das Mädchen doch diese Momente vermisst, es waren friedliche Zeiten. Man beachtete es nicht, das war gut.

Jeder Mensch hat eine Geschichte und sie handelt immer von Liebe. Niemand will wahrhaben, dass eine Schnittmenge existiert. Es gibt einen roten Faden!

Wer will schon seiner Individualität beraubt werden? Wie leicht es doch ist, für kurze Augenblicke zu vergessen, dass sie alle aus demselben Grundmaterial gemacht worden sind. Angst und Schmerz. Doch wie ist das mit der Gleichheit und der Freiheit und der Brüderlichkeit? Wer hatte schon wirklich an diese Worte geglaubt, deren Sinn und Definition sie über zu viel Nachschlagen und Debattieren vergessen hatten. Vor Gott sind alle gleich und das ist das Problem. Auf einmal sind sie alle Terroristen. Ein jeder nimmt seine Waffe in die Hand und zieht auf einen Kreuzzug der Selbstliebe, denn jeder ist seiner eigenen Person der Nächste. Das Ziel dieser voyage fou ist die Selbstbestätigung, welche es zu erlangen gilt. Am Wegesrand lagern Ungläubige, die in ihrer Ahnungslosigkeit denken, ein Teil der großen Gesellschaft werden zu können. Doch es muss jene geben, die die Homogenität der Menschenmasse stören, damit sich das Losverfahren, mit dem die Juden und Hexen und Ausländer bestimmt werden, erübrigt.

(Mutter, reiche ihnen eine Hand! Sie brauchen deine Liebe, die sie in ihrem Vorhaben stärkt.)

Ein Mädchen liegt in seinem Bett und kneift die Augen zu, denkt nicht an all die Gefahren, die draußen auf es lauern. Dort, wo seine Freunde warten und es nicht mehr geschützt im Schatten der Eltern steht. Die Fürsorglichkeit kann ab diesem Punkt nicht mehr greifen, sie möchte es zudem auch nicht. Wenn Töchter ihren roten Kinder-schuhen entwachsen, müssen sie auf eigenen Beinen stehen. Werden ihre Gliedmaßen gebrochen, die Schühchen zertreten, und hält auch ihr Wille nicht mehr lange stand, ist der Punkt erreicht, seine Kinder ihrem eigenen Schicksal auf dem Weg zum Erwachsenendasein zu überlassen. Irgendwann wird das Nest zu eng sein, es wird immer einen geben, der heraus gestoßen wird.
Das Mädchen weiß um sein Recht, um Hilfe zu bitten. Es wird es nur nie wahr-nehmen, es wäre egoistisch. In dem Bewusstsein, immer richtig zu handeln, schläft es ein, träumt, vielleicht, und vergisst das Glücklichsein.

Jeder Mensch hat eine Geschichte und sie handelt ausschließlich von Liebe. Und es gibt ein Mädchen, dessen Leben davon so ausgefüllt war, dass es daran zu Grunde gegangen ist. Es bekam so viel Aufmerksamkeit, wurde angelächelt von Furienmündern, und von Harpyienklauen gehalten, sodass es nicht fliehen konnte. Man liebte es, tatsächlich. Denn wem sollte man seine Ängste und Neurosen widmen, wenn nicht ihm, dem Mädchen, das man gerade wegen dieser Eigenschaft so unsäglich liebte?
Die Tragik, die sich wie eine wärmende Decke über die Geschichte dieses Mädchens

legt und zarte Klänge der Ernüchterung anschlägt, besteht darin, dass dieses eine bestimmte Mädchen durch jedes andere Kind ersetzt werden kann. Erst, wenn es einmal keine kleinen Mädchen mehr gibt, kann das Spiel vielleicht in den hintersten Ecken der Kinderzimmerschränke versteckt werden, dort, wo es niemand mehr finden wird. Doch bis dahin werden die Anderen damit fortfahren, ihre Blicke zu wetzen und die Zungen zu schärfen. So lange, bis sie die Perspektive wechseln und Erkenntnis erlangen.

Das kleine Mädchen weiß, dass es irgendwann soweit sein wird.

Später.

Bald.

Ein Mädchen senkt seinen Kopf, damit seine Freunde ihm nicht ins Gesicht spucken können. Es lächelt, während seine Augen flehen. Das ist ein Fehler, ein Zeichen von Schwäche, es markiert sich selbst. Ein rotes Kreuz prangt von nun an auf seiner Stirn und zieht sich bis über die Nasenwurzel und den Mund, sodass das Mädchen schweigen muss.

Der Ring um seinen Körper hat nun Stacheln bekommen. Das Mädchen selbst hat ihn damit versetzt, jetzt trägt es eine Dornenkrone. Es fühlt sich beinahe so an, als wäre eine schwere Last von seiner Seele genommen. Ein Mädchen schweigt und schließt die Augen, damit sie keine Tränen vergießen können.

(Mutter, reiche ihnen eine Hand! Sie brauchen deine Liebe, die sie in ihrem Vorhaben stärkt.)

Das „Später." und das „Bald." haben ihre Halbwertszeit erreicht, die weiße Porzellanschale, in der das Mädchen sein Blut seit Jahren sammelt, ist beinahe voll. Es stellt sich vor einen Spiegel und betrachtet sein Gesicht, um seinen zerstochenen Körper nicht sehen zu müssen. Es taucht den rechten Zeigefinger in die Schale und schreibt seinen Plan auf die Scheibe, damit er nicht vergessen wird, von niemandem. Die Hand zittert, die Schrift wird beinahe un-leserlich. Das Glas ist so kalt. Das Mädchen lächelt, während es stumm das Blut von seinem Finger leckt.

Sie wird ihren Schmerz aus sich heraus schneiden, und es wird ganz einfach sein. Schließlich ist er alles, was von ihr übrig geblieben ist.

(Ein Mädchen liegt auf der Erde und wartet.)

III

Rückblickend bin ich der festen Überzeugung, dass man diesen Mädchen hätte helfen können. Sie müssen bedenken, dass keines dieser Kinder einen schlechten Charakter hatte. Sie waren nur fehlgeleitet. Sie kennen das doch, diese Problematik mit der falschen Erwartungshaltung. Ist Ihnen nicht neu, nicht wahr? Es ist eben so eine Sache mit dem Leben. Ja, das ist es wohl. Wir leben, wir schlafen, wir sterben. Dazwischen gibt es nicht mehr viel, wenn man das Glücklichsein nicht gelernt hat. Und genau deshalb bitte ich Sie, unseren Antrag auf Fördergelder zu bedenken. Das neu entwickelte Mittel macht sich gut, die getesteten Probanden zeigen eine verminderte Gehirnaktivität in den kritischen Rindenfeldern, das ist ein größerer Erfolg als wir ihn mit den herkömmlichen Psychopharmaka jemals erreichen werden. Wir wollen doch alle nur das Beste für unsere Töchter, nicht wahr? Ja, das ist es, was wir wollen.

Bedenken Sie, dass die Umstellung des Wach-Schlaf-Rhythmus sich auch positiv auf ihr Familienleben auswirken wird. Sie bekommen die entstellten Körper ihrer behandelten Töchter nur noch nachts und in vollkommener Dunkelheit zu Gesicht. Das ist ein immenser Fortschritt, wo wir doch noch so weit davon entfernt sind, eine Behandlungsmethode zu entwickeln, die sich nicht auf das äußere Erscheinungsbild ihrer Kinder auswirkt. Aber das alles ist ein Kompromiss, das wissen Sie ja. Sie müssen sich eben entscheiden.

Doch wir sind uns sehr sicher, dass Sie das richtige tun werden. Mit uns finanzieren Sie die Karrierefrauen von morgen! Jung, erfolgreich, und wie gesagt, an dem hübsch arbeiten wir noch. Aber stellen Sie sich das nur mal vor. Keine Suizide mehr bei Mädchen unter achtzehn, keine Gewaltverbrechen, die vom weiblichen Teil der Bevölkerung ausgeht. Klingt das nicht wunderbar? Wir entstellen ihre Mädchen, dafür bekommen Sie sie von jeglichen psychischen Problemen befreit zurück. Wissen Sie, wie ich das nenne? Ich nennen das ein Angebot, das Sie nicht ausschlagen können. Und ich werde recht behalten: Das Leben ist ein Kompromiss.

www.stuz.de